海鷗島的夏天

Seacrow Island

Astrid Lindgren
阿思緹・林格倫 著　郭恩惠 譯
幸佳慧 專文導讀

海鷗島的夏天

Seacrow Island

【經典新視界】出版緣起

不只是好故事，也是生命中重要的事

回想童年時代，與「閱讀」有關的回憶總是溫暖而充滿愛：晴朗微風的週末午後，父親牽著我的手走進兼賣各式文具、參考書的社區小書店，讓我挑選自己喜歡的書。經過一番躊躇猶豫，把架上的幾本書拿上又拿下，好不容易選定了書（很節制的一次只挑一本），讓書店老闆用素雅的薄紙包起。而後喜孜孜的捧起書，父女倆手牽手，愉快的散步回家，期待不久之後的下一趟「買書小旅行」。

彼時在小女孩心田深植的閱讀種子，如今已發芽茁長，讓我成為悠遊書海的愛書人。而今有幸成為出版人，最美麗的理想便是為孩子們出版好書，讓他們享受我曾經享受過的，關於閱讀的種種美好。

近年來有不少專家學者發表「閱讀與人格發展」的相關研究成果，指出「閱讀小說」是培養解決問題能力的絕佳方式。小說情節往往呼應現實人生；觀察小說主角的思考邏輯與行為模式，擴展了讀者的生活經驗，提升與人群和環境對應的能力。

諾貝爾文學獎作家馬奎斯筆下迷人的魔幻世界，原型來自童年時期外婆娓娓敘述的鄉土神話傳奇。外婆的故事穿過門外的雲絮與穹蒼，緩緩飄升，擴展了幼年馬奎斯的想像，使他融入幾千里外另一世代的眾多心靈，與不同時空的人群同悲共喜。

《哈利波特》作者J. K.羅琳曾在哈佛大學畢業典禮勉勵畢業生：人類是地球上唯一不需要「親身經歷」、便能「設身處地」想像他人心思和處境的生物。而啟動我們內心這股「魔法想像」與豐沛能量的泉源，正來自一部部開展讀者眼界的文學傑作。

義大利作家卡爾維諾說：「『經典』是每次重讀都帶來新發現的書；經典之書對讀者所述永無止境。」

經過縝密的評估、規劃並諮詢專家學者，遠流出版於二〇一六年初春隆重推出【經典新視界】書系，為少年讀者精選世界經典傑作。值得一提的是：其中多數書目為數十年來首見中文版，盼能為讀者彌補過往錯過的美好。這些好書均已在國外長銷半世紀，是一波波時光浪潮淘洗而出的珍珠，更是世界文學史上的瑰寶，榮獲國際大獎或書評媒體高度讚譽，值得品讀、典藏。

每本書不但有好看的故事，更有豐富深刻的議題。我們相信透過閱讀，能讓人生中各個階段重要的思考課題自然融入孩子心中；特別是家庭情感、土地認同、情緒管理、同理包容、人際關係、獨立思考、滋養創意、追尋夢想、公民意識……等。

這些好書陪伴孩子面對成長課題、養成一生受用的態度與價值觀，也幫助成人深入理解孩子的內心世界，成為孩子的傾聽者與陪伴者。為此，全系列每本書均委聘專家學者撰寫深入導讀，培養讀者的精讀力與思辨力，並可作為親子互動或教學活動的指引。

我們期待——透過經典好書涵養孩子的美感品味和情感底蘊；對生活有豐富的感受，對他人有同理包容之心。

我們期待——透過經典好書讓孩子培育深刻思辨、演繹批判和創新領導能力，進而拓展寰宇視野；在學習與成長過程中，站得高、看得遠。

我們深切期待——【經典新視界】為孩子構築與閱讀和家庭相關的美好記憶，讓孩子大口吸納成長的養分，眼中閃爍著被好故事點亮的靈光，看見新視界！

（楊郁慧執筆）

導讀

以兒童為中心，為幸福定義

幸佳慧（兒童文學評論家）

林格倫夫家在瑞典斯德哥爾摩群島上有一間小房子，小島遂成林格倫夏日的去處。在她出版《長襪皮皮》系列故事而成為瑞典全民，甚至全歐洲人的偶像後，她為了避開眾多媒體與讀者的追尋，經常赴小島尋幽覓靜，許多作品也在此應運而生，其中一九六四年出版的《海鷗島的夏天》正是以此背景，設想一家人從城市去小島度假的故事。

因此，「海鷗島」的虛構故事與林格倫的真實生活之間，有著兩相呼應的訊息，那也是林格倫在眾多作品裡試圖傳達的：回到簡樸環境去找尋生活最沉靜的價值與純美。

林格倫的寫作生涯自始至終秉持「讚頌兒童與少年的特質與能力」的原則，她筆下的成人角色因而安於配角戲分，作風不強勢還時有缺陷。在《海鷗島的夏天》中，梅爾克森家唯一的家長梅爾可雖然是樂觀幽默的作家，卻也是做事衝動又柔弱善感的父親。

因為這樣，大女兒玫琳不只得當起三個弟弟的小媽媽，也得緊看著孩子氣的爸爸，免得他好強多事老傷了自己，或者為了小事哭斷腸。在弟弟們心中，玫琳照料四張嗷嗷待哺的嘴，能幹可靠、善體人意還美麗溫柔，她的地位無可取代，

其中，年紀最小的沛樂「擔心愛慕者眾多的玫琳，即將成年結婚離他們而去」的隱憂貫穿故事，牽動讀者的情緒。沛樂這種缺乏安全感的特質，使他一直嚮往有自己的專屬寵物，因無法如願，他甚且將在度假小屋築巢的大黃蜂當成寵物，分享食物給牠們。

也因為這種視萬物為善又柔軟的個性，讓故事的靈魂人物：一個外表像「**一根塞飽的臘腸，圓滾滾、胖嘟嘟**」的七歲女孩修芬，視同年齡的沛樂為好友。修芬一角，就像「長襪皮皮」、「艾米爾」、「瑪蒂」、「隆妮雅」等角色，是具現林格倫心中「強大兒童」的縮影。

修芬，是個直率固執、大膽無畏、野性霸氣的鬼靈精；天空總為她發亮，點子多、麻煩也多，卻趣味橫生，渾然天成的魅力足以收買每個人。她不但幫忙實現沛樂想擁有寵物的願望、修理了目中無人的掠奪者，她膽大的自信與沛樂遲疑的怯懦兩相互補，成為解除一家人危機的英雄搭檔。

林格倫特別讓玫琳在書中以日記的第一人稱，代替她用極高級的修辭肯定了修芬。

可以說，玫琳或許是傳統定義下從兒童過渡為成人的完美典範；有這樣的人，讓社會安心。但使人眼睛發亮、心靈跳動的，卻是修芬。真正讓人期待的，是看見保持高度童真的人的未來。

林格倫為兒少寫故事不在追求完美無缺的烏托邦，她筆下人物必有真實社會的投影——失親、病痛、離別，有些甚至藏著深沉黑暗，但每個故事卻有它自成一格的「幸福」勾勒。那是回到人與人之間最基本的互動：如何避開惡之誘惑？如何理解與接納別人？如何回應他人善意？如何互助解決問題？如何在生活中創造喜樂？

當然，故事裡不只處理人與人的關係；人與動物、人與自然的互動也同等重要。閱讀林格倫的故事，回到那些簡樸的村落與人物，或許是一種懷舊，但從那裡我們會發現時代推移的代價，是我們失落的這份自身與他者萬物的親密關係，因而重新知覺了幸福的所在。

心生嚮往時，是因為幸福因子已在我們心底產生微妙變化了。

推薦文

離開舒適圈，獨立自主的試煉

Choyce（知名親子部落客）

這本書描述一個浪漫主義派的作家老爸，帶著四個孩子出門旅行。或許有人認為這個家少了媽媽，卻用肉眼看不到的「愛」緊緊串連。

孩子們以為快速便利的城市生活是理所當然，直到他們被迫離開舒適圈，搭了一整個白天的船到海鷗島過暑假。這棟小屋下雨必漏水，天天都得生火煮食，還有老爸笨拙的廚藝。孩子們沒想到這個夏天竟會展開一段冒險旅程——隨時都能跳入海中，永遠釣不完的魚，難忘的海島風光，交織著友情、冒險、探索生命，以及青春回憶。

對失去母親的家庭來說，遠離悲傷正常過日子是最重要的課題。這一家以浪漫笨拙的老爸為首，領著不安的孩子們跨出這一步，也代表著打開心胸接納他人的關懷。

海鷗島居民們對這一家人全然的包容，適時提供各種協助。孩子們划船出海探險，遇上濃霧，也發生划槳遺失，大雷雨傾盆而下，但十來歲的孩子們不害怕，與同伴們手牽手一起跨越難關。城市孩子融入當地生活，用汗水、淚水與海水當原料，在海鷗島上揮灑出難忘的色彩。

生命議題不再沉重，而是相互理解、包容與感受。

不一定要遠行，其實在街頭巷尾也能來場大冒險。出門充滿未知數，你無法確認陌生人一定會對孩子友善，也無法控制天氣與交通……不確定因素讓大人焦慮，但對孩子來說，「遠行」是跳脫框架的最佳試煉，「冒險」才是獨立自主的練習曲。只要身為父母的你我願意放手，賦予孩子解決問題的信任與空間，孩子會做得比你想像的更好。

和孩子一起閱讀《海鷗島的夏天》，利用長假回鄉下老家，或是計畫一趟花東小旅行，與孩子們一起寫下親子共享的難忘回憶吧！

簡樸而豐沛的生活

吳在媖（兒童文學作家）

大家喜歡的兒童文學大師林格倫以一貫幽默的文字，為孩子和充滿童心的大人營造了溫馨細膩的小島自然生活。讀著讀著，我跟書中角色一起在海鷗島生活，一起歡喜、一起悲傷。島上物資有限，但豐沛的大自然讓我心生嚮往；書中孩子和大人的機智對話及有趣想法讓我莞爾。

一頁頁的閱讀，我就像在海邊散步般優閒自得，時而聞到海風的味道，時而聽到孩子的笑聲。這是一本會讓我放在心裡一再回味的好書。

書頁上的電影

張友漁（兒童文學作家）

這本書果然非常的林格倫。

文字相當幽默，閱讀的過程像攀登一座山，緩坡之後一個急轉彎，出現八十五度大陡坡，氣喘吁吁走到坡頂，獎賞你一段兩旁長著美麗小花的輕鬆小路。才喘口氣而已，一個過彎，又把你逼進一條貼在斷崖壁上的窄小山徑……

好看的書，就會給你這樣的經驗。如果你不喜歡登山，看電影的經驗也行，這是一部在書頁上輕巧上演的動態電影，用優美幽默的文字以及豐富的畫面，讓讀者心驚、擔憂、喜悅，接著開懷大笑。

林格倫從來不會讓讀者失望的。

領略異國文化與生活真諦

陳之華（親子教養作家）

如果你想一窺北歐人都在夏日小屋（summer house）做什麼，他們如何度過夏日小屋的生活？他們為何對於待在臨近湖泊海水或森林岩石處度過美好夏日，如此情有獨鍾？《海鷗島的夏天》這本經典名著帶你進入熱愛親近大自然、擁抱森林湖水和簡單生活的北歐文化，也能體會到為何北歐人擁有如此多的夏日小屋。

這本書的精采不僅於此——林格倫透過生動的角色與情節，讓我們體會到親情與友情的美好，以及生命之中時而喜樂、時而憂傷的事實，也讓我們看到，平淡生活裡總會出現簡單平實的美妙，以及平凡日子裡更可能出現的驚喜與恐懼。

這是一本「很北歐」的書，同時也是一本很真實、書寫人性的好書。

細膩感受生命的軌跡與感動

彭菊仙（親子教養作家）

一個真正打動人心的故事未必需要驚心動魄的大場景、令人措手不及的大轉折、強烈的人物特性與極度對立的角色安排。在這個故事中，大多數的角色都善良與平凡，每一段情節細細碎碎，彷彿是一則小島生活遊記，但它們卻連綴如一彎清澈可喜的涓涓流水，每一頁都映現出可貴的光輝人性，每一處都能看到認真生活、細膩感受生命的軌跡與感動。

每翻一頁，心靈就被不可思議的刷洗得更為澄澈，因為我們都忘了如同故事裡的人物一樣：好好的「過日子」——好好的凝視天地、探索環境、好好的吃食、好好的靜默、好好的把動物當朋友、好好的當一個家人、好好的當別人的朋友以及大自然裡和諧的一部分。

最佳青少年成長小說

游乾桂（心理治療師／親子教育作家）

孩子是天生的問題拆除者，沒有難得倒的關卡！

高樹上的龍眼，想吃就要集思廣益想辦法，草繩、鐮刀、竹竿便構成工具，湖水深蛤蜊大，潛水有風險，孩子們先用閉氣比賽決勝負，得勝的就得下水潛撈，美味佳餚順利出水……

這是我的童年，近似林格倫《海鷗島的夏天》的垂問：「生活到底是什麼感覺？」是用手、用腳、用腦等等打造出來的生命歷程吧！這本優美如畫、動人如詩的書，不僅僅提供了閱讀者「友情」、「生命教育」、「土地認同」等等隱伏力量，還有經驗帶來的智慧和解決人生問題的能力，為演活自己播下種子，是我心目中的最佳青少年成長小說。

雋永溫暖、清新脫俗

溫美玉（國立臺南大學附設實驗國民小學教師）

喜歡旅行，喜歡思考，想要隨風自在，在掙脫不出時間與工作枷鎖之時，就隨著《海鷗島的夏天》裡眾多的角色，一起到波羅的海旅行吧！除了享受白花花的海浪、島嶼、礁岩、海岸上的老房子……也循著最令人讚嘆與喜愛的林格倫所布下的成長印記，一起思索生命中的歡喜與悲傷，一起感覺年輕時最單純的愛情，一起讚嘆人與動物間最真摯的情感。雋永溫暖的字句、清新瀟灑脫俗的風格，國寶級作家的自然率性與人文關懷，盡現於此。

溫馨慧黠，有如瑞典版《小太陽》

劉鳳芯（中興大學外文系副教授）

《海鷗島的夏天》描寫一位作家父親與四個孩子在小島上的夏日時光，可謂瑞典版《小太陽》。

書中主人翁所賃居的小屋儘管逢雨必漏，但廚房的爐火永遠溫暖，屋外灑滿陽光。海鷗島的夏天果樹圍繞、青草遍野，還有海邊的白色浪花及灰色的礁石相伴，在這如詩如畫的氣氛中，父親開明不脫稚氣的個性、大姊的慈愛與慧黠，以及孩子們令人莞爾的童言童語，更為林格倫筆下的海鷗島增添迷人魅力。

看不盡的美好

蔡宜容（兒童文學作家）

如果傑洛德．杜瑞爾《希臘三部曲》裡的地中海小島是讓人微醺的葡萄酒，林格倫筆下位於波羅的海的「海鷗島」就是一杯冰涼的水，甚至連檸檬片也沒有，但是，夏天午後，冰涼的水就是天堂。

我認真調查過，如果在海鷗島度過一個夏天，我會有吃不完的：麵包捲熱巧克力橘子醬檸檬汁蛋糕鬆餅起司咖啡野草莓野菇煎蛋奶油燉鱸魚天堂滋味三明治蒔蘿與鮮牛奶；我會有看不盡的：清晨黃昏老白花楸樹紫丁香虎耳草金鳳花野玫瑰蘋果樹白樺樹與蔚藍海水……

我不可能拒絕這些美麗與美味的事物，何況，海鷗島上有的，遠遠不止這些。

目錄

六月天

如果你在夏日清晨來到斯德哥爾摩碼頭，看見一艘名為「海鷗一號」的小白船停靠在那裡，上那艘船準沒錯，想都不用想，上船吧！十點整，它會響鈴，退出碼頭，準備出航。行程一如往常，終點是斯德哥爾摩群島中最遠端的一座島。

「海鷗一號」是一艘動力十足、有目的型航程的小汽船，三十多年來，它都持續著這樣的航程，夏季每週三次，冬季每週一次。它所穿越的海域，跟地表上其他海域可大不相同，只是它自己不見得知道；一路上會穿越遼闊的大海，駛過狹長的海峽，經過上百個綠色島嶼、上千個灰色礁石。它的速度不快，當它到達「海鷗島」的碼頭時，太陽都西下了。它就是以這座島的名字命名的。到了這裡，就毋須再前進，因為再往前也只有廣闊的海洋、礁石，還有一些無人小島，島上只有雁鴨、海鷗和其他種類的海鳥。

不過海鷗島上有人居住。不多，冬季最多二十人，就這樣，但是夏季時還會有一些遊客。幾年前的六月某天，就有這麼一家人搭上了「海鷗一號」，那是梅爾克森全家，包括父親以及四個孩子。他們住在斯德哥爾摩，卻從沒來過海鷗島。所以全家人都很興奮，尤其是父親——梅爾可。

「海鷗島，」他說，「我喜歡這個名字。所以才租下那間小屋。」

十九歲的大女兒玫琳邊看父親邊搖頭。真是個做事不經大腦的父親！都已經快五十歲了，還像個小孩一樣衝動，比他自己的三個兒子還沒責任感。瞧他那副樣子，簡直像小孩過耶誕夜一樣興奮，期待所有人會因為他租下海鷗島的度假小屋而興高采烈。

「爸，果真是你的作風，」玫琳說，「只有你才會因為喜歡它的名字，而在一個從沒去過的小島上租屋。」

「我覺得大家都會這樣啊。」梅爾可回答。他想了一下又說，「唔，或者是作家這類多少有點瘋狂的人，才會這樣做。就只為了一個名字──『海鷗島』！或許其他人會在簽下租約之前先去看一下。」

「多半都會！只有你不會！」

「好啦，不管了。反正我已經上路啦！」梅爾可喜孜孜的說。一雙藍色眼珠興奮熱切的環視著四周。

眼前都是他最愛的景物：島嶼、礁岩、白色的浪花、古老的灰色岩石、海岸、岸上的老房子、小碼頭和船塢──梅爾可好想伸長手，撫摸眼前的一切。不過他沒這麼做，反倒抓住約翰及尼可的頸背。

「你們幾個用心體會這一切有多美了嗎？你們知不知道自己有多幸運，一整個夏天都可以住在上頭？」

約翰及尼可說他們的確體會到了，沛樂說他也體會到了。

「哦，那你們要不要一起歡呼啊？」梅爾可說，「我可以請你們來點歡呼嗎？」

「怎麼做？」沛樂問。他才七歲，沒辦法配合別人的要求表現出高興的樣子。

「唱個約德爾調*吧！」梅爾可笑著說。他先試哼了一小段，孩子們聽話的跟著傻笑。

「你聽起來像母牛在叫，」約翰說。玫琳接著說：「為了保險起見，等到我們看到那間小屋時再叫會不會比較好？」

梅爾可不這麼想。「房屋仲介說，小屋很棒。我們應該相信別人說的話。他跟我保證絕對是一間古樸、舒適、討喜的小屋。」

「好想趕快到那邊，」沛樂說，「我現在就想看小屋。」

梅爾可看了看手錶。「乖乖，再等一個鐘頭。到時候我們一定都很餓了。想想看我們要先做什麼？」

「大吃一頓。」尼可說。

「答對了。我們要坐在屋外，享受夕陽還有玫琳為我們烹煮的美味餐點。而且我們一定要坐在青草地上吃——坐在青草地上，感受夏天的腳步。」

「喔耶！」沛樂說，「我馬上就會大聲歡呼了！」

但是，他決定先做別的事。爸爸說，還有一小時才會抵達目的地，在船上應該還有其他事可以做。他已經到很多地方探險了。所有的艙梯他都爬過一遍，任何有趣的角落和櫥櫃他都翻找過了。連領航員室他都探頭進去，最後被趕了出來。他還想走進船橋上的船長室，結果慘遭嚴厲驅逐。他從發動機房上方看著所有機械運轉。他喝了檸檬汁，吃過了麵包捲，還丟了一些麵包屑

*約德爾調：古代瑞士和奧地利山民吟唱的傳統民謠。

給海鷗吃。他幾乎跟船上所有人都聊過天。他還嘗試用最快的速度從船的這一端跑到另一端，看看自己能多快，結果，在每個停靠站，船員要把行李丟上岸時，他還擋了大家的路。現在的他正在搜尋新的事物。就在這時候，他發現了一些之前沒注意到的旅客。

那是一個老人和一個小女孩坐在船尾。女孩旁邊的座位上有一只鳥籠，裡面有一隻烏鴉。活生生的烏鴉耶！沛樂急忙跑向前去，他最愛動物了。凡是地上爬的、天上飛的、水裡游的，不管是鳥、魚還是四隻腳的動物他都喜歡，還包括青蛙、黃蜂、蚱蜢、甲蟲，還有其他小昆蟲，他都叫牠們「可愛的小動物」！而現在，眼前竟然有一隻烏鴉，一隻活生生的、真的烏鴉。

他在鳥籠前停下，小女孩對著他微笑。她咧著沒有牙齒的小嘴，甜甜的笑著。

「這是你的烏鴉嗎？」沛樂問。他將一根手指伸進籠子裡，想戳一下那隻烏鴉。但這是個錯誤的舉動。烏鴉立刻啄了一口。他趕緊收回手指。

「小心！」小女孩說，「對呀。牠是我的烏鴉。對不對，爺爺？」

女孩旁邊的老人點點頭。「是啊，當然是。是小緹娜的烏鴉。」老人告訴沛樂，「小緹娜跟我一起在海鷗島時，就是她的。」

「你住在海鷗島嗎？」沛樂開心的問老人，「這個夏天我也要住在那裡呢！我是說，我們全家要去海鷗島住。」

老人看著沛樂，一副很感興趣的樣子。「真的嗎？那我猜，你們就是租下老木匠小屋的那戶人家吧？」

沛樂急促的點頭。「對，就是我們。那裡好不好？」

老人歪著頭，看起來好像在思考。這時他突然噗嗤一笑。「好啊，那裡很好啊。但是好不好因人而異。」

「什麼意思？」沛樂問。

老人又笑了。「如果說，下雨天時，屋裡也會下雨，你喜不喜歡呢？」

「**喜不喜歡呢？**」小女孩如同回音似的重複了老人的話，「我**不喜歡**。」

沛樂沉思了起來。他一定要告訴爸爸這件事。但不是現在。現在他想看烏鴉。養烏鴉當寵物應該很有趣。因為每個人都會想來看看牠，尤其是像他一樣的大男孩。雖然小緹娜只是個小女生，差不多才五歲吧，但是為了烏鴉的緣故，沛樂願意勉強跟她當朋友，直到他發現其他更好玩的東西。

沛樂親切的說：「我改天去找你們玩。你們住在哪間房子呢？」

「紅色的那間。」小緹娜說。這是個線索，但不夠清楚。

她的爺爺補充：「你可以問別人蘇德曼老先生住在哪兒。大家都知道。」

烏鴉在鳥籠裡猛拍翅膀，一副焦躁不安的樣子。沛樂用手指戳牠，又被牠啄了一下。

「牠很聰明喔，」小緹娜說，「是世界上最聰明的鳥。爺爺說的。」

沛樂覺得小緹娜和爺爺吹牛，他們哪知道什麼鳥是世界上最聰明的鳥。

「我奶奶有一隻鸚鵡，」沛樂說，「會說『給我滾』！」

「誰都會吧！」小緹娜說，「我奶奶也會啊！」

沛樂哈哈大笑。「我不是說我奶奶會說這句話！是鸚鵡！」

小緹娜不喜歡被嘲笑。她生氣了。「那你要這樣說啊！」她氣呼呼的說，還把頭扭向另一邊，望著欄杆外。她不想再跟沛樂說話了。

「再見！」沛樂說。他跑去找他的家人。他發現約翰及尼可在上層甲板。他一看到他們，就知道有狀況了。這兩個人表情沉重，連沛樂看了都不安起來。是他做了什麼不該做的事情嗎？

「怎麼了？」他問。

「看那邊。」尼可用拇指一指。玫琳倚在稍遠處的欄杆上，旁邊站著一個穿著天藍色高領毛衣的瘦高年輕人。他們正在聊天，邊說邊笑。那個穿毛衣的男生看著玫琳——**他們的**玫琳，就好像他剛剛在一個意想不到的地方發現了一小塊美麗的黃金似的。

「又來了！」尼可說，「我還以為出了城會比較好。」

約翰搖搖頭。「你還懷疑啊！就算把玫琳放到波羅的海中央的礁石上，不用五分鐘，就會有男生游到那裡去了。」

尼可狠狠瞪著那個高領毛衣男子，說：「我們應該在玫琳旁邊立一塊告示牌，上頭寫著：禁止下錨。」

說完，他看著約翰，兩個人都笑了。他們在意的並不是誰注意玫琳，根據約翰的說法，這種事每十五分鐘就發生一次，沒什麼大不了，但是他們內心都有一點點小小的顧慮：如果哪一天玫琳談戀愛了，最後還訂婚，甚至結婚了，那怎麼辦？

「沒有了玫琳姊姊，我們會變成什麼樣啊？」這是沛樂說的，也是他們共同的想法和感受。玫琳可是這家人的錨，是他們的倚靠。自從他們的母親過世，也就是沛樂出生後，玫琳一直就像是這些男孩的母親，甚至是梅爾可的母親；頭幾年，她是一個還很孩子氣、時常不開心的小媽媽，但是漸漸的她開始變得熟練，「既要掃地、煮飯，又要洗衣服兼罵人」，這是她自己的形容。

「但是你只在該罵人的時候才罵。」沛樂總是替玫琳補充，「你一直都很溫柔可愛，像一隻小白兔。」

直到最近，沛樂才了解到，為什麼兩個哥哥會一直反對玫琳有愛慕者。他一直都深信，不管有多少高領男子包圍玫琳，她永遠都屬於他們家。然而讓他平靜的心起了變化的，卻是玫琳自己。某天晚上，沛樂上床睡覺時，玫琳正在隔壁浴室洗澡，邊洗邊唱歌，歌詞的最後一句是：「**她離開學校，結了婚，有了新的家庭。**」

「離開學校，」沒錯，玫琳才剛剛離開學校，然後……然後沛樂以為一切就順其自然，但是現在他明白了接下來會發生的事！玫琳會結婚，之後他們就只剩下尼爾森太太了。尼爾森太太每天才來四小時，時間到就走了。沛樂無法接受這個想法，他絕望的衝去找父親，聲音顫抖著：「爸爸，玫琳什麼時候會結婚，會有新家庭？」

梅爾可一臉驚訝。他可沒聽過玫琳有這樣的計畫，而且也沒意識到這對沛樂會是個攸關生死的問題。

「什麼時候？」沛樂繼續問。

「正確的時刻，天機不可洩漏。」梅爾可打趣的說，「但是，乖孩子，你不用擔心這種事。」

可是，沛樂從此可擔心的呢。當然不是時時刻刻都在擔心，每隔一陣子，在特別的情況下他才會想到，就像現在這樣的情況。沛樂盯著玫琳和高領男子。事實上，他們現在正在說再見，因為那年輕人在下一站就要下船了。

「再見，克理斯。」玫琳喊著。

高領男子大聲回話：「改天我開我的汽艇去找你。」

「最好不要。」沛樂氣呼呼的低聲說著。他決定叫父親做一個尼可說的那種禁止下錨的告示牌，放在海鷗島的碼頭上。如果玫琳長得沒那麼漂亮，他們就可以安心的把她留在身邊了。沛樂這麼想。不是因為他以特別的眼光看她，而是他知道她真的很漂亮，況且每個人都這麼說。大家都覺得玫琳那雙綠眼睛和金頭髮很美。高領男子一定也是這麼認為。

當玫琳往三個男孩走來時，約翰問她：「那是誰啊？」

「不是什麼特別的人，就只是我前幾天在派對上認識的。人還不錯。」

「你最好小心點。」約翰說，「把這句話大大的寫在你的日記裡。」

作家的女兒可不是白當的。玫琳也很會寫，但只寫在她的祕密日記裡。她把所有私密的想法和夢想全都肆無忌憚的寫在裡頭，還巨細靡遺的描述了梅爾克森家男孩們及梅爾可的豐功偉業。

「不要高興得太早，等哪天我把我的日記出版了，看你們還能不能笑得出來。」

「哈！哈！你要把大家的糗事都說出來啊。」約翰說，「我想，你應該清楚的列舉你的芳名錄了吧！」

「最好列張表喔，才不會漏掉任何一個人。」尼可也建議，「歐拉夫，十四歲。凱爾，十五歲。雷諾，十六歲。尤漢，十七歲。這張表可有意思了。」

約翰及尼可相信，那位高領男子克理斯應該是十八歲。

尼可說：「好想知道她會在日記裡怎麼寫他喔。」

約翰提議：「剪了一頭俐落短髮的男孩。整體而言，既下流又邋遢。」

尼可說：「只有你會這麼想。」

但是玫琳並沒有在日記裡寫下十八歲克理斯的事，一個字也沒有。他馬上就下船了，沒留下深刻的印象，而且，在隨即的十五分鐘後，玫琳有一場更重要的相遇，讓她忘記了其他所有事情。就在這艘船停靠在下一個碼頭時，她見到了海鷗島。她寫下了他們的初次邂逅：

玫琳、玫琳，你之前都去哪兒了？長久以來，這座小島，以及島上的小船塢、老街、碼頭、漁船，所有美好事物，一直靜靜的在這裡等候著你，你卻渾然不知它的存在。太糟糕了吧？我好想知道上帝創造這座小島時的想法是什麼。我猜祂是這樣想的：「什麼都給一些。要有灰色的礁石、翠綠的大樹、橡樹和白樺，還要綠草如茵、繁花點綴，是的，讓十億年後的六月，當玫琳・梅爾克森來到這座小島時，整座島都開滿紅玫瑰和白山楂花。」沒錯，親愛的約翰及尼可，如果你們看到這段，我知道你們會說什麼。『好自戀的人哪！』但我不是自戀。我只是高興上帝創造了這個樣子的海鷗島，而不是別的樣子；而且，祂把它像一個珍貴的寶石似的，放置在大海中最偏遠的地方，讓它保持在祂最初創造它時的模樣；更感謝祂讓我來到這裡。

梅爾可先前說：「等著看吧，所有的島民都會到碼頭邊歡迎我們。我們會引起轟動的。」

但是情況根本不是那樣。汽船抵達時，正下著傾盆大雨，碼頭上只有一個小小的身影和一隻狗。那個身影應該是個大約七歲的小女孩。她筆直的站在那裡，彷彿她就從碼頭長出來似的。大雨打在她的身上，她卻一動也沒動。玫琳有個感覺，上帝當初創造這座島時，同時創造了她，要她成為這座島永遠的管理者或守護者。

玫琳在日記上這樣寫著：

我頭一次覺得自己如此渺小。我在這孩子的注視下，在滂沱的雨水中，提著所有行李，從舷梯走下去時，她的雙眼彷彿看進所有一切。我感覺，她就像是海鷗島的精靈；如果我們沒被這孩子接納，就等於沒被這座島接納。所以，我用最甜美的聲音問她，就像問其他小小孩一樣：「你叫什麼名字？」

「修芬。」她說。就這樣！

「你的狗？」我又問。

她直視我的眼睛，沉穩的問我：「你是要問我，牠是不是我的狗，還是要問我牠的名字？」

「都是。」我說。

「牠是我的狗，牠的名字是水手長。」她說話的口氣，就好像是女王屈尊展示自己最愛的動物一般。好大一隻動物啊！牠是一隻聖伯納犬。我這輩子看過最大的一隻。牠的樣子看起來跟牠的主人一樣威嚴，讓我不禁懷疑，這島上的所有動物該不會都擁有同一血統，比我們這些從城市來的卑微生物都要優越。但是，接下來出現的人卻很友善。原來是這座島上的商店主人。他看起來就是個普通人。他歡迎我們來到海鷗島，告訴我們他是尼司．格蘭。但是接下來他說的話讓我們有點驚訝。「修芬，回家！」他對那個很有威嚴的小女孩說。你想像一下，他竟然敢命令她，而且他還是她爸爸！但是他的命令並沒有什麼作用。

「誰說的？」小女孩口氣堅定，「媽媽嗎？」

「不，我說的。」她父親回答。

「那我不回家。」小女孩說，「我要在這裡迎接船隻。」

商店主人忙著清點船上的貨物，沒時間理會這任性的小女孩。所以，我們在整理行李時，她就站在那裡看著。我們出發前往木匠小屋時，我感覺到她看我們的眼神。她一定覺得我們很可憐，沒有什麼事可以逃過她的眼睛。

除了修芬，還有其他眼睛注視著我們，就在街上每扇窗戶的窗簾後。我們拖著行李走在街上時，大家都看著我們。大雨傾盆，就連爸爸都一副心事重重的樣子。

在雨勢最大的時候，沛樂問：「爸爸，下雨時木匠小屋的屋頂會漏水，你知道嗎？」

爸爸停在一個水窪中，呆住了，他問：「誰說的？」

「蘇德曼老先生。」沛樂的口氣聽起來像是在說一個很熟的朋友。

爸爸假裝毫不在乎。「喔，這樣啊！又是哪個災難預言家蘇德曼老先生說的啊。房屋仲介沒跟我講的事，蘇德曼老先生倒是知道！」

「房屋仲介不知道嗎？」我插了一句，「他沒說，這棟老舊的度假小屋在下雨天時特別討人喜歡嗎？因為客廳裡會有座可愛的小游泳池。」

爸爸看了我一眼，但沒說半句話。不久，我們來到了小屋。

「哈囉，木匠小屋，」爸爸說，「我來為你介紹梅爾克森家庭成員：我，梅爾可，還有可憐的孩子們。」

那是一棟一層樓的紅色房屋，當我看到它的那一剎那，我完全相信它會漏水。但是我喜歡這間屋子，第一眼就愛上它。但是爸爸卻嚇到了。我還沒看過其他人可以這麼快的從極端開心的心情一下子掉到極端失望。他動也不動，一臉沮喪的瞪著這棟他為自己和孩子租下的小屋。

「你在等什麼嗎？」我說，「事情又不會有所改變。」

他這才收拾心情，和大家一起進屋去。

木匠小屋

這家人絕對不會忘記木匠小屋的第一個夜晚。

「想問什麼就問吧。」梅爾可後來這樣說，「我會如實陳述。霉味、冷冰冰的床單。玫琳連眉頭都皺起來了，她以為我沒看到，而我一個頭兩個大。我做了瘋狂的事嗎？但是兒子們可開心了，像松鼠一樣四處奔竄，我都還記得。我也記得黑鳥在小屋外的白花楸樹上唱著歌，海浪拍打著小碼頭，四周一片寧靜。瞬間，我的心被興奮之情填滿，我告訴自己：『不，梅爾可，你這次並沒有做什麼瘋狂的事，而是做了一件很美好、很美好的事！』不過，當然，房子很老舊，還有那股霉味……」

「然後你點燃廚房的火爐，」玫琳說，「記得嗎？」

梅爾可說，他不記得了……

「那個火爐看起來根本不像是用來煮東西的。」玫琳邊說邊把行李放到廚房地上。她一進到屋子裡，最先看到的東西就是那個火爐。爐子都生鏽了，看起來就像一整個世紀沒用了。但是梅爾可興致勃勃。

「這座老火爐棒極了！只需要稍微打理一下。我可以修好它。不過讓我們先看一下房子其他地方。」

整棟木匠小屋彌漫著一股從世紀之初就存在的氣息，像一座荒廢的老屋。這些年來的住戶一定都沒有好好對待它。但即使朽壞，它還是給人一種舒適感。在許多年前，它一定是一棟備受工匠珍愛又細心照料的小屋。

「住在這樣破破爛爛的老房子裡一定很好玩。」沛樂說。他匆匆抱了玫琳一下後，就追上約翰及尼可，看看他們在閣樓裡發現了什麼。

「木匠小屋，」玫琳問父親，「什麼樣的木匠會住在這裡呢，爸爸？」

「一個開朗的年輕木匠，他在一九〇八年結婚後，就和美麗的年輕妻子搬到這裡。他為愛妻釘了她想要的櫥櫃、桌子、椅子和沙發，然後狂熱的親吻她，說：『就取名叫木匠小屋吧，以後這就是我們的家了！』」

玫琳直盯著父親看。「這是真的，還是你編的呢？」

梅爾可難為情的笑了笑。「嗯……是啊……是我編的。不過我覺得真實性還滿高的。」

玫琳說：「是啦。不管怎樣，很久以前，一定有個人很珍愛這裡的家具，每天清理、打掃。這房子的主人是誰呢？」

梅爾可想了一會兒。「一個姓蕭貝什麼或蕭布什麼的太太吧。是個老太太……」

「或許是你說的那個木匠的太太吧！」玫琳笑著說。

「她現在住在諾爾泰利耶。一個姓麥特森的先生當她的仲介，在夏天時把這間房子租出去。看來，他都租給一些破壞狂還有愛搗蛋的小孩。」梅爾可說。

他環視眼前的客廳。毫無疑問的，那裡曾是個舒適宜人的地方；即使現在已經不再美麗，但是梅爾可很滿意。

他說：「這裡將成為我們的客廳。」他拍拍那座以石灰水粉刷的火爐，「晚上我們會坐在這裡生火取暖，聽著外頭的風聲。」

玟琳說：「耳朵還會被風吹得啪啦啪啦響。」她指向窗戶，有一片玻璃破了。

玟琳微微皺著眉頭，但是梅爾可已經愛上這棟木匠小屋，一點也不擔心那扇破掉的窗戶。

「親愛的，別大驚小怪。你聰明的父親明天就會裝上一片新的玻璃，別擔心！」

玟琳並沒有因此就停止擔心，因為她很了解梅爾可，她既擔心又心軟的想著：他以為他可以處理，他是可以，但是他忘記了實際的狀況。每次他想安裝新的窗玻璃時，就會打破更多玻璃。我得去問問格蘭先生，有沒有人可以幫忙換玻璃。

她高聲說：「我看差不多該做正事了。爸爸，你不是說要去點廚房的火爐嗎？」

梅爾可摩拳擦掌，一副幹勁十足的樣子。「就是這樣！這種事不能交給女人或小孩！」

玟琳說：「那麼，女人和小孩去找水井好了。希望這裡有這種東西。」

她聽到樓上傳來男孩們的腳步聲，於是抬起頭對著樓上大喊：「男生們，快下來！我們該去提水了！」

還好這時候雨已經停了。黃昏的夕陽透過雲層露出微弱的光芒，黑鳥在老白花楸樹上不停鼓譟。鳥兒持續的恣意高唱，直到看見梅爾克森家的男孩們出現才停止。孩子們提著水桶走到溼漉漉的草地上。

玟琳經過白花楸樹時，停下腳步，溫柔的撫摸那棵樹，說：「真好，木匠小屋有一棵自己的守護樹！」

「守護樹可以幹嘛？」沛樂問。

「可以愛它啊。」玫琳說。

「你不知道？可以爬啊！」約翰說。

尼可說：「這是我們明早要做的第一件事。房子外頭有一棵可以爬的大樹，不知道爸爸需不需要額外付錢？」

玫琳一聽笑了出來。但是男孩們繼續想到其他可能需要額外付錢的東西：小碼頭、固定在小碼頭旁的船塢，還有閣樓——剛剛已經探險過了，裡面有好多好玩的東西。

玫琳說：「還有那口井，如果裡面的水很好的話。」但是約翰及尼可並不認為它值得多付一些錢。

約翰提上來第一桶水，沛樂開心的尖叫：「快看！底下有一隻小青蛙！」

玫琳發出覺得噁心的聲音。

沛樂驚訝的看著她，問：「怎麼了嗎？你不喜歡青蛙嗎？」

玫琳說：「我不喜歡青蛙在我們要喝的水裡面。」

但是沛樂卻興奮的跳來跳去。「哇，我可以養牠嗎？」他轉頭問約翰，「井裡有青蛙耶，你想，爸爸需要多付錢嗎？」

「這得看有多少青蛙囉。」約翰說，「如果有很多就要。我猜，會算他便宜點吧。」他看著玫琳，想知道她有多受不了青蛙，但是她好像沒聽到。

玫琳的心思已經飄向其他地方了。她想著開朗的木匠和他的美麗妻子。他們在這棟木匠小屋過得幸福嗎？他們有很多小孩嗎？小孩們是不是也會一個個爬上白花楸樹？或許偶爾還會掉到海裡？那時候，每到六月，花園裡是否也像現在這樣有許多野玫瑰呢？那時候，往水井的小路也像現在這樣，鋪滿了白色的蘋果花嗎？

玫琳突然想起，那個開朗的木匠和他的妻子是梅爾可捏造出來的。但是她打算照樣相信。她還決定了另一件事：不管井裡有多少青蛙、不管有多少扇破窗戶、不管木匠小屋有多殘破不堪，此時此刻的她是開心的，什麼事情都改變不了她。現在是夏天，但她心想，這裡的每一天永遠都會是六月的夏夜，如夢似幻、寧謐安詳，像今天一樣。碼頭外有海鷗盤旋，偶爾會發出一兩聲狂野的啼叫，除此之外，這裡異常的安靜，甚至安靜到讓人耳鳴。海面上飄著綿綿細雨，帶點憂鬱的浪漫氣氛。雨水從小樹叢及大樹上滴落，空氣中也感受得到雨的溼氣，還有泥土、海水及溼潤的青草味道。

「坐在花園裡享受夕陽，吃著晚餐，感受夏天的腳步。」這是梅爾可想像在木匠小屋的第一晚要做的事。結果跟他的想像不太一樣，但，還是夏天。玫琳強烈的感受這一切，以至於熱淚盈眶。但她也覺得好餓。不知道梅爾可處理那個廚房火爐進展如何。

沒什麼進展。

「玫琳，你在哪？」只要事情不對勁，梅爾可就會這樣喊。但是玫琳沒聽到。他發現這次只能靠自己了，必須一個人想辦法，真是有些不情願。

「只有上帝和這具鐵火爐與我同在。不用多久，它就會被丟到窗外了。」梅爾可氣憤的喃喃自語。接下來他因為不停咳嗽無法再嘮叨了。他瞪著那具什麼也沒做卻一直狂冒煙的火爐。他並沒有弄壞它，只是小心翼翼的點了火而已啊。他用撥火棒將火熄掉，火爐又往他臉上吐了一團白煙。他咳個不停，立刻衝去打開所有窗戶，就在這時候，門開了，有人進來——是他們到達海鷗島時，站在碼頭邊那個很有威嚴的小女孩，名字很奇怪的那個，叫柯芬還是修芬之類的。梅爾可覺得，她看起來像是一根塞飽飽的臘腸，圓滾滾、胖嘟嘟。即使隔著煙霧看，也覺得雨衣下那張清晰的小臉是一張特別明亮、圓潤可愛的娃娃臉，還有一雙水汪汪的閃亮眼睛，很討人喜歡。她帶著那隻大狗，在屋裡比在外頭還要巨大，幾乎要塞滿整個廚房。

修芬站在門檻上，說：「冒煙了。」

「你不說，我還沒注意到呢。」梅爾可氣呼呼的說。他咳得眼淚都冒出來了。

「是啊，冒煙啦。」修芬再說一次，「你知道嗎？可能是煙囪裡有死掉的貓頭鷹喔。我們家有過。」她一臉好奇的看著梅爾可，笑開了，「你的臉黑黑的。」

梅爾可邊咳邊說：「我是燻鯡魚，新鮮的煙燻鯡魚。你可以叫我梅爾可叔叔。」

「喔，那是你的名字嗎？」修芬問。

梅爾可沒回答，因為玫琳和男孩們回來了。

「爸爸，我們在井裡發現一隻青蛙！」沛樂興奮的說。但是他一看到那隻迷人的大狗，就全忘了青蛙的事。剛剛才在碼頭上看見牠，現在牠竟然出現在他家廚房。

梅爾可一臉委屈的說：「井裡有青蛙？真的嗎？房屋仲介說這是一棟舒適的度假小屋啊，他忘記告訴我，這裡還是個動物園：煙囪裡有貓頭鷹，井裡有青蛙，廚房裡還有巨犬。約翰，去看看臥室裡有沒有麋鹿。」

孩子們都很配合的笑了——否則梅爾可的心又要受傷了——但是，玫琳驚呼：「天哪，在冒煙耶！」

「你很驚訝嗎？」梅爾可問。他指著那具鐵火爐，生氣的說，「我要寫信跟安格魯鑄造廠抱怨，質問他們：『你們在一九〇八年四月送來的鐵火爐真是你們的恥辱，你們是怎麼搞的？』」

除了玫琳，沒人在聽他說。其他人都圍繞著修芬和她的狗，不停問她問題。

修芬親切的告訴他們，她住在木匠小屋隔壁，她的父親在那裡開了一家店，房子很大，夠讓他們全家住在裡面。「我、水手長、媽媽和爸爸，還有小狄和小弗。」

「小狄和小弗幾歲？」約翰急著問。

「小狄十三歲，小弗十二歲，我六歲，水手長兩歲。我不記得爸爸媽媽幾歲。我可以回家問他們。」修芬慷慨的說。

約翰告訴她沒這個必要。他和尼可相視而笑。隔壁家有兩個和他們年紀相同的男生耶！這也太棒了吧！

玫琳問：「如果火爐沒辦法用，那我們還能做什麼？」

梅爾可抓著頭髮說：「我想我還是到屋頂上，看看煙囪裡是不是像這孩子說的，真的有一隻死貓頭鷹。」

「天哪，」玫琳說，「小心一點！不要忘了，我們只有**一個**爸爸啊！」

但是梅爾可已經走了出去。他看到屋外牆壁上靠著一架梯子，要爬到屋頂上應該不難。男孩們都跟著他，連沛樂也跟去了。爸爸要去找煙囪裡的貓頭鷹，當然要跟，就算世界上最大的狗也沒辦法將他留在廚房裡。修芬也慢條斯理的跟在後面，想看看會不會發生好玩的事情。有件事情沛樂還不知道——修芬已經暗自挑選了沛樂當她的朋友及跟隨者。

修芬看著梅爾可叔叔拿著撥火棒要去把貓頭鷹撈出來，心裡覺得真是有趣，而且，梅爾可爬梯子時還用牙齒咬住撥火棒，就跟水手長銜骨頭的樣子一模一樣。她覺得這是她看過最好玩的事情了。她站在蘋果樹下暗自竊笑。梯子上的一根橫木斷裂，害得梅爾可叔叔往下跌了幾呎。沛樂嚇了好大一跳，而修芬則是在心裡暗暗大笑。

梅爾可叔叔終於爬上了屋頂，修芬也停止偷笑。她覺得看起來很危險。梅爾可也這麼想。

「這房子真不錯。」梅爾可喃喃自語，「但是好高。」

他開始擔心，一個快五十歲的人爬這麼高，不太好保持平衡吧。

「但願我可以活到那時候。」他一邊咕噥，一邊搖搖晃晃的沿著屋脊前進，兩眼直盯著煙囪。他往下瞥了一眼，看見兒子們仰著臉，神情十分擔憂，害他差點掉了下去。

「扶好，爸爸！」約翰大叫。

左搖右晃的梅爾可差點發脾氣。上頭什麼都沒有，就只有遼闊的天空，他還能扶什麼？這時候，他聽見底下的修芬尖銳的聲音。

「梅爾可叔叔，我跟你說，你扶著撥火棒的把手啦！」

不過，梅爾可已經安全的走到煙囪旁邊了。他從裡頭往下看，什麼都沒有，一片漆黑。

他大喊：「嘿，修芬，你說有死貓頭鷹，這裡什麼都沒有啊。」

尼可問：「連一隻老蒼鴞都沒有嗎？」

梅爾可氣憤的大喊：「這裡沒有貓頭鷹！我已經說了！」這時，他又聽到修芬尖銳的聲音。

「你要嗎？我知道哪裡有。但不是死的。」

大家再度回到廚房，那裡的氣氛變得有點僵。

玫琳說：「我們得度過一陣子吃罐頭的日子了。」

他們悲哀的瞪著那具不聽話的火爐。在這種時候，他們最想要的莫過於溫熱的食物了。

「日子難過囉。」沛樂說。這是他父親常說的話。

外頭有人敲門。進來的是一個穿著紅色雨衣的陌生婦人。她急忙把一只琺瑯燉鍋放在火爐上，然後對眾人露出大大的笑容。

「晚安！喔，修芬，你在這兒啊！我想也是。怎麼在冒煙呢，真糟糕！」婦人說。不等大夥兒回應，她又繼續說：「我先自我介紹好了。我是瑪塔•格蘭。是你們的隔壁鄰居。歡迎你們。」她一口氣說著，臉上始終帶著笑容，接著穿過眾人，走向火爐，抬頭看了看煙囪。「你們打開風門了沒？最好是打開了！」

玫琳噗嗤大笑，但是梅爾可一臉受挫的樣子。

「有啊，當然，我開了風門了。我做的第一件事就是打開它。」他保證。

「唔，可是現在是關著的。」格蘭太太說。她轉開它，然後說：「好了，現在開了。有可能在你們來的時候它就是開的，而梅爾克森先生誤把它關上了。」

玫琳說：「他就是那麼細心啊。」

他們全都大笑，連梅爾可都笑了，而笑得最大聲的是修芬。

格蘭太太說：「我很了解這具火爐，它是最高級的喔。」

玫琳滿懷感激的看著她。自從這位善心人士進到廚房後，一切都好轉了。她好開朗，全身散發一種讓人很安心的感覺。玫琳心想：有這樣的鄰居真好！

「我燉了一些東西表示歡迎。」格蘭太太指向她帶來的那只燉鍋。

梅爾可雙眼泛淚。只要有人對他和他的孩子很好，他就會這樣。

「沒想到有這麼好的人！」他結結巴巴的說。

「是啊，我們海鷗島上的人都很好喔，」格蘭太太笑著說，「來吧，修芬，我們該回家了。如果還有什麼需要，儘管跟我說。」

「喔，那裡有扇窗子破掉了。」玫琳羞怯的說，「但是我們不該要求那麼多。」

「等你們吃完後，我叫尼司過來看看。」格蘭太太說。

修芬接著說：「對啊，因為海鷗島上所有窗戶都是他裝的，而且是我和小緹娜打破的。」

「你說什麼？」她媽媽嚴厲的問。

「不過，當然不是故意的啊。」修芬趕忙解釋，「就不小心發生了嘛。」

「小緹娜——我知道是誰。」沛樂說。

「你知道？」修芬問。不知為何，她好像有點不高興。

沛樂好一陣子都莫名的安靜。家裡有一隻像水手長這樣的大狗時，何必跟人說話呢？沛樂抱著水手長的脖子，在牠的耳邊輕聲說：「我好喜歡你。」

水手長也乖乖被抱。牠用一對和善卻憂鬱的眼睛看著沛樂，眼神中全然流露狗兒的忠實情感，那是對真心看見牠靈魂的人才有的凝望。

但是修芬要回家了。修芬去哪兒，水手長就去哪兒。

「來吧，水手長。」修芬說。然後他們一起走了。

因為廚房的窗戶還開著，所以修芬經過外面時，他們都聽見了她說話的聲音。

「媽媽，你知道嗎？梅爾可叔叔爬上屋頂時，還扶著撥火棒。」

他們也聽見格蘭太太的回答。「修芬，你知道的，他們一家是從城裡來的，一定得扶撥火棒才行哪！」

梅爾克森兄弟們面面相覷。

「她覺得我們很悲哀。」約翰說，「不用這樣吧。」

但是說到火爐，格蘭太太倒是對了，真是不賴，火燒得很旺，一下子便燒出紅通通的火焰，使整個廚房暖呼呼的。

「家的幸福之火。」梅爾可說，「人類自從發明了火，才有了家庭的組成。」

「也才發明了燉肉。」尼可說完便開始吃東西，不再說話。

全家人圍著廚房餐桌吃著，這是個美好的溫馨時刻。火焰在爐中熊熊燃燒，屋外的雨淅瀝瀝的下著。

約翰及尼可上床睡覺時，雨下得更大了。他們其實很不想離開溫暖的廚房，爬上又冷又潮溼的閣樓。儘管火爐中的火還在燒，但是閣樓上還是很不舒服。不過沛樂已經在那裡睡著了，他裹著毛毯，頭上戴著一頂溫暖的毛帽，帽子還拉了下來。

約翰站在窗邊，全身發抖，他想看看隔壁的格蘭家，但是雨下得太大，就像隔著密實的水簾往外看。**商店**，他看得出招牌上這兩個字。房子是紅色的，跟木匠小屋一樣。花園面海，也有一座遊艇碼頭。

「明天我們可以去跟隔壁的男孩認識一下……」約翰說。但他話還沒說完就停住了，因為他看見鄰居家發生了一件事——門打開了，有人跑向雨中。是個女生。她穿著泳衣，直直衝向碼頭，一頭金髮不停滴水。

「快過來，尼可，快來看一件有趣的事……」約翰說。他的話又說到一半，因為隔壁門又打開了，這次跑出另一個女生，她也穿著泳衣，跟著前一個女生快步衝向碼頭。第一個女孩已經在碼頭上了。她跳進水裡，當她浮上水面時，大聲叫著：「小弗，你帶肥皂了嗎？」

約翰及尼可默默的互看一眼。

最後尼可開口了。「那就是我們明天要去認識的『男孩』。」

「天啊！」約翰說。

那個晚上他們一直睡不著。

「腳一直冰冰的，怎麼睡啊。」尼可說。

約翰同意這個說法。之後他們沉默了好一會兒。

「不過，至少現在雨停了。」約翰終於打破沉默。

「不，還沒。」尼可說，「我的床剛剛開始下雨了。」

下雨天時，屋裡也會下雨，你喜不喜歡呢……

尼可最不喜歡的就是雨下到他的床上，不過，他才十二歲，所以適應力良好，不會為這種事傷腦筋。另一方面，他和約翰都曉得，如果他們把這慘劇告訴玫琳，玫琳整晚都不用睡了。所以他們合力把尼可的床安安靜靜的挪到一邊，再用一個水桶接屋頂漏下的水。

「那個啪嗒啪嗒的聲音倒是讓人想睡。」約翰爬上床時喃喃的說。

還好，樓下的玫琳完全沒聽到滴水的聲音，她正在寫日記，想要記住海鷗島的第一個夜晚。

她在最後這樣寫著：

我獨自坐在這裡，卻感覺有個眼神注視著我。不是人，而是這個房子——木匠小屋！木匠小屋，請你喜歡我們。你最好下決心這樣做，因為你不得不忍受我們了。你說，你還不知道我們是誰？我來告訴你吧。在廚房旁的小房間裡，又瘦又高的傢伙就是梅爾可，他現在正躺在床上大聲念詩，好讓自己睡著。請你守護他，尤其在他拿著鐵鎚、鋸子或其他工具時。至於住在其中一間閣樓的三個小鬼頭，我只能期望你很喜歡小孩，能習慣所有發生的事。我猜想，木匠的小孩也不是一直都很乖吧。而那個會為你洗窗戶、刷地板，細心呵護你，卻讓自己的手越來越粗糙的人，就是你最真摯的朋友——玫琳。我會叫其他人來幫忙，別擔心，我們一定會讓一切都展現出最美好的樣子。晚安，木匠小屋，我們該睡囉。另一間冰冷的閣樓正在等著我。但是，放心，我還會在這個溫暖的廚房多待一會兒，享受熾熱的火光，因為在這裡，我可以感受到你熱情的心跳。

寫到這裡，玫琳突然發現時間已經很晚了。她望向窗外，才驚覺新的一天即將開始。雨已經停歇，這一天天氣一定格外晴朗。她佇立在窗邊許久。

「這廚房的窗真好。」她輕聲說。以前她曾經喜歡過的任何景色，都比不上現在眼前所看到的。晨光照耀下的平靜水面、小碼頭、海岸邊的灰色石頭，一切的一切。她打開窗戶，聽著鳥兒陣陣歡欣的歌聲。那歌聲來自一隻鳥兒小巧的喉嚨，還有白花楸樹上剛醒過來的黑鳥，牠的聲音充滿了生命的喜悅。而廚房隔壁小房間裡可憐的梅爾可，到現在還沒睡著，他打了個呵欠，連玫琳都聽到了。他還在大聲的吟詠著詩詞。玫琳聽得出來，他很開心。

划呀划，划向魚島

一個星期後玟琳這樣寫著：

感覺我們好像一輩子都住在海鷗島似的。我已經認識了這裡的所有人。最先認識的是尼司和瑪塔，他們開了一家店。他們是我這輩子認識的人之中，最親切（尤其是尼司）、最熱心（尤其是瑪塔）的了。

尼司負責看店，瑪塔也是，但是她也負責轉接電話，還兼作郵局。她的三個小孩、一隻大狗，還有家務，都由她照顧。除此之外，只要小島上任何人遇到困難，她都會去幫忙。我們到這裡的第一個晚上，她就帶著一鍋熱呼呼的燉肉來拜訪我們。這就是瑪塔會做的事。「因為你們一副手忙腳亂的樣子啊。」她這樣說。

我還知道什麼呢？蘇德曼老先生，他的胃總是咕嚕咕嚕叫得厲害。這是他自己告訴我的。他最近會去看醫生，拿點藥。

我還知道威士特曼並沒有好好看管他的地。他多半時間都在釣魚和打獵，這是威士特曼太太跟我說的。

瑪塔和尼司、蘇德曼老先生、威士特曼夫婦——還有其他人嗎？有，楊森家。他們家有座牧場，我們的牛奶都從那裡來。傍晚時在牧場裡散步，順道帶回一些牛奶，是我們很享受的鄉村生活樂趣。

小島上也有老師，他很年輕，名叫比昂・蕭布朗。我在星期三晚上遇到他，那時我正要去取牛奶。他看起來是個親切老實的年輕人，非常直率爽朗。

這裡的小孩，我為他們感謝上帝！沛樂老是跟修芬還有小緹娜一起玩。尤其是修芬。我猜，兩個小女生之間有點競爭的意味，會說些「我先看到他的」之類的話。但是我覺得，修芬完全占有了沛樂，其他人毫無機會。這個小女生氣宇非凡，也不曉得為什麼每個人都愛她。只要她那張天真無邪的臉蛋一出現，四周都亮了起來。爸爸說，她有種永恆之子的氣質，自信、溫暖、開朗。她是屬於海鷗島全民的修芬，深入大街小巷，不管走到哪兒，看見的人都會驚呼：「哇，我們的修芬來了！」就好像發生了什麼天大的好事一樣。她一生氣——這種事也是會發生的——就好像什麼自然力量爆發了，無疑還會造成天打雷劈！但很快就過去了！

小緹娜完全是另一種類型。她是個可愛逗趣的小小孩，牙齒掉光光，卻有種獨特魅力。不知道她怎麼辦到的，竟然可以同時間把前排牙齒都弄斷。這一來，反倒讓她笑的時候有一種別具一格的無邪感。她是這座島上的說故事高手，毅力驚人。就連喜歡小孩、也喜歡跟小孩說話的爸爸也開始有點怕小緹娜，經常一看到她走來就會繞開。雖然他不承認。

「事實上，每次小緹娜來跟我說故事後，我都很開心——因為她一說完，我就覺得如釋重負啊！」爸爸某一天這樣說。

約翰及尼可因為有了小狄和小弗的陪伴，每天都過得開心又滿足。她們倆長得很可愛，但簡直像一對亞馬遜女戰士。最近我很少看到三個弟弟，尤其到了要洗碗的時候。每次我只聽到他們從我身旁經過，匆匆拋下一句：「我們要去釣魚了！」「我們要去游泳！」「我們要去蓋小茅屋！」「我們要搭木筏！」或是「我們要到島上撒網！」最後這個就是他們今天晚上要做的事。他們說，明天他們要去收網——清晨五點，如果他們起得來的話。

他們做到了。五點鐘起床，迅速著裝，跑到格蘭家的小碼頭，小狄和小弗已經在船上等他們了。水手長也早起。牠站在碼頭上，氣呼呼的瞅著小狄和小弗。他們真的不帶牠一起出海去嗎？「喔，拜託，」小弗說，「水手長不在船上要去哪？但是你們也知道，修芬醒來後若是沒看到牠會大怒的。」

水手長一聽到修芬的名字，猶豫了一下。但只有一下。最後牠還是輕輕跳上了小船。小船因為牠的重量左搖右晃。

小弗拍拍水手長。「你可能以為你來得及在修芬醒來前回到家。但是你錯了喔，水手長。」她握住船槳，划了起來。

約翰說：「狗又沒辦法推理事情。水手長根本不會思考。牠是因為看到你和小狄都在船上才跳上來的。」

但是小狄和小弗都堅稱水手長會思考、有感情，就跟人類一樣。

小狄說：「更好的是，我敢說，狗的腦袋裡從來沒有任何不好的念頭。」她摸摸水手長的大腦袋。

約翰輕拍了一下小狄的頭，問：「那這個腦袋呢？」

小狄說：「有些時候，裡面塞滿了恐怖的念頭喔！小弗的好一些。她跟水手長比較像。」

大約要划一個小時才會到達魚島，所以他們聊著各自腦袋裡的念頭，打發時間。

「說說看，尼可，你看到這樣的景色時，腦袋裡想的是什麼？」小狄手一揮，指向初醒的美麗清晨，藍天中高掛著夏日的白雲，海面上灑落著燦亮金陽。

「我想到吃的。」尼可說。

小狄和小弗瞪著他。「吃的？為什麼？」

「我多半時候都在想吃的嘛。」尼可傻笑了一下。

約翰也贊同他所說的。他拍了一下尼可的額頭，說：「沒錯，這裡最多只有兩種其他想法。」

尼可說：「但是約翰腦袋裡的念頭，可就像一大群小魚一樣密集喔。有時候，念頭多到爆炸時，會從他的耳朵溢出來。因為他讀了太多書。」

小弗說：「我也是。腦袋裡也會突然湧出好多念頭。好想知道像約翰一樣是什麼感覺！」

小狄說：「嘿，我是狄朵拉時，跟我是小狄時，想的事情不一樣喔。」

約翰驚訝的看著她：「狄朵拉？」

「怎麼啦，你們不知道？我的全名是狄朵拉，小弗的全名是弗莉卡。」

小弗說：「都是老爸阿呆，才會想出這些名字。媽媽就把它們簡化成小狄和小弗。」

小狄說：「我的狄朵拉念頭都很夢幻又美麗。當這些念頭出現時，我就會把它們寫成詩，還會想去非洲照顧痲瘋病人，或是當太空人，或第一個登上月球的女性，諸如此類的。」

尼可看著努力搖槳的小弗，問：「那你的弗莉卡念頭又是怎樣呢？」

小弗說：「沒什麼耶。我一直都是小弗，而我的弗莉卡念頭都很實際。你想聽聽最新的嗎？」

約翰及尼可都很好奇。他們當然想聽聽看她最近想的是什麼。

「就是，」小弗說，「那兩個懶惰的男生可以來划一下船嗎？」

約翰急忙把她的槳拿過來。但是他很擔心自己的技術。這幾天晚上，他和尼可都利用木匠小屋的老船練習划槳。他們這樣偷偷練習，為的就是不想在小狄和小弗面前出糗。

約翰在第一次見到這兩個女生時，就跟她們說：「雖然我們不是小島人，但我們還懂一點船的事。」小弗微微挖苦了他：「你雕過樹皮船，對吧？」

小狄和小弗都是在海鷗島上出生的，所以她們都是徹徹底底的小島人。關於船、天氣、風向，還有該用什麼網子或釣線捕魚及釣魚，她們幾乎無所不知。她們知道怎麼清理鯡魚、剝鱸魚皮、編繩索、綁繩結，她們用一支槳划船就跟用兩支槳划一樣厲害。她們還知道哪裡有鱸魚場，哪裡的蘆葦叢幸運的話可以找得到梭子魚。她們認得所有海鳥的蛋和叫聲。她們熟悉海鷗島周邊的暗礁和小淺灣，還知道如何穿梭在這個錯綜複雜的小世界，比自己家的廚房還要熟悉。

她們從不誇耀自己所擁有的這些知識，因為她們認為，這些根本是身為小島人與生俱來的本能，就像鴨子一生下來腳上就有蹼一樣。

她們總是泡在海裡。「你們不怕長出魚鰭嗎？」她們的媽媽經常這樣問，尤其當她忙著轉接電話或顧店，需要幫手時，都得從海邊把兩個女兒叫回來。任何天氣都一樣。她們在水裡行動，就像在碼頭上跳來跳去，或是爬上小淺灣裡的破舊拖網船的桅杆一樣，輕鬆自在。

終於抵達魚島了。約翰雙手都起了水泡，痛得不得了，但是他興高采烈，因為他划船划得很好。光是這樣，就可以讓他感到開心又興奮。不過，也太開心了吧。

梅爾可老是說：「可憐的孩子，跟他爸爸一樣，心情老是上上下下。」

這時候的約翰，心情是「上」的狀態。這四個人都是。如果水手長也是，只能說牠掩飾得很好。牠還是帶著一臉愁容，或許在這隻狗的心靈深處，牠是開心的。只見牠舒服的躺臥在一間老船塢的岩石上，背靠著被陽光晒熱的灰色牆壁。從牠躺臥的地方，可以看到船上的孩子們正在收網。他們尖聲喊叫，叫得水手長都著急起來了。是遇到危險了嗎？還是需要幫忙？聽起來像是這樣，但是牠根本不曉得，他們只是因為捕到魚所以開心大叫。

「八條鱸魚！」尼可說，「玫琳可要頭痛了。她說今天晚餐想要煮芥末鱸魚，但她可沒說一整個星期都要！」

約翰比剛才更興奮了。他尖聲說：「喔，太棒了！誰敢說捕鱸魚不好玩？」

「你也只會捕鱸魚。」小弗低聲說。

有那麼一會兒，約翰覺得對鱸魚很抱歉。他還想到另一個人，如果他也在那裡，一定很難過。

「還好我們沒有帶沛樂一起來。」約翰說。「他一定不喜歡這樣。」

水手長站在岩石上用焦慮的眼神望著小船和孩子們。但是牠最終只看了一眼，因為牠知道他們並不需要幫忙，所以牠打了個呵欠，就把頭埋進臂彎裡。終於可以睡個覺了。

如果真像小狄和小弗說的那樣，水手長像人類一樣會思考也有感覺，或許牠在睡著前想的是：修芬在家裡做什麼，她醒來了沒有？

她醒了。清醒得不得了。當她發現水手長不像往常一樣躺在她的床邊，她開始左思右想，過了一會兒後，她才想到發生了什麼事。她超級生氣，就像小弗預言的一樣。

她氣呼呼的爬下床。水手長是**她的**狗。誰都沒有權利帶牠出海。但是每次小狄和小弗都這樣——連問都沒問。再也不能讓這種事情發生了。

修芬大步走向爸媽的房間，要去跟他們抱怨。爸媽都還在睡覺，修芬硬是闖了進去，直直走向爸爸，把他搖醒。

她憤憤不平的說：「爸爸，你知道嗎？小狄和小弗帶水手長出海了。」

尼司不情願的睜開一隻眼睛，看了看鬧鐘。「六點。你一定得在這麼一大早跑來跟我說這種事嗎？」

「對，我又不能早點來，」修芬說，「我剛剛才發現這件事啊。」

她媽媽睡眼惺忪的起來，口齒不清的說：「修芬，別發這麼大的脾氣嘛。」就快到瑪塔平常起床的時間了，一起床就又要開始一天的工作。鬧鐘響之前的最後半小時，對她來說跟黃金一樣珍貴。但修芬就是不懂。

修芬說：「我沒有發脾氣，只是很生氣。」

只要耳朵沒聾，在這個房間裡聽著修芬發脾氣的人，都不可能繼續睡覺。瑪塔覺得自己完全清醒了，她不耐煩的說：「你到底在發什麼脾氣啊？水手長都不能去玩了是吧。」

這會兒修芬更大聲。「那我呢！」她尖聲說，「我都不能去玩了嗎？不公平！」

尼司發出呻吟，把頭埋進枕頭。「走開，修芬。如果你還要生氣，就去別的地方生氣——去我們聽不到的地方。」

修芬沉默的站著，安靜了幾秒鐘。她的爸媽開始期待這樣的安靜可以持續下去。但是他們不曉得，修芬才正要開始發作呢。

「好，就這樣！」她大喊著，「我走開。永遠都不會回來了！等你們發現你們的修芬不在了，你們再難過的哭好了。」

這時候，瑪塔發現事情嚴重了。她伸出手想要安撫小女兒。「你不會不見的，對吧，我的小可愛？」

「會，這樣最好了。」修芬說，「這樣你們就可以一直睡，想睡多久就睡多久。」

瑪塔向她解釋，他們永遠都不想要他們的小修芬離開——或許只要在早上六點時離開他們的房間就好。但是修芬不想聽。她衝了出去，用力把門甩上。

她穿著睡袍跑到花園裡。「繼續睡覺吧！」她喃喃的說，兩眼都是淚水。

而她這才想到自己太早起了。天才剛亮。空氣很冰涼，草地上還有露珠，害她的雙腳直發冷。太陽都還沒爬到它該在的位置呢。只有海鷗醒著，跟往常一樣啼叫。其中一隻還坐在旗杆上，彷彿牠擁有整座海鷗島一樣。

修芬現在沒那麼氣憤了。她若有所思的站在那裡，用腳趾扯下一些青草。她想到自己這麼任性，有點氣自己。離家出走，只有小嬰兒才會做這樣的事，爸媽一定跟她想的一樣。但是不可能現在就掉頭回家，絕不能這樣。應該用什麼光榮的方式脫離這樣的窘境。她努力的想著，在她想到必須做什麼之前，她又用力扯下一大把草。她跑到爸媽房間敞開的窗戶前，探頭進去。兩人正在穿衣服，也如她所想的一樣清醒了。

修芬宣告：「我要去蘇德曼老先生家當女僕。」她認為這是一個好主意。這樣爸爸媽媽就知道，她說的離開是這個意思，而不是什麼幼稚的離家出走。

蘇德曼老先生家住在海邊的小屋。他時常抱怨家裡沒有幫手。

蘇德曼老先生曾經對她說：「修芬，你能不能當我的小女僕啊？」但是修芬那時候沒有空。她現在想到這件事還真不錯。當女僕又不用當很久，很快就可以回到爸爸媽媽身邊，繼續當他們的小修芬，就像什麼事情都沒發生一樣。

尼司往窗外伸出父親和藹的手，摸摸修芬的小臉頰。「小寶貝，你沒有在生氣了？」

修芬害羞的搖搖頭說：「沒有了。」

「哦，那很好。」尼司說，「發脾氣很不好喔，修芬，你知道吧。什麼事也做不好。」

修芬同意父親所說的。

瑪塔問：「你覺得，蘇德曼老先生真的需要女僕嗎？他有小緹娜啊。」

修芬根本沒想到這件事。蘇德曼老先生是在去年冬天問她的，那時候還沒有小緹娜，當時她跟她媽媽住在城裡。修芬想了一下，但沒想很久。「女僕要很強壯。」她說，「我就是。」

然後修芬就出發了，想及早跑到蘇德曼老先生家，告訴他說他有多幸運。但是媽媽又把她叫了回來。

「女僕不能穿睡袍去工作呀。」媽媽說。修芬也了解這點。

修芬來到蘇德曼老先生家時，他正在他的小屋後面整理漁網。

她開心的唱著：「答啦啦啦，她們必須很強壯。答啦啦啦，超級強壯。」她看見蘇德曼老先生時，立刻開心的呼喚：「蘇德曼老先生，你知道嗎？你知道今天誰要來幫你洗碗嗎？」

他都還沒來得及猜，身後的窗戶便探出一顆小腦袋說：「是我。」說話的是小緹娜。

「不是。」修芬說，「你又不夠強壯。」

她花了好多時間說服小緹娜，最後小緹娜也不得不屈服。

修芬對女僕的職責沒什麼概念。海鷗島從沒出現過這號人物。但是她相信，女僕一定要像鋼鐵般強壯，就像破冰船一樣，冬天一到就立刻出動，為船破冰。她開始用那股勁道在蘇德曼老先生的廚房洗碗。

有一些碗盤掉到地上了。小緹娜大聲嚷嚷。修芬則安慰她說：「總要打破一些碗盤的。」

修芬毫不客氣的往洗碗槽裡倒光肥皂，以至於所有東西都變成一堆壯觀的泡沫。她幹勁十足的洗著碗盤，還大聲唱著歌，只要蘇德曼老先生看著的時候，都聽得到她的聲音。而小緹娜則臭著一張臉坐在一旁的椅子上。修芬宣告，她現在是這個家的女主人。

「她們不需要很強壯。反正不用那麼強壯。」修芬唱著。之後她突然宣布：「待會我還要做煎餅。」

「你怎麼做？」小緹娜好奇的問。

「就一直攪拌一直攪拌啊。」修芬說。她剛洗完碗盤，迅速的把洗碗槽的水往窗外一倒。但是蘇德曼老先生的貓——馬蒂——就躺在窗戶底下晒太陽。牠立刻跳起來，發出驚嚇的嚎叫聲，一溜煙的衝進廚房門，全身覆蓋著泡沫。

「不可以幫貓洗澡！」小緹娜嚴厲的說。

「我不是故意的。」修芬解釋，「但是如果幫牠們洗了澡，就要幫牠們擦乾身體。」

她拿起擦碗盤的毛巾，兩個人一起擦乾馬蒂的身體，同時安撫牠。很明顯的，馬蒂覺得飽受屈辱，因為牠不滿的叫個不停，之後就跑去睡覺了。

修芬終於有時間想到她的煎餅。她問：「麵粉在哪兒？趕快拿出來！」

小緹娜聽話的爬上椅子，從碗櫥裡拉出一個麵粉罐。這對她來說有點困難，因為她必須伸長手才搆得到它，而且很重。這證實了修芬的話：小緹娜不夠強壯。

「幫幫我！快要掉下去了！」小緹娜尖叫著。她拿不動那罐麵粉，罐子一傾斜，大半的麵粉全撒在馬蒂身上，牠剛剛跑到碗櫥底下的地板上睡覺，才剛睡著呢。

「變成另一隻貓了。」修芬驚訝的說。

馬蒂原本是黑色的，但是這隻尖叫著飛奔到門外的小動物跟鬼一樣白，還兩眼發直。

「牠會嚇死海鷗島所有的貓。」修芬說，「可憐的馬蒂，今天真是倒了大楣。」

鳥籠裡，烏鴉尖叫著。牠的名字是「跳上岸的查理」。牠的叫聲聽起來好像是在嘲笑馬蒂的不幸。小緹娜打開鳥籠，放出烏鴉。

她跟修芬說：「我正在教牠說話。我要教牠說：『給我滾！』」

「為什麼？」修芬問。

「因為沛樂的奶奶會說這句話。」小緹娜說，「她的鸚鵡也會。」

這時候，她們看見門口有個人。就是沛樂本人。

沛樂問：「你們在幹嘛？」

修芬說：「做煎餅，但是馬蒂帶走了大部分的麵粉，所以我想我們只能做一點點。」

沛樂進到屋裡。他跟所有小孩一樣，在蘇德曼老先生家感覺就像在自己家。這間小屋是海鷗島上最小的一間，屋子裡只有一間廚房和一間小臥室，但是裡頭有好多東西可以看，不只是跳上岸的查理，雖然查理對沛樂來說是最重要的。屋裡有一隻填充玩具雁鴨、幾疊舊漫畫書，還有一幅詭異的圖畫，上頭有一群黑衣人，用雪橇運著棺材。底下的標題寫著：**霍亂肆虐**。蘇德曼老先生還有一只奇特的玻璃瓶，裡面裝著一整艘帆船。沛樂老是看不膩，而小緹娜也老是不厭其煩的秀給他看。

「他們是怎麼把船弄進去的啊？」沛樂很好奇。

小緹娜說：「看吧，你奶奶不會吧！」

修芬說：「當然不會，因為那超難的。看我。」

他們忘了船的事，轉頭看著修芬。她站在房子中間，烏鴉站在她的頭上。那簡直是童話故事裡才有的畫面，讓他們全都說不出話來。

修芬感覺著烏鴉的爪子就在自己濃密的頭髮裡，她開心的笑了。「說不定牠會在我頭髮裡下蛋喔！」

但是沛樂馬上戳破她的幻想：「牠不會下蛋。母的才會，你知道吧！」

修芬說：「但是，如果牠可以學會說『給我滾』，就可以學會下蛋！」

沛樂含情脈脈的看著烏鴉，嘆了口氣說：「我真希望可以養小動物。我只有黃蜂。」

「在哪？」小緹娜問。

「在我家啊，木匠小屋的屋簷下有黃蜂窩。爸爸常被叮。」

小緹娜咧著沒有牙齒的小嘴，得意的笑了開來。「我有好多動物——有烏鴉、貓，還有兩隻小羊。」

修芬說：「又不是你的！是你爺爺的。」

小緹娜說：「我跟爺爺住在一起，所以爺爺的就是我的。怎麼樣！」

修芬沉著臉，不開心的說：「我有一隻狗。希望那些野獸快點帶牠回家。」

又想到她的水手長了！這個時候，牠正在小島上獨自漫步呢。被稱為野獸的哥哥姊姊們，都沒發現牠不見了。

他們正在享受美好的早晨。「先去游泳吧！」小狄說。他們照做了。海水如同六月的其他日子一樣冰冷。只有十二、三歲的瘋小鬼才會跳進這樣冷冰冰的海水裡。就因為他們是瘋子，而且又死不了。相反的，他們活力旺盛。他們從礁石上跳進海裡，在海中潛水、游泳、打水仗、競速，玩到全身凍得發紫。然後，他們在避風處生起營火，圍著火堆取暖，感覺自己血液裡的原始天分，如同所有印第安人、拓荒者、獵人頭族、石器時代的人類一樣；人類居住在地球上的時間有多久，圍著火堆的歷史就有多長。他們現在既是漁夫也是獵人，在荒郊野外過著自由奔放的生活，用熾熱的火焰烤熟自己的獵物，而各種海鷗則在天上尖聲啼叫，企圖告訴他們，這座島的所有魚類都歸牠們所有。

但是，這些侵入者毫無顧忌的享受著美味的魚，還不停的發出駭人的聲響，「咯、咯、咯」，像鸕鶿一樣的叫著，因為他們才剛組成一個名為「四海鷗」的祕密團體，而且永不公開。但是他們的口號就不是祕密了。所有海鷗都聽到了，很不喜歡。「咯、咯、咯」的回音在周邊的小島上、小灣裡迴盪，其他的，什麼也聽不見，因為是祕密。

火焰化為灰燼。小弗看到海灣裡漂著一艘小船。距離很遠，幾乎看不太到。但是還看得出來船裡空蕩蕩。

約翰說：「怎麼會有人不把船繫好！」

小弗腦袋裡閃過一個可怕的念頭。她又看了船一眼，然後說：「你再說一遍！」他們剛剛把自己的船拖進那個小灣時，沒看到別的船。小狄嚴厲的看著約翰，說：「沒錯，你再說一遍！你是怎麼把船繫在岸邊的？」

是約翰說他會注意把船停好——他還說他會做得很好。

「真的很奇怪，怎麼會有一個小孩跟自己的爸爸這麼像呢？」玫琳常這樣說約翰。還真的很奇怪。

他們還看得到遠處沐浴在陽光下的小船。小弗站在一塊石頭上，高舉雙手揮舞。「小船再見、再見！將我們的愛帶往芬蘭吧！」

約翰滿臉通紅。他羞愧不安的看著其他人。「都是我的錯。你們很生氣吧？」

小狄說：「不會啦。這樣的事情任何人都有可能發生。」

尼可問：「但是，現在我們要怎麼離開這裡？」他試著讓自己的聲音聽起來不那麼著急。

小狄聳聳肩說：「我想，我們只能等到有人經過。有可能是好幾個星期後了。」有時候就是會想嚇嚇別人。

約翰說：「等到那時候，水手長會餓死。」他知道修芬的狗食量驚人。

這句話讓他們想起了水手長。牠在哪兒？他們這才想起，已經有一段時間沒看到牠了。

小弗呼喚著水手長，但是牠沒來。他們一起大喊，嚇跑了海鷗，卻沒看到狗出現。

「沒有船，也沒有狗。說說看，我們還少了什麼。」

尼可說：「少了食物。」

這時，小弗驕傲的指向自己的背包。她把背包放在一顆礁石的縫隙裡。

「我們有那個！裝滿三明治的背包！還有七條魚！」

「八條！」約翰說。

「不！」小弗提醒他，「我們已經吃掉一條了。」

「不，」約翰說，「還是八條。把我算進去，我是整座群島裡最笨的大魚。」

他們站在那裡，不曉得接下來該做什麼好。這一天原有的魔法開始漸漸退散，現在的他們好想回家。

這時，小弗突然臉色大變。「糟了，糟了。開始起霧了。」

就在這時候，他們聽到海上傳來汽艇發出的引擎聲**鐺鐺鐺鐺**，真是親切啊。一開始不太清楚，但是聲音漸漸增強。

「你們看，是比昂的船。」小弗說，她和小狄又叫又跳，「看，他正拖著我們的船！」

在等待的同時，尼可問：「比昂是誰？」他們看著汽艇越來越近。

小狄向船上的人揮手。他是個黝黑的年輕人，強壯粗獷、開朗友善，看起來像個漁夫，因為他的船是真正的漁夫會駕駛的那種。

「嗨，比昂。你來得正是時候！」小狄大喊，「他是我們學校的老師。」小狄跟尼可解釋。

「你叫他比昂？」約翰驚訝的問。

「他的名字是比昂啊。」小狄回答他，「當然也因為我們是朋友啦！」

船減速駛向孩子們所站的礁石。

「你們的老船。」比昂喊，他把繩子拋向小狄，「你們是怎麼綁船的啊？」

小狄笑著說：「很多方法啊。」

「哦，這樣嗎？」比昂說，「那麼，這次的方法不要再用了。你們怎能確定我一定會到這裡來，還幫你們撿回弄丟的船？」他繼續說，「快回家吧！起霧了。如果想在起霧前回到家最好快一點。」

小弗問：「那你呢？」

「我要去哈島。」比昂說，「不然的話，我可以把你們拖回去。」

比昂離開了他們。隨著**鐺鐺鐺鐺**的聲音，汽艇消失在遠方。

如果水手長也在那裡的話，他們會馬上出發。這樣一來，那個晚上梅爾可也不需要鎮定劑了。但是人生本來就是由大大小小的事情組成，這些事緊密相連，就像豆子跟豆莢一樣。一尾小魚就可以造成大麻煩，讓大男人梅爾可不得不服用鎮定劑才行。

其實不是一尾很小的小魚，是一條將近兩磅重難纏的老魚，是水手長在這座小島上漫步時認識的。牠們相遇時，還互相盯著對方將近一個鐘頭，當時水手長站在岸邊的石頭上，而那條魚在附近的淺水中。水手長還是頭一次被這樣一雙冰冷的魚眼盯著瞧，以至於牠遲遲無法離開。那尾魚好像也在想著：不要繼續這樣盯著我了，你這大白痴。你嚇不倒我的！我要在這裡待多久就待多久！

寶貴的時光就因為那尾魚浪費了。過了這麼長一段時間後，狗和小孩、魚和漁網、泳衣和背包才終於都上了船。這時候，霧也漸漸向他們飄來。在孩子們離開小島不久，海面上就捲起一大片白靄靄的霧。濃霧像一條潮溼、灰白的羊毛毯子般包圍著他們。

「好像在做夢。」約翰說。

「不是我喜歡的那種夢。」尼可說。

他們聽到遠方傳來霧角的嘟嘟聲。除此之外，一片寧靜，就像夢一般寧靜，不管是不是尼可喜歡的夢。

迷失霧中

海鷗島依然陽光閃耀，梅爾可在家裡粉刷庭院裡的桌椅。所有桌椅都是白色的，但是油漆幾乎剝落殆盡，變得灰撲撲。「真難看！」他跟玫琳抱怨，「這些都應該立刻整修。」畢竟，粉刷這種事在現代很容易。不需要用到刷子和油漆，只要一小罐噴漆——有了這個就很快，他說。

玫琳問：「你這麼認為？」

他們剛到島上時，玫琳就跟開店的尼司說過，如果梅爾可要買什麼他不該擁有的東西，千萬不要賣給他。

「大鐮刀、斧頭、鐵橇都不行。」她說。

「鐵橇？」尼司笑了，「他不可能用鐵橇傷到自己吧？」

「如果你跟他一起生活了十九年，就不會說這樣的話了。」玫琳說，「喔，好吧，如果你確定店裡有夠多的急救箱，就賣鐵橇給他吧！我只能這麼說。」

然而，她忘記提醒關於噴漆的事了，所以梅爾可現在正開心的為花園的椅子噴漆呢。

修芬在蘇德曼老先生家忠心的做了兩個小時女僕工作後，終於放棄了。現在，她、沛樂還有小緹娜正圍繞著梅爾可。用那樣的方式上油漆看起來很好玩。這三個小鬼頭都很想幫忙。

「不行，」梅爾可說，「這是我的玩具。終於輪到我做開心的事了。」

修芬問：「你是噴漆高手嗎？」梅爾可讓白漆如瀑布般狂瀉到椅子上。

「不，我不是，但是雜工就是要會處理所有事才行。」

「所以你是雜工囉？」修芬又問。

沛樂告訴她：「是的。他是。」

「是啊，我是。」梅爾可說，「我是個開心的雜工，我自己就是這麼說。」

就在這時候，沛樂的黃蜂飛來了。梅爾可已經被叮過一次，他不想再被叮，馬上舉起噴漆狂噴。接下來的事沒人知道是怎麼發生的。梅爾可的不幸總是很不可思議，但是在廚房的玫琳聽到尖叫聲，還是跑到了窗邊。她看見梅爾可雙眼緊閉，滿臉都是油漆。身為雜工的他幫自己噴了漆，整臉都是白色的。修芬心想，跟馬蒂一樣耶，她又暗自竊笑。但是沛樂哭了。

事實上，梅爾可狀況不嚴重，因為他早有預感，所以很快的閉上眼睛，以免被噴到。然後他趕緊衝向廚房門口，向玫琳求救。他用雙手摸索前進，還儘量伸長脖子，以免臉上的油漆滴到衣服上，也好讓玫琳很快看到這次他需要幫忙的地方。

這時候，他撞到一棵樹，一棵蘋果樹，是那位開朗的木匠以愛種下的。梅爾可也愛蘋果樹，但是他痛得大叫，這還是玫琳有記憶以來聽過最憤怒、最瘋狂的慘叫。

沛樂越哭越大聲，小緹娜也開始哭了。修芬看到梅爾可叔叔那張像奶油一樣白的臉，還沾上一些苔蘚，她趕緊躲到屋後，因為她覺得自己就要爆笑出來了。她還算體貼，不想讓梅爾可心情更加沮喪。

玫琳幫梅爾可清理了臉，還幫他的眼睛塗了一些藥膏之後，梅爾可好想砍了那棵蘋果樹。

「這裡的蘋果樹太多了，」他吼著，「我要到尼司的店裡買一把斧頭。」

「別了，謝謝你，」玫琳說，「我還想保有一點平靜的生活。」

她還不知道，那一天她所剩的平靜生活可不多了。

梅爾可這會兒突然想念起約翰及尼可。

「男生們都去哪兒了？」他問玫琳。

「小島上，你知道的呀。」玫琳說，「但是現在也該回家了。」

修芬聽到這句話，生氣的噘起了小嘴。「我也這麼想。笨小狄、笨小弗，她們早就應該帶水手長回來了。不過現在起霧了，可能有點難。」

梅爾可決定過幾天再繼續粉刷。他站在木匠小屋的台階上，瞇起眼睛看著太陽。儘管眼睛塗著藥膏，他仍感覺得到兩隻眼睛就像扎滿了碎石。

「胡說，哪裡起霧？」梅爾可對修芬說，「陽光那麼刺眼，我的眼睛痛死了！」

「有啊，起霧啦。」修芬說，「比小灰燼島遠的地方霧更大，跟麥片粥一樣濃。」

小緹娜也說：「對啊，我爺爺也這樣說。爺爺和我什麼都知道喔，因為我們會聽廣播。」

兩個小時後，玫琳所謂的「梅爾可地震」爆發了！果然不出所料。

玫琳知道，她的父親一向膽識過人，至於多有膽量，真正知道的也只有玫琳，因為她看過他的人生經歷過多少大風大浪。別人或許會認為他是個軟弱、孩子氣的梅爾可——有點可笑的孩子氣，但是，要說到他整個人的話，在這樣外顯的個性底下，其實還潛藏著另一種特質——堅強，無所畏懼。

「只要是跟你孩子有關的事，你就變得很可笑。」玟琳說。

他竟然站在那裡為約翰及尼可哭泣。在此之前，他已經三度衝進尼司和瑪塔的店裡。

梅爾可第一次進到店裡時，羞怯的對他們說：「我不是在擔心。你們的孩子對海很熟悉，所以我不擔心。」第二次時，他重申：「不過，霧濃得像麥片粥，約翰及尼可還在外面！」因為濃霧已經飄到了海鷗島，這可嚇到他了。

「我的孩子也置身在同一鍋麥片粥裡啊！」尼司說。

梅爾可第三次來到店裡時，尼司笑了。他說：「那你要我做什麼呢？」

梅爾可露出不好意思的微笑，「我說過……我不是在擔心。但是，你不覺得我們該去通知海巡嗎？」

「為什麼？」尼司問。

「我真的好擔心！」梅爾可說。

「有什麼好擔心的？」尼司說，「這麼濃的霧，海巡也看不清楚啊。不管怎樣，孩子們能發生什麼事？霧會漸漸散去，而且，外頭風平浪靜的。」

「是啦，」梅爾可說，「我只是瞎操心。」

他愁眉不展的走到碼頭。當他看見一望無際的灰白濃霧，如同滾滾浪潮向他襲來，他感到一陣恐慌，於是扯著嗓子大喊：「約翰！尼可！你們在哪裡？快點回家！」

跟在後面的尼司溫柔的拍拍他的肩膀說：「梅爾可，聽我說，如果每次遇到這種事都會讓你理智斷線，其實不該住在小島這樣的地方。站在這裡大喊大叫，改變不了什麼事，來吧，跟我一起回家，讓瑪塔弄點咖啡蛋糕給我們，你說怎麼樣？」

但是梅爾可完全不想喝咖啡、吃蛋糕。他看著尼司，眼神絕望。「他們或許還在島上，或許坐在船塢裡，溫暖又舒服，你覺得可能嗎？」他問。

尼司說這是有可能的。但是就在這時候，一艘汽艇滑行到碼頭邊，是比昂，他粉碎了梅爾可的期望。孩子們並不在島上，他說，幾分鐘前他剛剛經過那裡，看了一下，孩子們已經離開了。

梅爾可走掉了，邊走邊喃喃自語。他不敢說話，因為他怕別人聽見他的聲音哽咽。他回家見到玫琳時也沒說什麼。玫琳和沛樂坐在客廳，沛樂正在畫畫，玫琳在織毛衣，牆上的老鐘滴答滴答的走著。爐子裡的火光照亮了整個房間，就像一個平靜無波的大水池。

梅爾可想，如果這時候孩子不是在海上漂流，生活原來可以這麼祥和、這麼優閒、這麼美好。他窩進沙發裡，長嘆了一口氣。玫琳好奇的看著他。她完全知道發生了什麼事，也知道「大地震」在一定的時候就會爆發。到時候，他會需要她。在那之前她會保持沉默，繼續織毛衣。

梅爾可不再注意玫琳。他的注意力不在玫琳身上，也不在沛樂身上。他們現在已經都不算什麼了。此刻的梅爾可只有兩個小孩，他們正在遙遠的海上為生命奮戰。他用心靈的眼睛看他們，遠比用肉眼看玫琳和沛樂還要清楚。他們一直以不同的方式出現。有時候，他們臥倒在船上，饑寒交迫，就快要死了，用孱弱的聲音呼喚著父親。有時候，他們在海上，試圖用最後的力氣爬上小礁石。他們手扶著石頭，瘋狂的呼叫父親。這時，海面上捲起一陣大浪——也不知道從哪裡來的浪，因為海面看起來很平靜，總之大浪出現了——把孩子們從礁石上捲走。他們沉入海裡，海面下漂蕩的頭髮看起來像海草一樣。為什麼孩子們不能一直停留在三歲就好，乖乖的坐在圍欄裡，這樣就不用為他們操心了！

梅爾可不停的嘆氣。最後，他終於發現一旁的玫琳和沛樂，才想到自己該振作起來。他看著沛樂的畫，是一匹馬，但是那匹馬看起來好像蘇德曼老先生。如果是平常，梅爾可一定會大笑。但是，此刻的他淡淡的說：「沛樂，你畫得真好。玫琳，你呢，你在織什麼？」

「幫尼可織一件套頭毛衣。」玫琳說。

「他一定會很開心。」梅爾可說，但他很快就把這句話吞下去。因為他心裡想的是，尼可現在沉入海底，再也用不著套頭毛衣。尼可，他的孩子。他想起尼可兩歲時曾經從窗戶掉下去。當時，他還以為這麼可愛的孩子活不久了！但是，不是的，他突然想起來——掉下去的是沛樂。他生氣的看了沛樂一眼。沛樂真是無辜，他就錯在現在沉入海底的不是他。

現在的沛樂是個聰明伶俐的孩子，他懂的比梅爾可，甚至比玫琳都還多。當他坐在那裡，聽到爸爸每隔幾秒就嘆一聲氣時，他停下手上的畫筆，走向爸爸，沒說一句話，而是用手環抱著他的脖子，因為沛樂知道，有時候大人也需要安慰。

梅爾可開始大哭。他用力把沛樂抓過來，默默的哭泣，還傷心的將臉別過去，不讓沛樂看到。沛樂趕緊安慰他：「不會有事的。我出去看看霧散了點沒。」

並沒有——而且相反的，越來越濃。但是沛樂發現岸邊有一塊石頭，一顆小小的棕色石頭，又圓又光滑。沛樂指給修芬看。修芬也站在霧中，因為她喜歡這種充滿魔力、令人驚嘆的天氣。然而此刻水手長不在她身邊——牠正身處在這鍋濃稠的灰白麥片粥的什麼角落——所以修芬很難興奮起來。

沛樂說：「那有可能是一顆許願石喔。握在手裡許願，願望就會實現。」

修芬說：「你相信的話，那就許個願，讓我們有好多好多糖果，看看會怎樣。」

沛樂呵呵笑。「如果可以許願，當然要許好一點的願望。」他握著石頭，將手伸長，然後嚴肅、慎重的許願，「我希望哥哥們能脫離這片無人的大海，趕快回家！」

修芬說：「水手長也是。還有小狄和小弗。但是他們都在同一艘船上，所以也不用特別替他們許願。」

時間已經很晚了，但是天色不像一般六月的夜晚那樣。在濃霧籠罩下，所有礁石上、小島上、海灣裡，還有船上的東西，都變得陰暗、不尋常。響著霧角的小船緩慢的漂蕩著。孩子們的小船也籠罩著霧。到這個時刻小船應該要回到自己的碼頭了，卻還沒有。

小弗說：「那裡有三艘船開過來了。」

「我連一艘都沒看到。」小狄說。她靠在槳上休息，「從沒看過這麼少船。你覺得我們划多久了？」

「喔，大概一星期吧。」約翰說，「感覺上有這麼久。」

尼可說：「如果可以這樣划到俄羅斯會很有趣！我想我們就快到那裡了。」

小狄說：「我也這麼想。我們都划那麼久了。如果我們直線前進，兩點前就會經過我們家的小碼頭，現在應該已經到了楊森的牧場了。」

四個人都哈哈大笑。他們在過去的五個小時笑個不停。他們努力的划啊划，偶爾打個哆嗦，吵個架，吃吃三明治，唱歌，呼救，接著再划呀划。雖然怨恨四周的濃霧，渴望快點到家，但他們還是笑個不停。此刻遇到船難的是梅爾克森先生，不是這些孩子。

但現在已經是晚上了，越來越難笑得出來。他們比之前更常打哆嗦，也越來越餓，看不到這場悲劇的盡頭。這場霧很不尋常。通常六月的霧很快就會散去，但這場霧卻持續不散，將他們困在鬼魅般的灰白色魔爪中，感覺永遠無法掙脫。他們輪流划槳，讓自己保持暖和，但是好像起不了什麼作用，而且他們也不知道要划去哪裡，所以根本無需划槳。說不定他們還越划越遠，划向大海去了呢，光這樣想就令他們毛骨悚然。他們討厭死這場霧了，如果可以的話，他們好想用手將它撕成碎片。海面很平靜，但是如果期待這片霧能散去就需要風了。但是，如果真的颳起大風，他們便成了汪洋中的一條小船，那樣可就真的笑不出來了。

「這整個群島是由許多分散的小島組成的，」小弗說，「但是我們卻沒遇到任何一座，真令人不敢相信！」

他們好想踩在厚實的土地上。現在他們最想要的就是一座小島。小弗說，不需要很大，不需要很漂亮，不需要很美好。就算它是座醜不拉幾、雜草叢生的島也無所謂，只要可以上岸、生火，可以讓他們知道身在何處，有個可遮蔽的地方。或許還會有個無比好心的人過來看看他們，帶點熱巧克力和蛋糕給他們吃。

約翰說：「她瘋了！」

但是說點跟食物有關的瘋話還滿好玩的。他們都開始想像盤子上堆滿牛排和豬排的畫面。

「或者來一盤野菇煎蛋。」小弗說。他們很熱中野菇煎蛋的話題，就連水手長似乎也很熱中，牠低低的吠了一聲。之前牠一直沒吭聲，可能是對這趟旅行有點不滿，有點頭腦的狗都應該會有這樣的感覺，但是牠始終靜默且耐心的臥在船上。

「可憐的水手長！」小弗說，「牠比我們所有人都還要餓，因為牠的胃比較大，容易餓啊。」

他們都把自己的三明治分給了牠，三明治吃完了，他們還給牠幾條生魚，但是被牠拒絕了。

約翰說：「我不驚訝。如果是我也寧可餓肚子，才不吃生的呢！」

「背包裡完全沒有東西了嗎？」小狄問。

小弗說：「只有一瓶水了。」

一瓶水！經過了熱巧克力和牛排的美好幻想後，發現只剩一瓶水，還真是可悲。他們沉默了好一會兒，陷入了悲傷。尼可想著，是凍死比較慘，還是餓死？就在這時候，他發現是寒冷比較難忍受。他的厚外套一點也不保暖，根本是冷到骨子裡了，害他全身發抖，突然懷念起小島上的營火。現在那營火感覺像上輩子的事，好遙遠。但是它提醒了尼可，口袋裡有一盒火柴。他把火柴盒掏了出來，用凍僵的手點燃了一根火柴。小小的火焰很有療癒作用，它燃燒了一會兒，而尼可用手圍著它，感受那道溫暖。在這同時，他突然看見船裡有樣東西。

「那個是什麼？是汽化爐嗎？」

小狄說：「是啊。到底是誰把它留在那裡的？」

小弗回答：「可能是爸爸。他和媽媽前天去釣魚。他說服媽媽跟他一起去，答應要在船上煮咖啡給媽媽喝。你不記得了嗎？」

「我們沒有咖啡啊。」小弗說，「只有水。」

尼可沉思了一下。喝溫水至少可以暖和一點。這種時候，他們最需要的就是保暖。他環視四周，找到一個用來把船上積水舀出去的勺子。那是個普通勺子，但可以用來當湯鍋。尼可告訴夥伴們他想到的事，大家看著他把汽化爐點燃，把小弗瓶子裡的水倒進勺子裡。

約翰還想到一個主意。「我們用這個煮魚吧。」他說。

小狄十分讚賞的看著他。「你真是個天才啊，約翰。」她說。

然後大家忙了起來。他們快速的將魚洗乾淨、切片，花了將近一個小時愉快的用勺子煮魚湯。這是個漫長的過程，因為一次只能放進四片魚，還好最後整尾魚都煮好了，大夥兒讚許有加的吃完了。水手長吃最多，不過大家都夠吃。

小弗說：「我們竟然可以吃下一整條沒有任何調味的魚，還覺得這是我們吃過最好的一餐，誰能理解呢？」

「為什麼不？」約翰說，「就連臭掉的魚湯都覺得好喝呢！」

就在他們喝這鍋有腥味的熱魚湯時，似乎又恢復了生氣。魚湯讓全身暖呼呼。他們又開始期待有人出現、霧會散去，還希望他們會在家裡醒來，發現一切都是一場噩夢。

但是時間漸漸過去，霧沒有散，也沒有其他船出現。這一切都不是夢，因為如果是夢，不會發抖得這麼厲害。魚湯的作用只持續了一陣子，汽化爐也熄火了。寒冷的感覺又悄悄爬上全身，隨之而來的是消沉與絕望。現在期望什麼都沒有用。他們很有可能整夜、甚至是永遠都要被囚禁在這場霧裡。

這時，小弗突然跳了起來，她大喊：「你們聽！快聽！」

他們聽見了！在這片濃霧中，遠遠的地方傳來一陣汽艇**鐺鐺鐺**的聲音。他們專注的聽著，彷彿生死全仰賴它了，然後他們開始放聲大叫。那可能是比昂的船，或是其他人的，但不管是誰的，他們都得把它叫過來。

它過來了。汽艇越靠越近，而他們叫得聲音都要啞了。一開始是歡欣的叫，之後卻轉為絕望與憤怒。因為他們又聽著汽艇**鐺鐺鐺**的聲音逐漸遠離，慢慢的消失，最後化為烏有——只剩下眼前的霧。他們滿腔怒火的坐在船上，放棄了，全都不發一語的窩在船裡，靠在水手長身上，分沾牠身上的一點溫暖。

海鷗島上格蘭先生的店，可說是地球上最祥和的地點之一了。這麼說不是說它安安靜靜、毫無生氣——正好相反，海鷗島和其他小島的人都聚集在這裡，他們到這裡來買東西、聊八卦、分享訊息、領取郵件，或是接聽電話。這家店可說是海鷗島的核心。小島人都喜歡尼司和瑪塔，因為他們倆個性爽朗、熱心助人，他們的小店裡有家的感覺，彌漫著咖啡、果乾、魚和其他各種食物的香氣。儘管整天說笑聲不絕於耳，這家店終究是個平靜安詳的地方。

只有這個起霧的夜晚不同。這一夜，小店裡充滿了悲傷、恐懼與絕望。因為梅爾可家「大地震」所發出的聲響，遠比島上所有居民發出的聲音還要巨大。

「現在該做些什麼了吧！」梅爾可大喊，「我要所有的海巡、所有的直升機、所有的救援飛機**現在**全部出動搜救！」他瞪著尼司，彷彿他的工作就是該處理這件事似的。

玫琳捉住父親的手臂，說：「親愛的爸爸，冷靜下來！」

「我怎麼冷靜，我就快要變成失去父親的人了！」梅爾可大喊，「我是說……喔，我在說什麼！我就快要沒有孩子……總之，現在太晚了，我不覺得他們還活著——他們所有人！」

其他人沉默的站在那裡，沮喪的聽著。尼司和瑪塔、玫琳和比昂。就連尼司和瑪塔都擔心起來。六月的這場濃霧真是詭異。在人們的記憶中還不曾發生過這樣的事。

「我真是個白痴！為什麼我把船拖去給孩子們時，不乾脆把他們帶走呢？」比昂說。他萌生一股罪惡感，所以他到現在還待在店裡，不然的話他早該回家去了。

但是，他遲遲不離開不僅是因為罪惡感和那些可憐的家長，還因為玫琳也在那裡。玫琳一臉嚴肅，很不像他前一晚遇到的那個開朗愉悅的女孩。他的眼神很難從她身上移開。玫琳安靜而無助的站在那裡，聽父親咆哮。她疲憊的撥開前額輕柔的劉海，比昂看到了她的雙眼，深邃、惆悵。他為她感到難過。如果她都能壓抑情緒，為什麼她父親不能克制一點呢？

尼司通知了最近的海巡，之所以這樣做，不是因為他認為孩子們會有立即的危險，只是擔心孩子們要在濃霧中過夜，這樣不太好。

梅爾可又吼了：「只通知一個海巡站！這樣有什麼用？」他想要波羅的海內所有搜救組織都在這個濃霧密布的六月夜裡到海鷗島來。但就在他吼叫過後，接著情緒持續了好長一段時間，似乎發洩光了所有氣力。他坐在一袋馬鈴薯上，面色蒼白、一臉沮喪，瑪塔看了都替他難過起來。

「你需要鎮定劑嗎？」她好意的問他。

「是的，麻煩你了。」梅爾可說，「給我一整罐。」

就連情況最好的時候，梅爾可吃藥都很困難，而且他一向不相信吃藥有什麼用，但這個時候，他什麼都願意試試，只要能讓他獲得片刻的平靜。

瑪塔給了他一小顆白色藥丸和一杯水。如往常一樣，他將藥丸放在舌頭上，喝了一大口水，再連藥一起吞下。也如同往常一樣，水順著喉嚨喝下了，但是藥丸還在舌頭上。他毫不驚訝，因為他每次吞藥都這樣。他又喝了一口水，但是藥丸還是留在他的舌頭上。好苦——苦死了。

「吞用力一點！」玫琳說。梅爾可照做了。他用力吞，卻把所有東西送錯了地方，藥丸和水一起被推進了氣管。

「喔……」梅爾可咳了起來，藥丸也被推了出來，推到了鼻子後頭，而且整晚都在那兒。也就因為這樣，梅爾可並沒有獲得任何平靜。

直到此刻前，玫琳都很克制自己的情緒，但是，這個時候她突然覺得很想哭，不只是因為那顆鎮定劑卡在梅爾可的鼻子後頭，而是因為所有事情都太令人難過了。她不想讓父親看到她掉眼淚，所以她跑了出去。她把頭倚在牆上，低聲的哭著，任由淚水狂流。

比昂看見了她。「有什麼我可以幫忙的嗎？」他同情的問。

「有……別安慰我。」玫琳說，頭依然低著。「如果你安慰我，我的眼淚會氾濫成河。」

「那麼我什麼也不說。」比昂說，「我只想說，你哭的時候比平常還要可愛。」

比昂啟程回到諾松德的學校。他在那裡教書，學生來自所有小島。而在校舍頂樓則是單身宿舍。從海鷗島回到住處不用十分鐘。玫琳看著他走向小碼頭。

他對著玫琳喊：「明天一切都會沒事的。我向你保證！」

不一會兒，她就聽到汽艇**鐺鐺鐺鐺**的出海了。

在小船上的孩子們幾分鐘後也聽到了同樣的聲音，但聲音不久就消失了，令人生氣。

「我受夠了。」約翰說，他從坐的位置站起來。他已經坐在那裡、靠在水手長身上將近半個鐘頭了。

「你準備要跳海了嗎？」尼可問，他的牙齒不停打顫，所以有點口齒不清。

「不，我只是想把船划到最近的碼頭，把大家帶上岸。」約翰悶悶不樂的說。

臉色凍得發青的小弗抬頭說：「謝謝你，可以這樣的話真好。不過，最近的碼頭在哪？」

約翰牙齒格格作響。「我不知道。要不就去找，要不就死在路上。我才不要讓任何鬼霧決定我得在大海中央坐多久。」

他開始划船。霧還是濃得跟一團棉球一樣。喔，討厭死了！為什麼霧不飄到北海或任何它該去的地方？

「不過，我會要你好看！」約翰對著霧咒罵著，彷彿把霧當成假想敵。他用力划了五次槳，船撞上了一塊岩石。

「砰！」小狄說，「這裡是碼頭！」

那不是碼頭，而是陸地。他們已經坐在船上漂流好幾個小時，與陸地的距離卻只要划五次槳就可以到。

小狄說：「這就是會讓人抓狂的那種事。」他們像猛獸出柙似的跳上陸地，又是尖聲喊叫又是蹦蹦跳跳，水手長也吠個不停。他們全都瘋掉了！雙腳能再度踏上厚實的土地真是太美好了！

不過，這是哪種厚實的土地呢？是小島，島上的人會帶著熱巧克力來探望你的那種？還是荒島，大家只能睡在杉樹下？小狄說過，就算是座醜不拉幾、雜草叢生的島也無所謂，看來，這座島正是她說的那種。

約翰走在前頭，往岸上走去，他感覺自己像是隊長，正帶領一支遠征隊，前進蠻荒地區，到處都潛藏著未知的危險。

他率先繞過一個轉角，看見了某樣東西，讓他停下了腳步。在他正前方，有一座屋頂矗立在樹叢之上。

其他人趕了上來。約翰驕傲的將他的新發現指給大家看。

「你們要找的房子到了！裡面可能有很多熱呼呼的飲料喔！」

小狄和小弗開始大笑——放鬆的瘋狂大笑。似乎是要為這場可怕的霧中探險畫下句點。約翰及尼可也笑了，雖然他們不知道為何而笑。

「我想知道這棟房子是做什麼用的？」尼可笑完後開口問。

「你仔細聽好，由我來告訴你。」小狄說，「這是我們的學校！」

那天深夜十二點前，格蘭家、梅爾可家都沒有人去睡覺。沛樂和修芬原本按照往常的時間上床去睡了，卻又被拖下床，硬要他們加入格蘭家廚房裡的聚會，他們要慶祝這令人不安的一天終於有了個開心的結局。

這一天直到最後都很令人不安。比昂將汽艇停靠在格蘭家的碼頭，梅爾可看見他走失的孩子們就坐在裡面，每個人都裹著毯子，安然無恙，他的眼淚滑落臉頰。他跳上船，想跟孩子們在一起，想深情的將他們擁入懷裡。但是他的起跳動作太粗野，所以，他先是在船尾著地，緊接著就一頭倒栽進水裡──這次，卡在他鼻子後頭的鎮定劑並沒發生任何作用。

「這是最後一根稻草！」他吼著。

玫琳看著爸爸一身是水、氣急敗壞的踏上碼頭，她嘆了口氣。就只有梅爾可會在一天之內遭遇這麼多的不幸了，還有誰會像他這麼倒楣？

修芬睡眼惺忪的站在一邊看著，口齒不清的問：「梅爾可叔叔，你為什麼要穿著衣服下水游泳？」但是當她看見水手長時，立刻忘記其他所有事情。「水手長！」

水手長跳上岸，衝向她，她立刻伸手抱住水手長，一副再也不放開的樣子。

所有人圍坐在格蘭家廚房的大桌子旁。沛樂說：「看吧！我的許願石真的有用！」他一臉得意。真是個難忘的夜晚啊！三更半夜把大夥兒拖下床聚在一起吃豬排，感覺真不賴！約翰及尼可最終還是回到家了！

小狄滿嘴食物，邊吃邊說：「為什麼有東西吃還是頭昏眼花啊，很奇怪吧？」

小弗左右手各拿一塊豬排。她先咬一塊，再咬另一塊。「我覺得很棒啊，」她說，「我就想為食物頭昏眼花。」

約翰說：「真實的食物耶！不是漂流在大海上想像的食物。」

尼可說：「我覺得那樣也很好啊！」

他們吃得很開心，回頭想想這一天發生的事，漸漸覺得這樣的一天也很不錯。

梅爾可說：「最重要的是，遇到任何事情都要沉著應對。」他伸手再拿一塊豬排。他已經換掉了溼衣服，把自己弄乾，現在的他很開心，就連四周的光線似乎也亮了起來。

「剛剛那句話是你說的嗎？」玟琳問。

梅爾可自負的點點頭：「是啊，否則你就不可能在小島上生活。我承認，我一開始是有點窮緊張。瑪塔，謝謝你的鎮定劑……」

「是啊，還好你鼻子後頭鎮定多了。」尼司說，「但其他部分就……」

「其他部分——我充滿感激。」梅爾可說。他也的確是。餐桌旁的喧鬧聲持續增強。孩子們頭昏眼花的吃著食物，享受著家的溫暖，也因為脫離了夢魘及迷霧而歡欣。梅爾可聽著孩子們的聲音，充滿感激。孩子們全都在身邊了，沒有人在海中漂浮、頭髮像海草一樣漂蕩。

「他們都還能呼吸，都可以說話，沒有人失蹤。」他默默的對自己說著。

「爸爸，你坐在那裡自言自語什麼呢？」玟琳在桌子對面看著他。

「沒什麼啦。」梅爾可說。

仲夏節到了

夏至，晴朗的仲夏日，豔陽高照。但是，玟琳怎麼了？整個早晨，她都坐在紫丁香籬笆後面的草地上，不停的寫日記。約翰一接近，她就立刻把日記闔上，頭也不抬的說：「走開！」

約翰立刻止步，回頭去找尼可，跟他回報：「她還在生氣。」

尼可說：「她應該感謝我們啊，現在她有東西寫了。如果不是我們，她根本沒得寫。」

沛樂憂心忡忡。「或許她有其他好玩的事可以寫啊——我是說，她自己覺得有趣的事。」

他們不安的望著玟琳。約翰說：「這一次，她一定會寫一些可怕的東西。」

玟琳在日記裡寫道：

昨天是仲夏夜。一個難忘的仲夏夜，但為了保險起見，我要寫幾行字來提醒自己。萬一，我有了女兒，若干年後的某個仲夏夜，她回到家心花怒放的問我：「媽咪，你年輕時有這麼美好的回憶嗎？」我就可以告訴她。

我會壞心的指著幾頁泛黃的日記，說：「你自己讀吧，看看你可憐的媽咪，為了你那些可怕的小舅舅們，受了多少苦！」

但，事實上，即使是世界上最可怕的小舅舅，都破壞不了海鷗島仲夏日的美。四周百花齊放，夏之燦爛，無可摧毀。我們漫步在香氣彌漫的虎耳草和紅花草叢裡，沿著土溝整齊排列的瑪格麗特迎風搖曳，青草地上的金鳳花金黃耀眼，粉紅色的野玫瑰團團覆蓋了那些光禿禿的灰白岩石，紫羅蘭從岩縫中探頭。每一株都甜美芬芳，每一種都盛情綻放；所有一切都在訴說夏天。杜鵑啼啾，鳥兒齊唱。大地歡欣鼓舞，我也雀躍不已。我坐在這裡寫日記時，燕子在我頭頂上飛翔，正要在木匠小屋屋簷下築巢，與沛樂的黃蜂為鄰。不過，牠們應該會不相往來。我喜歡有燕子、黃蜂和蝴蝶作伴，但是，如果你，約翰，可以不再從小屋的角落探頭偷看，我會更開心。因為你們全都讓我很生氣，而且應該還會氣很久——如果有辦法的話。不管怎樣，至少等我寫完海鷗島的第一個仲夏夜記事。

我是被一陣歌聲喚醒的。爸爸今天很早起，一早就忙著為花園裡的桌椅做最後修飾。這次他改用普通的油漆去刷。他就站在我房間的窗戶下方，愉快的哼著歌。我跳下床，穿好衣服，望著遠處的海灣，湛藍耀眼。我親愛的弟弟們正無所事事，所以我要他們跟我一起到楊森的牧場。我們每個人都抱著一大把花草回家，把整棟木匠小屋的每個角落妝點得枝葉扶疏，充滿夏日香氣。

「海鷗一號」吐著蒸氣進入海灣時，看起來就像一間漂浮的綠色茅草屋，因為它的船身都用幼嫩的白樺樹枝裝飾。船上有個人彈奏著手風琴，穿著夏季傳統服飾的人們唱著歌，跟爸爸一樣，但是沒這麼優美。

整座海鷗島的所有居民都站在碼頭上，當然，因為大部分的人都會去迎接船隻，畢竟今天是仲夏節嘛。我們也都在那裡——除了比昂。

我穿著粉藍色長洋裝，看起來很優雅——最優雅。約翰及尼可看到我都吹起口哨，這應該是對他人的最高讚賞；如果誰的兄弟們對她吹口哨，就表示這個人有條件自滿。所以我很開心，滿懷期待。

沛樂不太高興。他問：「就因為是仲夏節，我們一定得穿這些可怕的衣服嗎？」我想，的確是不該逼小孩穿節日盛裝，太虐待他們了。但是已經穿膩了髒兮兮牛仔褲的人，偶爾會想看看別種樣子嘛。

爸爸說：「沒錯，就是得穿。又沒那麼糟。小心一點，不要弄髒比較好。」

「叫我小心、不要做好玩的事，其實是對你和玫琳比較好吧。」沛樂說。

這時候他突然看見修芬——她每天都穿牛仔褲和破毛衣，現在卻穿著一身刺繡白洋裝，有一種說不出的風采，遠遠的就看得出她心裡這麼想：怎樣，見識到了吧！

就連水手長看起來都像被這個面目一新的小主人給征服了。沛樂害羞的往後退。原本趾高氣揚的修芬，態度稍微柔軟的說：「沛樂，我們跟水手長去玩接棍子好不好？我們穿這樣，大概也只能玩這個了！」

她這麼說，或許也只是為了把沛樂從小緹娜身邊拉開。小緹娜和蘇德曼老先生也來到碼頭上了。蘇德曼老先生告訴我們他的胃好多了，我們聽了都替他開心。在海鷗島，大家都是有福同享、有難同當。

蘇德曼老先生說：「哈哈！等一下就會來一批夏季遊客了，哈哈！」爸爸問他，是不是不喜歡遊客，他聽了一臉驚訝。很顯然的，他從沒這樣想。

他回答：「喜歡？哼哼！大多數遊客是從斯德哥爾摩來的，其他的也只是垃圾。」

爸爸聽了大笑，一點也沒有被冒犯的感覺。他已經把自己當作本地人了。不管到哪裡，他都這樣。我想，這也是為什麼他到處都有很多朋友的原因。除此之外，他的孩子氣和大而化之的個性，而且老是一副無助的樣子，都會讓人覺得他需要溫暖和保護。每個人都喜歡他。嗯，我也不知道他是怎麼辦到的。我曾經在店裡聽到蘇德曼老先生聊到爸爸，那時候他不知道我也在場，他是這樣說的：「那個姓梅爾克森的啊，老是少一根筋，不過，我對他只有這點不滿。」

無論如何，先別管這些了，回到碼頭上吧！格蘭家的那對亞馬遜女戰士出現了——爸爸都這樣叫小狄和小弗——一身全新牛仔褲配上紅色高領毛衣。她們和我的兩個弟弟坐在空油桶上，像鸕鶿一樣，呱呱呱的說個不停。他們四個組了一個什麼祕密社團，一連好幾天都「祕密的」到處閒晃，不讓那些年紀小的孩子加入，把他們氣死了。沛樂為了報復，故意用「祕密約翰」和「祕密尼可」喊他的哥哥，還露出輕蔑的嘲笑，修芬則說那只是個瘋子社團。我呢，自從前天晚上那個社團事件發生後，便由衷的贊同修芬的說法。

當我們站在碼頭上等船進來時，約翰及尼可突然朝我衝過來，一人抓起我一隻手臂。

約翰說：「玫琳，走吧，我們回家！」

我當然是掙開他們，問他們回家要幹嘛。

尼可說：「我們可以讀點書或什麼的，增進知識啊。」

約翰說：「你不是最喜歡人家念書給你聽？」

「我是啊，但不是在浪漫的仲夏節晚上。」我告訴他們。

我立刻為弟弟們不尋常的舉動找到了理由。那個理由正神采奕奕的從舷梯上走下來，不是別人，就是之前跟我們同船的那個克理斯。我很習慣我的弟弟們老是討厭那些「來糾纏玫琳的人」——這是他們的說辭，不是我的——但是很顯然的，打從一開始，可憐的克理斯就比其他人更不受歡迎，我也不知道他哪裡特別不好。他是有點過度自信，但是我很快就會治治他。他長得還夠帥，穿了一身爸爸說的「好衣服」。

他一下船，就直接向我走來。他微笑的時候，我覺得還滿好看的，牙齒挺整齊，但是約翰及尼可瞪著他的樣子，就像看到一頭齜牙咧嘴的大野狼，彷彿在說——大野狼不准到這裡來，不可以吃掉我們的姊姊，不，謝謝！

克理斯說：「可憐的小玫琳，一個人過仲夏夜！來吧，我們一起把海鷗島玩到天翻地覆吧。」

這段發言並沒有讓他更受到約翰及尼可的歡迎。

「她又不是一個人。」約翰氣憤的說，「她還有我們！」

克理斯拍拍他的肩膀，「是啦，是啦。你們快帶著水桶鏟子去玩沙喔。我會照顧玫琳的。」

我想，就是在這時候，他們向克理斯正式宣戰了。我看到他們咬牙切齒的樣子。他們跑回去找小狄和小弗，隨即就聽到從他們的方向傳來一陣不愉快的抗議聲，聽起來充滿厭惡和仇恨。

「玫琳，我決定了，今天晚上，你和我一起去參加舞會吧。」克理斯說。我告訴他，想跟誰跳舞這種事，我一向自己做決定。他說：「那就決定跟我吧，這樣我們便不用爭論啦。」

沒看到比昂。反正，我也不知道他跳不跳舞。仲夏節比什麼都重要，我想穿著我這身粉藍色洋裝跳跳舞，所以我跟克理斯說：「好吧！再說！」

然而，就算是仲夏節，但至高者有令，我還是得當三個弟弟的小媽媽，我完全不應該讓最小的弟弟離開我，跑去跟修芬一起玩，當他穿著節日服裝時更不可以。突然間，我聽到大家都在笑，我跟克理斯說：「去看看他們在樂什麼！」

然後，我看到了！我看到沛樂——完全不該把自己弄溼的沛樂。他站在海水中，海水高到他的腰間。修芬也是。他們互相用力潑水，兩個孩子都使出最大力氣，極盡瘋狂——找不到更好的形容詞了——修芬還大叫：「我們乾脆下水游泳吧！」他們還真的做了。兩個都跳下水，然後繼續尖叫、潑水。他們根本玩水玩瘋了，而且沉浸在自己的歡樂中，完全忘記周遭的世界。當瑪塔和我衝向他們時，他們才從瘋狂狀態中清醒，看見自己全身溼透——就像亞當和夏娃看見自己全身赤裸那樣。可惜沛樂和修芬不是全身赤裸。他們可是穿了最好的衣裳，我第一次看到漿得這麼筆挺的舞會服裝變得像溼抹布一般。

「我們也沒辦法啊！」修芬說，「就發生了嘛！」

她試著跟瑪塔解釋為什麼「就發生了嘛」，我記得她是這樣說的：

「我們只是去玩水，而且很小心喔，因為我們兩個看起來都很漂亮啊。但是沛樂說，我們可以再走遠一點，只要別讓水超過膝蓋高度就好了，所以我們就走了，但是沛樂又多走了一點點，他還說：『我猜你只敢走這麼遠。』所以我又多走了一點點，說：『那我猜你也只敢走這麼遠！』那時候，我看到我的洋裝下襬有一點點溼了，我跟沛樂說：『我沒有弄溼！』沛樂就潑了一些水到我身上，把我弄溼，然後我也潑了一點水到他身上，然後他又潑了一些水到我身上，然後我們就越潑越多、越潑越多，然後我就乾脆去游泳。就這樣啊。」

「無論如何，今天不准再游泳了！」瑪塔嚴厲的說。

我們都得回家了，各自帶著一個溼透的小孩。我在木匠小屋後面的兩棵蘋果樹中間掛上一條晒衣繩，把沛樂的衣服披掛在上面，南風一吹，衣服便在繩子上跳著仲夏節之舞，這是它們在這一天唯一的表現了。

但是，依我來看，很明顯的，在下一個仲夏節，得用上兩倍長的晒衣繩才夠了！

瑪塔和我都帶著恢復平常裝扮的小孩回來，瑪塔說：「可能要很久很久以後，我才會再讓修芬穿上舞會服裝了。」

修芬問：「真的嗎？」

瑪塔自己也是一身傳統服飾，羊毛百褶裙，大大的白色披肩，看起來很甜美。喔，萬能的瑪塔！裝飾仲夏柱的人是誰？設計海鷗島仲夏節遊戲的是誰？是瑪塔！主婦聯盟的主席是誰？是瑪塔！合唱團團長是誰？是瑪塔！誰聚集了海鷗島上的每一個人，讓他們圍著仲夏柱跳舞？是瑪塔！別無他人，只有瑪塔！

仲夏柱就立在蘇德曼老先生家後方的草地上，我們到達時下起了大雨。即使是瑪塔，也控制不了天氣。但是她的那一團主婦，壯麗的聚集在一片傘海下，大家拉高了嗓子唱著歌，我也是。儘管下著雨，但是大地秀麗、天空燦爛。只是，親愛的上帝啊，請你聽聽鳥兒們的祈禱，傍晚前讓天空放晴吧！因為這裡有一隻母鳥，好希望可以在防波堤上跳舞呢！

我去了！但跳都還沒開始跳，就發生了大事！蘋果樹上的晒衣繩開始下垂，因為上面吊的不只是沛樂的襯衫、外套、短褲，還有克理斯的上衣，以及爸爸的上衣和長褲，還有約翰的上衣和長褲。我不知道尼可的褲子是怎麼了，竟然整天都禁止下水游泳，其他的褲子就可以。當然，人生是不公平的。

實際上，克理斯的上衣沒下水游泳。他是在玩接力蛋時跌倒，剛好跌在爸爸前一分鐘掉了蛋的地方，所以我幫他洗了上衣。爸爸很好心，回家拿了一件自己的上衣給克理斯穿。

「謝謝！」克理斯說，「既然得在這裡等，那我乾脆先去游泳好了。」

約翰及尼可還有格蘭家的亞馬遜女戰士在一旁偷笑。沒人為克理斯的蛋洗遭遇感到遺憾。我聽到克理斯問他們哪裡可以游泳。小狄用手一指。

「水淺嗎？」克理斯問。

「是啊，淺得很，你可以直接用走的走到芬蘭呢！」約翰又偷笑了。

「我覺得你最好快點去。」尼可說。但是克理斯已經走人了，所以沒聽到。

孩子們的袋鼠跳比賽就快要開始了。我跑去觀賽，但是約翰突然衝向我，臉色蒼白，還抓住我的手臂。「克理斯會不會游泳啊？如果他不會游怎麼辦？他下水的地方很深耶！」

我也知道那裡水很深，但是我跟約翰一樣，完全沒想到有人不會游泳，更沒想到克理斯會是其中一個。

「快走！」我說。約翰、尼可、小弗、小狄和我都使盡全力狂奔。我們到的時候，克理斯正要走進海水裡。

「停下來！」約翰尖叫。

克理斯顯然沒聽見。他很快的踏進水裡，一副真的以為可以一路走到芬蘭的樣子。但是才走了幾步，就踩入深水中，一下子不見了人影。就這樣消失了！我到現在都還驚嚇不已！

約翰踢掉鞋子，直接跳進海裡，我對著其他人大喊：「快來幫忙！」尼可和小弗跑來了。小狄和我在一旁渾身發抖、冷汗直流。約翰在水面下好長一段時間沒上來，時間一分一秒過去，我們越來越忐忑不安，連我自己都想跳進水裡。終於，他上來了——但是不見克理斯。約翰沮喪的搖搖頭說：「我找不到他！」

「那個方向要不要多找幾遍？」小狄說，「他是從那裡掉下去的。」

我身後某個人伸手一指，說：「不，他是從那裡掉下去的，然後他又從那個石頭邊上來。」

我一轉身，看見克理斯站在一旁，全身溼答答，為了自己開的這個玩笑露出得意的神情。

但小狄繼續用手指著，重複說：「不是，他是從那裡掉下去的。我親眼看到的！」

「是啊，我也是！」克理斯說。

這時候，小狄終於發現跟她說話的是誰。她氣炸了。「你不該做這種事！」她說。我也贊同。克理斯說：「我同意！不過你們實在不該在還沒搞清楚別人會不會游泳之前，把人騙到深水去游泳。」

約翰早已再度潛入水裡找人。他上來後才看到克理斯。看得出來他鬆了好大一口氣，同時也看得出來他有多懊惱。想想看，你努力想要救一個人，誰知他已經上岸了。為了一個自己不怎麼喜歡的人，約翰仍然付出真心——結果卻是個玩笑！他大吼了一聲，又再緩緩的潛入水中，看起來就像因為看到克理斯而高興得昏過去似的。

他不該做這個動作，因為那個時候，其他小島人帶著爸爸一起來了，顯然他們以為有人溺水了，就在約翰從水面上消失之前，爸爸剛好看到了那一幕。

「約翰！」爸爸大叫一聲就往水裡跳，我根本來不及阻止他。簡直像在看電影。約翰先露出頭，然後是爸爸。他們默默的看著對方。

最後，約翰開口了。「你要幹嘛？」

「我要上岸！」爸爸生氣的說。然後他上了岸。

修芬又問了：「梅爾可叔叔，為什麼你每次都穿著衣服游泳？」只要有事情發生，她一定會出現。

「就這樣發生了嘛！」爸爸說。修芬立刻住嘴。爸爸拉著小弗的耳朵質問：「你不是說有人溺水了？」

小狄趕忙搭救。「整件事是個誤會！」

克理斯也試圖解釋，但是大家都很氣他，我聽見尼可跟小弗說：「不管別人怎麼說，那個男的根本是個討厭鬼。」

我覺得比昂一定也這麼想。他逐漸了解態勢，但他還是露出一副可憐樣，從不敢接近我。

不管怎樣，仲夏夜真是美好，碼頭上的舞會就跟我期待的一模一樣。蘇德曼老先生彈奏六角形手風琴，我們跳舞，大家一起跳，喔，跳得真開心。夕陽沉入海灣，蚊子在耳邊嗡嗡叫。比昂沒跳舞。或許他不會跳吧。但是克理斯會跳。天啊，我們來來回回轉來轉去時，我的粉藍色洋裝也跟著旋轉、舞動，真是太棒了！

蘇德曼老先生趁彈琴空檔停下來喝酒，悄聲說：「玫琳，答應我一件事！千萬不要變老！」

要是他知道我年紀有多大就不會這樣說了！祕密約翰和他的祕密隨從在一旁監視我。每次克理斯和我跳舞跳到他們附近，約翰就會大喊：「玫琳，保重啊！」

我終於受不了了，問他說：「保重什麼？」

「你自己啊！」他說。其他三個傢伙咯咯笑。克理斯則滿不在乎他們怎麼取笑。我不得不說，這個男生真是經驗老到。他在蘇德曼老先生停下來喝啤酒時，還念了一首詩給我聽，一點也不在意一旁偷聽的小鬼頭。他念了這首詩：

淡雅的粉紅玫瑰在額上綻放，
在金黃色的秀髮間。
甜美又古典的瑞典少女。

我的頭髮上的確別了一朵粉紅色的野玫瑰，我站在那裡，感覺自己就是那個甜美又古典的瑞典少女，直到約翰打破了我的美夢。

「這個嘛，有時候不是這樣的，」他說，「有些人的頭髮像一頭老瑞典豬。」

他們四個人盯著克理斯的小平頭，咯咯咯的笑。十三歲的小孩怎麼會這樣笑？真搞不懂。

但是我也沒真的因為這樣生他們的氣。直到他們破壞了我在楊森小溪的仲夏夜之夢，我才真的發火了。我想獨自做夢，沒有克理斯，當然也沒有任何弟弟在場，只是現實不允許。

楊森小溪這個地方很偏僻荒涼。舞會結束後，我和克理斯走到那兒。那裡有一間老船塢，還有幾艘廢棄的平底船，但除此之外，那裡真的會讓人有種全世界的人都消失了的錯覺。所有的一切都好美、好寧靜，充滿神祕的氣息。夜裡，幾隻天鵝在深色的水面上優游，全身白得發亮，彷彿是童話中的鳥兒。也許牠們真的是，因為這裡的一切都很不真實，像童話一樣，還有種古老的氣氛，好像這些天鵝會突然在某個時刻褪下身上的羽衣，幻化成異教的神祇，邊吹奏長笛邊跳舞。溪畔另一側有高聳的峭壁，晦暗的溪水從底下流過，出了海後，水色泛白，夜不再是夜，只有一小片天色轉為夜的幽暗，但還稍稍泛著微光。

克理斯和我坐在一塊岩石上。此刻我想要的是絕對的寧靜，但是他不了解。他總是一心以為所有事情要按照他的意思，所以他開始凝視我的雙眼，研究我的眼珠究竟是綠色還是灰色。這時候，我們聽到身後傳來聲音，伴隨著竊笑。

「其實是紫色的啦。」

這是最後一根稻草。我火冒三丈，大吼：「你們在那裡幹嘛？快說清楚！」

尼可探出頭說：「行！我們在調情啊，像某些人一樣！」

他一說完，小狄和小弗咯咯咯的笑了好一會兒，我更氣了。「我受夠了！」

然後，約翰叫嚷著：「那你為什麼不回家呢？你的確不需要坐在這裡調情，還讓自己那麼受不了吧！」

一群野獸！爸爸還答應他們要在外面待多晚都可以，因為是仲夏夜。

「看來這裡有點擁擠，小兄弟們都擠在一塊了。」克理斯說，「到哪裡才能擺脫他們呢？」

「或許是家裡吧。」我說，「我想他們應該不想回家。」

所以我們走回木匠小屋。我做了一份三明治給克理斯，他坐在客廳裡，那兒充滿了鈴蘭和樺木的香氣。

爸爸已經睡了，沛樂也睡了。四周一片寧靜。我們坐在沙發上，身後的窗戶敞開，迎著夜幕，眼看天色漸漸亮了。

「你怎麼能夠忍受那些小鬼頭成天在你身邊打轉？」克理斯問我。我誠實的告訴他，因為我愛他們，雖然他們傻乎乎的。

「現在我也好愛他們喔——愛死了！」克理斯說，「因為他們不在這裡。」

他這樣以為——我也以為，直到我又聽到了竊笑聲。這次是在窗外。微暗的仲夏夜裡，一陣孩子們的竊笑聲飄過，頭上還頂著世界上最討人厭的帽子。現在連閣樓上都有怪東西！每次他們從窗邊經過，便會佯裝有禮的舉起帽子，同時講些無聊的笑話，然後大夥兒笑得東倒西歪，還得靠著樹幹以免摔倒。

「晚安！你有聽說嗎？奶油漲價囉，一磅漲好幾塊錢呢！」「請問喔，從這裡可以到斯德哥爾摩嗎？」「只是隨口問問，爺爺還有鼻煙嗎？」

約翰說完最後這一句，尼可就咯咯咯的笑個不停，還真的笑到跌在草地上，像瓢蟲一樣肚子朝上，最後放聲大笑。

還好，這時候，尼司來把他的女兒帶走，約翰及尼可也好像玩累了，上樓去睡覺。聽到他們拖著沉重的步子爬上閣樓樓梯的聲音，我鬆了一口氣。

克理斯開始有點不耐煩，但我並不驚訝。我又給了他一個三明治，再倒杯茶給他，想要彌補弟弟們的無禮行為。

「真是一群天才弟弟啊！」克理斯說，「你幫最小的弟弟打了麻醉藥嗎？不然他怎麼那麼安靜？」

「謝天謝地，他是晚上會準時睡覺的天使小孩。」我說。

突然間，我聽見了沛樂的聲音。「那是你以為！」為了提防火災發生，爸爸在閣樓外綁了一條繩子。那個「晚上會準時睡覺的天使小孩」抓著繩子，懸掛在窗外。我還聽到閣樓的窗戶邊傳來竊笑聲。喔！我好想哭！

「沛樂！」我用悲慘的聲音說，「你吊在那裡幹什麼？」

「看看下面有什麼可笑的事情啊。約翰要我看一下！」

克理斯起身，往大門走去。「該是結束的時候囉。」他放棄了，「再會了，玫琳。」他說完隨即消失在晨光中。這就是我的仲夏夜結局。

不管怎樣，我覺得，這個仲夏夜還是很美好。

「好了，約翰，我知道你躲在籬笆後面。」玫琳說。她把日記放在草地上。「過來，我們現在就把這件事解決了。如果今天你可以抬完一整天的木頭和水，我就原諒你。」

活在當下

夏天按著自然的步調前進。陽光普照，每隔一段時間就降下間歇性陣雨。有時會有暴風，海灣白浪滔滔，家家戶戶的窗戶隨風搖晃，發出喀喀聲響。每當這種時候，修芬到碼頭迎接斯德哥爾摩的船隻時，走路就得更加小心，有一次小緹娜還差點被風吹落海裡呢。蘇德曼老先生的貓不想出門。蘇德曼老先生本人則花了三天時間修補他捕鯡魚用的漁網。

有時還會打雷。梅爾克森一家人整晚坐在廚房裡，看著閃電打進海中，照亮整個海面，就像白天一樣亮。雷聲響徹整座島，延伸到海上，給人一種末日感。聽著這樣的聲音，誰還敢睡呢？

「我開始厭倦這種夜生活了。」沛樂終於說出心聲。

他覺得，海鷗島的夜晚根本不照真正的規矩進行。只有仲夏夜要整晚不睡很容易，因為有舞會。尼司跟他解釋過，每種天氣都有可愛之處，沛樂也盲目的相信尼司叔叔說的話，只在雨水滲進屋頂時，才會稍稍懷疑這個說法。但是就連漏水這件事也了結啦，因為他爸爸已經爬上屋頂，用瀝青紙和石板把會漏水的地方補起來了。玫琳說，當爸爸爬上屋頂時，整個梅爾克森家靜默了兩分鐘。還滿有用的，因為爸爸這次可是沒出任何差錯就完成了任務。然而事情可不是一直都那麼順利，因為隔天他又得爬上屋頂時摔了下來。孩子們著急的衝過去幫他，但是梅爾可向孩子們保證，他安然無恙。然後，他自己很快下了個結論說，今天不是修東西的好時機。

「但是，你最好別那麼早下結論，免得你又摔下來受傷了。」玫琳說。

但整體而言，這個夏天過得還不錯，滿令人開心的。沛樂已經開始擔心全家搬回城裡的那一天。他有一把舊梳子，他把梳齒當作計算夏天的工具，每天早上他會拔掉一根梳齒。看著梳齒越來越稀疏，他就越來越煩惱。

一天早晨，梅爾可看到那把梳子便把它給扔了。他說：為未來而憂慮是錯誤的生活態度，應該好好享受每一天。像現在這樣的晴朗早晨，就是幸福的寫照。穿著睡衣直接走到花園裡，赤腳踩踏露水沾溼的草地，再到碼頭泡澡，回來坐在剛上好漆的花園桌旁，看本書或報紙，喝杯香醇的咖啡，孩子們在一旁跑來跑去，夫復何求啊！於是，沛樂不再為了那把舊梳子而苦惱了。他同意爸爸把梳子給丟了，沒有反抗。梳子丟了後，爸爸又回去看書，約翰及尼可則開始吵著輪到誰去洗碗了。

他們兩個都覺得自己輪到洗碗的天數太多了。但玫琳很確定的是，每次輪到這些男生洗碗，他們就消失得無影無蹤，兄弟倆都超會玩消失的伎倆。

尼可說：「我覺得你搞錯了。」

玫琳問：「昨天是誰洗碗？不就是你們最愛的玫琳姊姊嗎？」

尼可很納悶。他說：「奇怪了，我以為是我。」

沛樂說：「你沒發現？」他邊說邊在塗了奶油的麵包上抹橘子醬，「你沒發現是玫琳洗碗，不是你？」

一隻黃蜂飛來，也想吃橘子醬。沛樂友善的舉起他的奶油麵包，人們都會餵食自己的寵物嘛。沛樂確信，黃蜂們都知道誰是牠們的主人。他常坐在閣樓窗邊對著牠們吹口哨、說說話，還承諾牠們，想在木匠小屋待多久都可以。

他饒富興致的看著那隻小黃蜂，小黃蜂已經開始吃麵包上少許的幾粒糖。沛樂很好奇，當一隻黃蜂是什麼感覺。黃蜂會跟人一樣難過或害怕嗎？當然不是像大人，而是像七歲的小男孩。黃蜂究竟知道多少事呢？

「爸爸，你覺得黃蜂會知道今天是七月十八日嗎？」沛樂問。但是爸爸正陷入沉思。

「活在當下。」梅爾可喃喃說著，「沒錯，很棒的想法。」

「哪裡很棒？」約翰問。

「這本書是這樣說的。」梅爾可興致勃勃的說，「活在當下。這就是我把沛樂的梳子丟掉的原因。」

「書會告訴你要把我的梳子丟掉？」沛樂很詫異。

「它是說，活在當下——意思是，每個人都應該好好的過每一天，把今天當作最後一天。每個人都應該珍惜每一個時刻。」

尼可聽了，語帶責備的問玟琳：「那你還認為我得待在這邊洗碗！」

「為什麼不？」梅爾可問尼可，「確確實實的做好手上的每件事，會讓你感覺真正的活著！」

「那麼你想洗碗囉？」尼可提出建議。

但是梅爾可說，他還有很多事情要做，那些事就足以讓他一整天都覺得自己活著。

「活著到底是什麼感覺？」沛樂問，「是用手感覺嗎？」

玟琳溫柔的看著最小的弟弟。「對你來說，我想，是用腳去感覺吧。當你抱怨小腿很痠時，那就是生活的感覺了。」

「是嗎？」沛樂一臉驚訝。

就算不是黃蜂，身為一個人，不知道的事情就已有好多呢！黃蜂或許不知道今天是七月十八日，但是牠們非常清楚，花園桌上的碗裡面有橘子醬，還呼朋引伴蜂擁而至，惹火了玫琳，噓了一聲把牠們全趕走。其中一隻決定反攻，但牠不是朝玫琳飛去，反而很不公平的飛向了無辜的梅爾可，在他的脖子上叮了一口。

梅爾可大吼一聲跳了起來，他看到一隻小黃蜂在桌上爬，正想消滅這隻什麼也沒做的無辜小生命時，沛樂阻止了他。

「不行！」他大喊，「不要碰我的黃蜂！牠們想要活著，就像你剛剛說的。」

「我說了什麼？」梅爾可問。他不記得自己剛剛說了什麼跟黃蜂有關的事。

「活在當下啊，還是什麼的。」沛樂說。

梅爾可放下手中的書，他本來要用那本書消滅那隻黃蜂的。「喔，是啊，當然。但是我覺得牠們不應該一早就叮我的脖子。」他憐愛的撫摸沛樂的頭髮，說：「你是世界上對動物最友善的好小孩。可惜沒讓你養寵物。」

梅爾可揉揉脖子，真的很痛。但是他不想讓這樣的小事破壞美好的早晨。他精神奕奕的從桌邊站起來。活在當下——沒錯！他知道他該去做什麼！

這時，一艘大型汽艇拖著軋軋軋的聲響，駛入碼頭。約翰及尼可立刻察看坐在汽艇上的是誰，這一看，他們臉都黑了，兩個人面面相覷。

「我還以為我們在仲夏節那天終結他了。」

克理斯顯然什麼都忘了，一心只記得玫琳，這個島上最甜美可人的生物。如果其他島上有任何更甜美、更可愛的，他一定馬上衝過去，但是此時此刻，梅爾克森家的碼頭就是最好的地方。

「哈囉，玫琳！想搭我的汽艇一起出去玩嗎？」

三個弟弟屏住呼吸。她真的要坐汽艇出去嗎？如果是這樣，他們就不能監視她了。

玫琳看起來很高興。看得出來，她抵擋不了出海小旅行的誘惑。

「你會出去多久？」她大聲問。

「一整天。」克理斯大聲回答，「帶著泳衣，說不定我們可以找到一個好地方游泳。」

約翰警告性的對玫琳搖搖頭。「小心喔。活在當下。你真的想一整天都待在船上嗎？」

玫琳笑了。「當然！比在家洗碗、煮飯好玩吧！但是我不可以太自私。我偶爾也得確定你們也玩得開心才行！」

「你會後悔的。」尼可說。

玫琳質疑的看著父親。「我不在，你一個人可以吧？」

「當然，」梅爾可說，「交給你父親吧！」

梅爾可有時候對玫琳抱著一股愧疚感。對一個十九歲的少女來說，或許她的工作、責任都多了一點。他希望女兒也能享受該有的玩樂。除此之外，她今天出門對他來說正好，因為他也想自己一個人在家。

「去吧！親愛的。」他說，「把家務都交給我吧！我會做得很開心的。」

但是在玫琳整理好隨身用品前，沛樂已經先到碼頭了。他一邊扣好防風衣，一邊用憤恨的眼神注視著克理斯。

「哈囉！」克理斯說，「為什麼要穿那件？」

「出海都要穿防風衣啊。」沛樂冷淡的回答。

「喔，所以你也要出海！跟誰？」

「跟你和玫琳。」沛樂說，「去看看有什麼可笑的事。」

這時候，玫琳出現了。她用哀求的眼神看著克理斯。「他可以跟我們去吧？拜託！」

很明顯，克理斯不希望船上多個小麻煩，玫琳很生氣的問他：「你好像不怎麼喜歡小孩！」

克理斯一把抓住沛樂，粗野的把他丟上船。他說：「嗯，喜歡啊，我喜歡，我非常喜歡小孩！特別是女孩，十九歲的女孩。其他的我一點也不喜歡！」他伸出手，讓玫琳扶著上船。「幸好你沒有帶所有的弟弟一起來，我已經很感激了。」

兩個被留下的弟弟看著汽艇離開，直到她變成海灣裡一個小小的黑點，才回頭去做他們該做的事。他們清理桌子，把杯盤拿去廚房，煮水、洗碗、擦乾。他們做得又快又好，因為每次被逼著做這些事，他們也很習慣了。再說，小狄和小弗正在格蘭家碼頭的木筏上等著他們呢。

梅爾可迫切希望兒子們趕快離開。他想要一個人在家，因為他現在正想要去試試他的新發明——一根可以讓他一勞永逸的祕密水管。

每天都有好多事要做，這些事讓生活沒那麼愉快。梅爾可認為持續不斷的打水工作也是其中一件。誰也不知道玫琳拿那些水去做什麼，但是水桶總是空空的，任何走進廚房的人看了空空的水桶都有被責備的感覺。玫琳理所當然不用去提水，因為家裡有四個男生嘛。如果有需要，而約翰及尼可也湊巧就在附近，或者有人叫他們去，他們也會去提。但是最常在家的就是梅爾可了，對，他去提水最方便。不過，未來可就不是這樣了。梅爾可•梅爾克森在船塢裡發現了一根水管，就是那間裝了許多垃圾的偉大老船塢。他還偷偷用沙子刷洗了那根水管。現在只等著把它裝起來就完成了。

「簡單得不得了。」梅爾可告訴自己，他決定這麼做。「第一步──將器具和水管依照正確的角度安裝在井邊。第二步──將器具牢牢綁在較低的兩根樹枝上。第三──用鐵絲將水管和器具連接起來，好讓水管不致搖晃，而後在仔細測量、確認水管長度後，將水管穿過廚房窗戶。第四──在廚房那端的水管下放置一個大儲水槽。第五和第六──水會流進廚房，你就可以待在外頭，什麼事都不用做。當然還是要徒手從井裡將水提上來，但那只是個小問題。我們呢，每天早上還是得提個十五到二十桶水，但是只要這個東西裝設完成了，接下來一整天都不用再做什麼。玫琳也不需要為水擔心。」

梅爾可心情愉悅的開工。過程比他想像的還要難，但是他總會用溫柔的語氣鼓勵自己。當他把水管調整到正確位置時，他說：「這就漂亮的完成了兩件事。」「不……三件！這個漂亮的木頭水管，加上順利流向廚房的水，當然還包括梅爾可•梅爾克森聰明睿智的處理了這整件事。」

一切進展順利──如他所願──他知道這表示結果也會沒問題。他沒時間找儲水槽，有點可惜。反正他只需要先裝一桶水試試，所以他得找一個人到廚房裡，等水桶的水滿了通知他。

修芬彷彿是上天派來的，竟然及時出現，梅爾可笑著說：「修芬，你來得正是時候啊！」

「是嗎？」修芬也很高興，「你一直在等我嗎？」

梅爾可和修芬之間早已發展出一種奇妙的友誼，一種有時也會存在於大人與小孩之間的情誼：兩個勢均力敵的人，因為有同等的權利表達自己所想，因而彼此坦誠相待，萌生友誼。梅爾可心裡其實像個孩子，而修芬的心裡有著其他東西，不能說是成熟，而是一股奇妙的內在力量，所以這兩個人可以像不相上下的對手，平等的對話——或者說，兩個人幾乎旗鼓相當。

修芬對梅爾可，比任何人對他還要真實無偽、直言不諱，有時候太一針見血，常讓梅爾可倒抽一口氣，甚至想罵她，但他知道罵也沒用。她就是這個樣子，想什麼就說什麼。事實上，她真誠、友善又忠實，而且她真的很喜歡梅爾可叔叔。

梅爾可跟修芬解釋，這是個什麼樣厲害的發明。將來玫琳就會有直送廚房的水可用了。

「跟我媽媽一樣。」修芬說，「她也有直送到廚房的水可以用。」

「不會吧，她沒有吧？」梅爾可很詫異。

「有，她有！」修芬說，「爸爸會送水給她。」

梅爾可開懷大笑。他說，**這個東西**截然不同，是給玫琳的小驚喜。

修芬一臉認真的看著梅爾可。「這樣你就不用那麼辛苦了，對吧？」

梅爾可對這句話不置可否。他繼續向修芬解說：「你就站在水桶旁邊。水開始流過來時，你就喊一聲。水桶滿了，你就再喊一聲。懂嗎？」

「懂。我又沒那麼笨。」修芬說。

梅爾可隨即跑到外面的井邊，興奮得像個孩子一樣。他提起一桶水倒進水管。當他看著水順著水管流向廚房、也聽見屋裡面修芬的叫喊聲時，他開心的笑了。一切完全如他所願的運作。

但是，也不完全……很不幸的，不完全如願！水管有破洞，大部分的水都流到地上。梅爾可十分懊惱，但是沒關係，可以修補。只要把會漏水的木桶丟到海裡，就會膨脹、變緊。他也可以這樣處理木頭水管，只是，他得有力氣再把它拆解下來。那些鐵絲──一碼接一碼──好不容易纏到水管上，要再拆掉可不容易。如果水管原封不動，直接一次倒一大堆水進去呢，效果也一樣吧？它應該就會漸漸緊縮了才對。

梅爾可如同往常做任何事情時一樣，滿腔熱血的動手了。當他倒了將近十桶的水進水管時，他想，水管應該緊縮了一點吧──或者只是想像？

梅爾可抓著脖子，看著水灑出地面，才驚覺修芬正從廚房大聲叫他。他也發現，修芬這樣叫已經好久了，只是他完全沒注意到。他急忙大聲問：「水桶滿了嗎？」

修芬從窗戶探出頭，一臉驚慌。「不是，」她說，「水淹滿了整個廚房，一直淹到大門！」她接著問：「梅爾可叔叔，你耳朵聾了嗎？」

顯然，這水管運作得比梅爾可預期的還要順暢。雖然多半的水都在傳輸過程中漏到地面上了，但還是有夠多的水可以裝滿整個水桶，甚至淹沒整個廚房地板！

過了一會兒，約翰及尼可衝進家門，發現他們的父親正拿著一塊布蹲在地上。他們驚訝的問：「你在擦地板嗎？」

「不是，」坐在木柴箱上的修芬抬起頭來幫忙回答，「他要給玫琳一個小驚喜。你猜是什麼？他開了一條路，讓水從井裡直接流到廚房耶。」

「你們出去！」梅爾可大吼，「統統給我出去！」

離梅爾可準備的驚喜很遠的地方，玫琳正開心的享受著美好的一天。活在當下——她幾乎擁有了必備條件——陽光、海洋、微風、可以躺臥的溫暖岩石、花香摻雜著海水的氣味。還有那些綠色的可愛小島、島周邊的灰色礁石，以及島上的花和海鳥。還有哪裡比得上這裡任何一座小島，更適合消磨一天的美好時光？如果沒有克理斯在旁邊當然更好，因為他的叨念聲簡直要淹沒海浪的拍打聲。他喋喋不休，惹得玫琳好煩，她好希望克理斯不要說話，但她知道這是不可能的。

仲夏夜時，玫琳就跟克理斯說過，她喜歡獨處，喜歡四周完全安靜無聲。可惜，幾乎每隔一陣子，她就得連忙提醒他。到頭來，有時候她會覺得乾脆自己一個人算了。

克理斯說：「我也喜歡獨處啊。但要看是跟誰在一起，跟你的話，要獨處多久都可以！」

可憐的克理斯，他是沒有機會跟玫琳獨處的！沛樂當然也不喜歡克理斯的碎念，但是，儘管如此，他還是得待在他們兩個附近，以免錯過任何一句話。他在岸邊撿石頭，看著水裡的小魚，同時直直豎起耳朵。

「我要開汽艇去奧蘭，在那裡待一個星期。你要一起去嗎？」克理斯問。

沛樂抬頭問：「你說我嗎？」

克理斯老實的告訴沛樂，他指的不是他，但是他指的那個人卻只是笑而不答。

「玫琳，你要一起去嗎？」克理斯又問。

「不——我不想耶。」玫琳說。

「呼，還好。」沛樂說。他撿起一顆小白石。

「有弟弟在旁邊聽我們說話，真是不錯啊。」克理斯說。

他建議沛樂沿著岸邊往前走遠一點，他覺得那裡會有很多更漂亮的石頭，但是沛樂搖搖頭說：「不要，這樣我聽不到你說什麼。」

克理斯問：「為什麼我說的話你都要聽呢？有這麼好玩嗎？」

沛樂搖搖頭說：「不好玩，我覺得很蠢。」

克理斯習慣被人喜歡——當然不是小孩，因為他受不了小孩——但是，知道這個小傢伙一點也不喜歡他，讓他很火大，他想知道為什麼。

「你覺得我很蠢。」他的聲調稍微友善了些，比之前友善多了，「但是應該有比我更蠢的人約玫琳出去過吧！」

沛樂沉默的看著他，沒有回答。

「或者沒有。」克理斯說。

「我還在想。」沛樂說。

玫琳笑了，克理斯也笑了，但不像玫琳那樣真心的笑。

思考了一會後，沛樂同意，應該有一兩個人比克理斯更蠢。

「總共有幾個呢？」克理斯好奇的問，「你數得出來嗎？」

「當然，」玫琳說。她迅速起身，跳進海水裡，又從水裡冒出頭來，「但這不關你的事。」

但是沛樂不反對明說。「至少有好幾十個吧。我們還在城裡時，他們一直打電話一直打電話，打了一整天。如果是爸爸接電話，他就會說：『喂，這是梅爾克森家的自動答錄機，玫琳不在家。』」

「閉嘴，可以嗎？」玫琳對著沛樂吼。

她仰躺在水面上漂浮著，當她望著藍天時，心想，哪兩個人比克理斯蠢呢？但是卻無法下結論。她突然有個感覺，如果今天沒有他該有多好——今天，還有每一天。於是，她當下做了個決定，這是她最後一次跟克理斯出去了。然後她想到比昂，輕輕的嘆了口氣。她最近常看到他。他就像格蘭家的一員，而木匠小屋近在咫尺，所以他幾乎每天都有各式各樣的藉口找上門來，有時候甚至連藉口都沒有。他會帶剛捕獲的魚或新鮮蘑菇，默默的放在廚房桌上。他會坐在木匠小屋的台階上跟梅爾可說話，但是玫琳很清楚，他之所以會來是想看誰。他十分可愛、十分禮貌、十分客氣，並且十分為她著迷。而她呢，也想看看自己是否也有點愛上他——她很想這樣做，但是只要一想到他，她的心跳就快得不得了。她不知道自己會不會誰也不能愛，就這樣過完一生。真是這樣就太可惜了！玫琳把腳伸出水面，邊盯著自己的腳趾頭邊想：我一定是哪裡出了問題。弟弟們何必這樣大驚小怪呢？她只不過有一點點愛上某個人而已，他們實在沒必要那麼緊張。

她嘆了口氣，然後仰頭望著太陽，想著這美好的一天已經過了一大半。她好奇父親把晚餐準備得怎麼樣了。

但是梅爾可根本不想在火爐前打發時間。「碼頭上就有食物了，何必待在這裡！」他對約翰及尼可說，「我們晚餐就吃燉鱸魚吧！」

梅爾可派男生們去挖小蟲，然後他在碼頭上坐了兩個鐘頭，卻只釣到一條小魚。另一邊的約翰及尼可反而釣上了一尾又一尾的鱸魚。梅爾可一點也不羨慕兒子們滿足的模樣。但是，不一會兒，他開始垂頭喪氣了，因為他先前還大言不慚的警告兩兄弟：只要他，梅爾可在場，他們就別想釣到多少魚。他只需要吹個口哨，魚兒們都會靠過來。所以如果他釣的魚特別多，他們也別太失望。但是現在，兩兄弟就在他眼前，將一條又一條的魚不斷拉上來，而他自己什麼也沒釣到。連一隻魚都沒上鉤，似乎真的有點不公平。

「今天真倒楣！」梅爾可愁眉不展的盯著浮標。

約翰及尼可幾乎每次有魚上鉤都會萌生罪惡感。不可以讓爸爸失望——這是梅爾克森家的孩子一致的想法之一。誰都不能忍受爸爸開朗的藍眼睛變得陰沉，然而這雙藍眼睛卻很容易為了如此幼稚的原因變得陰沉呢。

他們看得出來，爸爸越來越沮喪了。他習慣性的用手摸下巴，孩子們認得這個手勢，這不是個好徵兆。終於，他把魚竿丟到一旁。

「你們這些魚，好自為之吧。」梅爾可說，「我不要繼續坐在這裡握著釣竿了。」他躺在碼頭上，把貝雷帽往下拉蓋住眼睛。「如果有魚靠過來，嚷著想要被梅爾可釣上來，告訴牠，我睡著了，牠可以三點再回來。」然後，他立刻就睡著了。他的喉嚨隨著呼吸上下起伏。儘管兩個兒子誠心的祈禱，但並沒有魚請求被釣上來，所以他們決定自己安排。爸爸至少要有一條魚才行。他們把梅爾可的釣魚線拉上來，把他們釣到的最大的鱸魚放到他的魚鉤上。然後他們大聲喊叫，把梅爾可叫醒。「爸爸！有魚上鉤了！」

梅爾可跳了起來，一把抓起魚竿，因為太心急，整個人差點兒掉進海裡。當他把鱸魚拉上岸時，開心的大叫：「你們看過這麼了不得的傢伙嗎？牠可比你們釣的還要大兩倍呢！」

但是這條魚被釣上來後，似乎沒發出任何抗議。牠一動也不動的躺在那裡，很不自然。梅爾可默不吭聲的看了好一會兒，兒子們則緊張不安的注視著他。

「這可憐的傢伙好像嚇呆了。」梅爾可說。他摸了下巴好幾次，接著突然露出笑容，就像太陽出其不意的從烏雲後頭露出臉來。他憐愛的對兒子們微笑。

「我現在就去煮這尾鱸魚——還有其他幾尾。」梅爾可說，「用我自己的獨門做法。至少，這件事我可以做得比你們好！」

約翰及尼可隨即讚美爸爸是世界上最棒的烹魚大師。於是梅爾可胸有成竹的走回廚房。玫琳如果看到他如何清理魚，一定會怕得發抖。他用一把大刀宰殺滑溜溜的鱸魚，這樣的組合鐵定會演變為一場駭人的浴血之戰。但奇怪的是，某些明明即將轉變成大災難的情況，梅爾可卻可以漂亮的化險為夷。

他現在心情好得很。他把魚擺在琺瑯平底鍋裡，哼唱起他的烹調方法，彷彿在演唱歌劇。

梅爾可燉鱸魚，五條上好的魚……加奶油……很多的奶油……香菜……還有蒔蘿。一點麵粉……灑點水……然後依個人喜好加點鹽……依個人喜好加點鹽……依個人喜好加點——鹽！

聽起來真不賴，他開始懷疑自己是不是入錯行，應該去唱歌劇才對。

他時不時看一眼從廚房窗戶穿進來的那根水管，每看一眼就會滿足的微笑。玫琳回家時，一定要讓她看看這個。

說時遲那時快，梅爾可聽到汽艇抵達碼頭的聲音，立刻衝到井邊，想要展示他的作品。實際上，玫琳看起來就是一副需要打氣的樣子。她把泳衣掛到晒衣繩上，陷入莫名的沉思。當她發現梅爾可注視著她時，勉強笑了笑。這時，她看到了那根水管。

「這是什麼？」玫琳問。梅爾可向她和克理斯以及沛樂解說：這是一個簡易而高級的裝置，即日起將會讓木匠小屋的生活更輕鬆愉快。

「你試過了嗎？」玫琳問。

「喔，試過啦──你今天玩得愉快嗎？」梅爾可說。這時他看到約翰及尼可也來了。他們對這件事可是略知一二呢！於是梅爾可說了實話。「我試過了，結果漏了一些水到地上，但是沒什麼關係，因為我弄來了一個儲水槽。」

梅爾可滿臉笑容。他好滿意自己的作品，還得意的摸摸水管，這一摸，剛好摸到了停在上面的一隻黃蜂──沛樂的黃蜂，梅爾可被叮了一口，好痛！他當場火冒三丈。同一天被叮兩次，這也未免太多了吧！他大吼一聲，把克理斯嚇得跳了起來，還四處找武器要復仇。草地上有一根男孩們的槌球棍，他順手抓起，看到黃蜂還停在水管上，洋洋得意，立刻高舉槌球棍，猛力往下一搥……他看著自己所做的事，說不出一句話。他沒打死黃蜂──黃蜂八成已經飛回老窩，還笑到四腳朝天，跟同伴炫耀。倒是他的水管，那架漂亮傑作已經四分五裂，只剩一片殘骸掛在鐵絲上。

梅爾可如夢初醒。他有氣無力的說：「你們猜，我現在想做什麼？」

「罵人？」沛樂問。

「不，這樣很難看又沒修養。但是那些該死的黃蜂該離開木匠小屋了，不然就是我離開！」他拿起槌球棍，沛樂立刻抓住他的手臂，大喊：「不，爸爸，不要碰我的黃蜂！」

梅爾可氣呼呼的甩掉球棍，轉身走向碼頭。沛樂竟然寧願要爸爸被黃蜂叮得全身是包——這是最後一根稻草！沛樂立刻追在梅爾可後頭，想解釋並安慰他。也就因為這樣，他沒看到克理斯做了什麼好事。

蜂窩的高度，只要手伸長一點，用一根槌球棍就可以搆得到。克理斯想，如果可以摧毀這個灰褐色大蜂窩一定很好玩。他拿起那根槌球棍，瞄準後就猛打，但是他失手了，打到了蜂窩旁的水井。黃蜂們這輩子一定沒聽過這麼大的聲響，牠們很不高興。一大群黃蜂一擁而上試圖反擊。牠們第一眼看到的是梅爾克森先生，於是一窩蜂衝向他，準備開戰。梅爾可聽見黃蜂飛來的聲音，便以之字形路線閃躲快跑，一路氣呼呼的怒吼。

「快跑，爸爸，快跑！」沛樂尖聲叫著。

「我正在跑啊！」梅爾可大吼，往碼頭衝去。

克理斯和玫琳還有男孩們都追在他後面跑，克理斯笑得太激動，還差點嗆到——完全不知道現在玫琳有多討厭他。

梅爾可瘋狂揮舞雙手，可惜還是被黃蜂叮了幾口，窮途末路中只見一條出路。

他縱身一躍，跳進海裡，孩子們看著他消失在水面下。他想要在那裡躲一會兒。黃蜂嗡嗡嗡的在附近打轉，尋找失蹤的獵物，但是牠們只看到克理斯，他正站在碼頭上幸災樂禍的大笑。當整群黃蜂掉頭衝向他時，他態度轉變之快，也真是令人稱奇。

「走開！」克理斯大叫，「不要過來！」但是黃蜂沒有走開。克理斯大喊一聲，二話不說跳進海裡。當他浮出水面時，比任何黃蜂都還要氣憤，而梅爾可則已經從遠一點的地方涉水過來，還開心的跟他打招呼：「晚安啊！你也來散步嗎？」

「是啊，但是我正要回家。」克理斯說。他划了幾下游到自己的汽艇邊，回頭跟玫琳說：「再見，玫琳！我要走了。這座島太危險。改天見了！」

「最好不要！」玫琳喃喃的說。但克理斯沒有聽見。

梅爾可漫步回木匠小屋時，遇到了修芬。修芬微笑著對他說：「你**又**穿著衣服去游泳囉？為什麼你都要這樣啊？你沒有泳褲嗎？」

「我當然有。」梅爾可說。

「我不覺得穿著衣服可以好好玩水耶！」修芬說。

「不，其實這樣比較好！」梅爾可說。

不過，當梅爾可幫孩子們準備「梅爾可私房燉魚」時，他的光榮時刻終於到來！

玫琳在廚房火爐邊打開平底鍋蓋，哇，好迷人的香氣，她覺得好餓！

她說：「爸爸，你真是太棒了！」

梅爾可換了衣服，被黃蜂叮的地方也泡了水，現在，他又興高采烈的坐在廚房中。這樣的生活可真多采多姿！玫琳的讚美讓他很害羞，他微笑著說：「嗯，聽說男人如果願意下廚，會比女人做得還要好。我不是在講我自己……再說吧。不管怎樣，先吃吃看！」

他輪流盛魚給每個人，還交代大家要等每個人都有一份後才能開始吃，他最後才盛自己的。他饑餓的看著白色魚肉浸在加了奶油的蒔蘿和香菜中。他舀起第一口，嘴邊依舊掛著微笑。這時候，他的肚子發出微小的咕嚕聲。

玫琳和男孩們已經開始吃了。但是他們癱坐在位置上，看起來有氣無力。

玫琳放下叉子問：「你放了多少鹽？」

梅爾可嘆了口氣，用沉重的聲音說：「依個人喜好啊。」

之後他起身，走出門外，消失了。孩子們擔心的看著他。他們從窗口看到爸爸窩在花園的桌邊。今天一早，他還興致勃勃的坐在那裡迎接美好的一天。他們默不吭聲，一起衝到門口。

玫琳看見梅爾可坐在那裡，用手掩著臉。她說：「爸爸，幹嘛那麼沮喪呢？」

「我好沒用！」梅爾可抬起頭，淚眼婆娑的看著她。「還說活在當下，看看我做了什麼？我啥事也沒做好。做什麼都失敗。」他懊惱的說，「我想我的書也不怎麼樣。現在我統統知道了。好了，什麼都不要說，我就是這樣。可憐的孩子們，有一個這麼沒用的老爸！」

孩子們都跑過去抱住梅爾可，安慰他說，其他的爸爸都沒有他這麼好，不像他如此聰明、仁慈，孩子們保證他們最愛他了。

「這樣啊——」梅爾可說。他用手背擦掉眼淚，破涕為笑。「那我強壯、帥氣嗎？你們都沒提到這個。」

「當然啊，」玫琳回答，「你既強壯又帥氣。煮魚多加了一點鹽又有什麼關係。」

但是約翰及尼可已經把剩下的魚倒掉了，家裡沒有其他食物，店鋪也關門了。他們都好餓。

「有麵包嗎？」尼可問。

但是在任何人回答之前，修芬來了，水手長緊跟在後。她說：「爸爸在海邊燻鯡魚，你們要不要一起來？」

活在當下——前一分鐘還嚎啕大哭、咬牙切齒，下一分鐘卻開心雀躍、滿心歡喜。

他們坐在岩石上，夕陽沉入海灣，散發充滿夏日熱情的紅光。尼司把燻成金黃色的鯡魚遞給他們，想吃多少就有多少。瑪塔拿出奶油和馬鈴薯，以及自製的裸麥麵包。梅爾可深覺心裡的感激之情波濤洶湧，於是便講了一段話，歌頌友誼及燻鯡魚。生活真是美好啊，想想看，誰能在一無所有的這麼一天，得到如此豐盛的待遇！

梅爾可說：「是啊，朋友們，這就是我常說的：活在當下！」

沛樂說：「嗯，活著真好！」

沛樂的寵物

梅爾可對孩子們的愛可說是既狂熱又激烈。他甚至時不時就想到他們。當然，他是作家，所以每次一有人問他最常想到的是誰，他都會回答：「梅爾可想的只有梅爾可！」

但事實不全然是這樣，因為他有時候會想著他的孩子。對他自己來說，能夠擁有這麼漂亮的四個孩子，真是不可思議。首先是玫琳，他的支柱和後盾。一個這麼美麗的女孩怎麼還可以這麼聰明有智慧？漂亮女生通常只在意自己的美貌，沒什麼時間讓自己變聰明。玫琳可就不一樣了。當然，他是不太清楚她沉著冷靜的腦袋裡都想些什麼，但是他知道，她很有智慧，還有熱情，以及充足的才智。她也很有魅力，但是就像花一樣，對自己的魅力渾然不知。至少，看起來是這樣。

接著是約翰。他是所有孩子當中性格最強烈的，也是最有想像力、最好動的。他未來的人生一定會波折不斷，因為他太像他父親了，可憐的孩子！說到尼可呢，沉著、冷靜、常識豐富，彷彿一出生就是這樣。他是梅爾克森家最開朗也最穩重的人了。梅爾可很確定，尼可的人生不會有什麼波折。

至於沛樂，他又會是怎樣呢？這孩子，光是在公車上看到有人神情憂傷，或是看到流浪貓沒有地方住，就會跟著哭，他又會有什麼樣的人生呢？他老是擔心別人不快樂，甚至擔心貓貓狗狗或是黃蜂會不快樂。他未來會有什麼樣的發展呢？他擔心的還有其他奇奇怪怪的事情呢。怎麼會有人聽到電話線發出怪聲就泫然欲泣，還說樹林間的風聽起來很悲傷？他曾淚眼汪汪的問：海浪拍打岩石的聲音如此絕望，是為了那些死掉的水手哭泣嗎？但是沛樂也有讓自己開心的奇特方法。有一些事情特別令他開心。例如：獨自坐在船塢裡，聽著屋頂上的雨滴聲，或是在暴風雨的天氣裡，特別是在黃昏時，窩在房間角落，聽著整間屋子被風吹得嘎嘎作響。尼可一再追問沛樂為何老是喜歡一些奇奇怪怪的事物，沛樂只說：「如果你自己不去了解，我也沒辦法解釋啊。」

此外，沛樂還是個小小自然學家。自然學家要做的事情很多，例如，趴在草地上，看著各種昆蟲爬來爬去。蹲在碼頭上，看著底下奇異的綠色世界中，小魚們過著生趣盎然的水族生活。黃昏時，坐在小木屋的台階上，看著星星一顆顆亮了起來，試著找出天后座、銀河，還有獵戶座。在沛樂眼中，所有事物都是一連串的奇蹟，他總是興致勃勃的想要了解這些事物。他跟自然學家一樣專心致志而且耐心十足。

梅爾可看著這個最小的孩子，有時會感到一股羨慕之情。為什麼有人可以一直對所有事物都保有驚奇感？

沛樂對動物也有滿滿的愛。他沒有養狗實在很遺憾。從他學會「汪」這個聲音後，他就已經開始說他要養狗。他養過金魚、烏龜、白老鼠，就是沒養過狗。

可憐的沛樂！後來，他來到了海鷗島，遇到了水手長。對沛樂來說，修芬真是世界上最幸運的人了。

「如果我有寵物，我一定會很滿足。」他跟修芬說，「當然，我已經養黃蜂了，但是我也想養一隻動物，可以讓我摸摸牠。」

修芬為沛樂感到難過，而她也很大方。「我可以把水手長分一點點給你。幾公斤好了！」

「什麼！那才一隻後腿！」沛樂說。他跑去跟父親抱怨：「誰會想要一隻狗的後腿？你覺得有人會因為這樣就開心了嗎？」

梅爾可坐在他的小房間裡寫作，這種時候，他最不想要去想他的小孩，還有他們需要什麼。

「我們改天再聊這件事吧。」他揮手要沛樂出去。

沛樂憂憂愁愁的走開。他倚在小屋的牆邊看著他的釣竿，那是他上星期得到的生日禮物。即使是一根釣竿都是一次體驗，而這可不是根普通釣竿——這是他長這麼大拿到的第一根釣竿。沛樂撿起它。竹子做的釣竿摸起來真是光滑，一股喜悅流竄全身。他決定去碼頭上釣魚。爸爸送他這根釣竿真好！他也送給修芬一根，因為她的生日和沛樂只差幾天。

於是沛樂帶著釣竿走向碼頭。小緹娜看到了沛樂，開心的衝上前去。她很少單獨跟沛樂在一起。這是修芬定的規矩，由她決定誰可以跟誰一起玩。至於她怎麼安排這件事，誰知道。關於這件事，她從未說清楚；但是一旦她想要怎樣，結果就是那樣。她是海鷗島的修芬，她可以跟任何她喜歡的人玩，不管是小緹娜還是沛樂，她想跟誰玩就跟誰玩。有時候，她興致一來，三個人會一起玩，但是沛樂和小緹娜就是不能趁她不在時自己玩。

此時此刻，在這個溫暖的八月早晨，沒有任何魔鬼作祟，沒有任何疑心，修芬走向木匠小屋，隨即發現另外兩個人並肩坐在碼頭上。她僵在那裡瞪著他們，這兩個人完全沒有察覺，他們正聊得起勁，小緹娜還邊笑邊比手畫腳。得阻止他們！

「小緹娜！」修芬生氣的大喊，「你不可以去碼頭！小孩子不可以去，因為會掉到海裡！」

小緹娜嚇了一大跳，但是她沒有轉頭。她假裝沒聽到。她想，如果她沒回答，或許修芬就會不在了。

所以小緹娜悄悄的靠到沛樂旁邊，用說祕密的語氣，小聲的跟沛樂說：「沛樂，馬上就會有魚上鉤囉。」

但是沛樂還沒來得及回答，修芬又叫了：「小孩子不可以到碼頭上。你們沒聽到嗎？」

小緹娜意識到，為了這個無法避免的爭端，等一下應該會爆發一場大戰。

「那你也不能到碼頭上囉？」

修芬不屑的哼了一聲。「哈！我跟你們不一樣。」

「對，你最不一樣。」小緹娜大膽的說。有沛樂在旁邊，她敢大聲講之前不敢講的話。

沛樂坐在一旁，寧願自己不在這裡。修芬說：「老實跟你說，沛樂不是跟你一國，他跟我才是一國。」

小緹娜生氣的說：「沛樂是跟我一國！」

沛樂察覺他應該說點什麼。「我跟自己一國。」

他希望修芬和小緹娜可以到遠一點的地方吵，但是修芬已經過來坐到他的另一邊。三個人坐在那裡，看著浮標。最後，小緹娜又開口了：「沛樂，魚就快要上鉤囉。」

這已經夠讓修芬火大了。「又跟你沒關係。沛樂不是你的。」

小緹娜把身體往前傾，直視著修芬說：「他也不是你的——就是這樣！」

沛樂說：「不，我是我自己的。」

一說完，修芬和小緹娜都安靜了。沛樂不屬於任何人，只屬於自己。他坐在那裡，覺得這樣真好。誰都不能擁有他，連後腿也不給！

但是修芬知道沛樂其實是屬於誰的。她想把這件事說清楚，所以她學小緹娜說一樣的話：

「沛樂，魚就快要上鉤囉！」

其實不該說這句話的。

「不，不會的。」沛樂失去耐性了，「別再說這個了。不會有魚上鉤，因為我的釣魚鉤上根本沒放蟲。」

修芬瞪大了眼睛。她是小島人，完全不敢相信沛樂剛剛說的話，她從沒聽過這麼瘋狂的事。

「你怎麼沒去抓？」她問。

沛樂解釋，他試過把蟲放到魚鉤上，但是他沒辦法，因為他為蟲難過。蟲一直不停的扭動，他光想就害怕得發抖。除此之外，他也為魚難過，萬一牠真的過來、被魚鉤勾住，那……

「那你為什麼還坐在這裡釣魚呢？」修芬問。

沛樂更加不耐煩的繼續解釋。他不是有一根釣竿嗎？反正他又不是唯一一個坐在那裡釣魚、卻什麼也沒釣到的人。他看過好多人坐在那裡好幾天，最後連一條魚也沒上鉤。不同的是，他們讓小蟲很痛苦，真的沒必要這樣子。他不那樣做，但是，他還是可以跟別人一樣坐在那裡釣魚。懂了嗎？

修芬說她懂了，小緹娜也說她懂了。

他們坐在那裡，盯著浮標好長一段時間。修芬發現，她說她懂根本是說謊。但是現在陽光燦爛，這樣坐在碼頭上感覺真好。如果她可以讓小緹娜走開更好。

沛樂說：「小緹娜長大後要當女侍喔。」這是小緹娜跟他說的。

修芬說：「我不要。」她其實不知道女侍是做什麼的。但是如果小緹娜要當女侍，她就不要跟她一樣。小緹娜的媽媽就是女侍。她住在斯德哥爾摩，有時候會來海鷗島。她是修芬見過最美麗的女人，僅次於玫琳。但是女侍要多漂亮都可以。如果小緹娜要當女侍，修芬便死也不要。

沛樂問她：「你長大要做什麼？」

「我要變胖，還要寫書，跟梅爾可叔叔一樣。」

沛樂瞪大眼睛，驚訝的說：「爸爸又不胖！」

「我有說他胖嗎？」修芬問。

「有，你有！」小緹娜叫著。

「你耳聾了！」修芬說，「我是說，我要寫書，像梅爾可叔叔一樣，而且我要變胖。這是兩件事。」

小緹娜越來越勇敢了。她錯誤的相信，沛樂是站在她這邊的，所以她對修芬說，她是傻瓜。修芬則反嗆，小緹娜比楊森家的豬還要傻。

小緹娜尖叫著說：「我要跟爺爺說你罵我！」但是修芬也大吼：「愛告狀！愛告狀！」

沛樂覺得很厭煩而打了個冷顫。「真希望她們能讓我安靜安靜。」他喃喃的說，「每次都這樣吵個沒完沒了。」

修芬和小緹娜再度安靜了下來。好長一段時間三個人都沒有說話。修芬開始覺得無聊了。

「沛樂，那你長大想當什麼呢？」她這樣問，只是想讓對話繼續。

「我什麼都不想當。」沛樂說。「我要養好幾百種動物。」

修芬瞪大眼睛看著他。「但是你一定得當什麼啊！」

「不，我什麼都不想當。」

小緹娜馬上迎合他。「那你什麼都不用當。」

她們又不和了。

修芬生氣了。「不管怎樣，都不是由你決定。」

「我有說我決定嗎？」小緹娜反駁。

「回家去。」修芬說，「小孩子不可以到碼頭來。我跟你說過了。」

「這也不是由你決定的。」小緹娜說。

沛樂左搖右晃，彷彿他是坐在蟻丘上。「夠了，反正我要走了。我不想待在這裡。」

梅爾可正坐在廚房後頭的小房間裡打字。他的窗戶開著，所以他可以聞到外面的花香。當他將視線從打字機上移開、抬起頭，便能看見一小片藍色的海灣，真是令人心情舒暢。但是他也不是那麼常有時間可以把視線離開稿紙。他現在正好想寫寫東西，當他有這樣的心情時，最好是不要中斷。

把窗戶打開的最大壞處，就是太多外面的聲音會湧進他的寫作世界。他聽見玫琳正在跟約翰及尼可理論。她要他們去買牛奶，但是他們不想去。可以派沛樂去嗎？他們正要跟小狄和小弗去烏鴉岬的廢棄沉船裡探險。

顯然他們想辦法說服了玫琳。梅爾可聽見他們開心的叫聲漸漸消失在遠方，他好感激他們離開後留下的寧靜。

很不幸的，這樣的寧靜沒有持續多久。修芬突然從窗戶探頭進來，她剛剛才離開小緹娜、從碼頭上走掉。沛樂走了，修芬當然要趕快追上，她沒馬上走為的只是想跟小緹娜說清楚，以後小緹娜別想再跟她一起玩了，但是小緹娜說這樣最好。

此刻，修芬來到了木匠小屋想要找沛樂，最好還能說服他，但是到處都找不到他，反倒從廚房後頭小房間的窗戶，看到了她的好朋友梅爾可。

「你就這樣一直寫一直寫一直寫嗎？」她說，「你到底在寫什麼呢？」

梅爾可的手從打字機鍵盤上滑了下來。他簡短的回答：「你不會懂的。」

「不會嗎？每件事我都懂啊。」修芬自信的說。

「但這個你就是不懂。」梅爾可說。

「那，你自己懂嗎？」修芬好奇的問。

她安靜的倚在窗邊，打算在那裡待上一整天似的。梅爾可發出呻吟。

修芬問：「你不舒服嗎？」

梅爾可說他好得很，但是如果她能走開，他會更舒服。修芬一聽便走了。但是才不過幾步，她又轉回來。

「梅爾可叔叔，你知道嗎？如果你寫的東西連我都不懂，那你最好別寫了。」

梅爾可又發出不耐煩的呻吟，還嘆了一口氣，緊接著又再嘆了一口氣。因為他看到修芬坐到一顆石頭上，還是在他的視線範圍內。

「我坐在這裡，不會妨礙到你吧？會嗎？」她大聲問。

「不會。但是你乾脆坐在自己家的花園裡用腳趾頭拔拔草，豈不更好。」梅爾可說，「我相信，那裡的草更多啊。」

梅爾可心想：當然，這個畫面很美——一個胖嘟嘟的小女孩，坐在鮮黃金鳳花及青草圍繞的石頭上——但是，他知道，只要他每次一抬頭都看到這孩子，鐵定寫不出一個字。

這時候，他聽到沛樂提著牛奶瓶走來了，於是扯開嗓子大聲叫他：「沛樂！快把修芬帶走！我給你一些錢，讓你們去店裡買冰淇淋甜筒，而且你們不用急著回家！」

沛樂還以為他可以獨自悠哉的散步，身邊不會有女人家跟著。在碼頭上被那麼一吵後，他只想讓耳根子安靜安靜。但是，冰淇淋甜筒畢竟是冰淇淋甜筒，他才不在意修芬呢！小緹娜不在的時候，跟修芬一起玩還滿開心的。

梅爾可心滿意足的看著兩個孩子消失在往楊森牧場的小徑上，水手長緊跟在後。他試著集中注意力，眼看著就快要成功時，突然聽到窗外傳來細細的尖叫聲。小緹娜正從窗台上探頭。

「你在寫童話故事嗎？」小緹娜問，「幫我寫一個！」

「我不是在寫童話故事！」梅爾可大吼，聲音大到讓玫琳都嚇得跳了起來，她已經在往商店的途中了，卻還聽得到。

小緹娜沒有跳起來。她只是眨了眨眼睛。當然她知道梅爾可真的不是很開心，但或許是因為他沒聽過童話故事。

她安慰梅爾可說：「我可以說童話故事給你聽啊！這樣你就會寫了。」

梅爾可大叫：「玫琳！玫——琳——快來救我！」

小緹娜興致盎然的看著打字機說：「我想，寫書真的很難吧！尤其是封面。玫琳會寫嗎？」

「玫——琳——」梅爾可又大叫了一聲。

不用趕著回家，梅爾可是這樣跟沛樂說的。這句話實在很多餘！別人會誤以為他完全不懂小孩，八成也沒看過楊森的乳牛牧場。要去取牛奶時，都要經過這片牧場。

修芬、沛樂還有水手長走過一條小徑，兩旁聳立著枝葉茂密的白樺樹。這個時候乳牛牧場上沒有牛，沛樂有點失望，但是有好多野生草莓和小花，蝴蝶在一旁飛舞，還看得到螞蟻以及牠們形成的螞蟻路線；有好多布滿青苔的大石頭可以爬，修芬還知道某棵白樺樹上有個鳥巢。不用說，他們絕對會花上兩個小時穿越這片牧場。修芬說，那裡連狐狸窩都有。某天清晨，她跟爸爸到過那裡，還看到狐狸在裡頭跑來跑去。

但是修芬想要帶沛樂去看時，卻找不到了。不過水手長找得到！一開始，牠以為修芬和沛樂只是要去他們的祕密小屋，但是當牠一明白修芬一直在找的是什麼時，牠看著修芬，好像在說：「傻寶貝，你怎麼不先問我呢？」然後牠就帶他們直接殺到了那個狐狸窩，就在牧場的盡頭，隱身在一堆小石頭中，因為狐狸可不想被發現。

沛樂興奮的顫抖。就在黑漆漆的通道盡頭，裡面有一隻狐狸。當你知道牠就在那裡時，就算看不清楚又有什麼關係。你知道牠有一身紅色皮毛、蓬鬆的長尾巴和閃亮的眼睛！對沛樂來說，這樣就夠了。

他們也去了他們的祕密小屋，反正不趕時間嘛。小屋是用來抗議小狄、小弗、約翰及尼可這祕密四劍客的地方。四劍客有一間祕密小屋，他們還說，世界上任何不屬於這個祕密社團的人，都不會知道小屋在哪兒。修芬和沛樂立刻說他們也要加入社團，但是小狄說不可以，因為他們太小了，祕密小屋在另一座小島上——一座祕密的小島，沒有人到得了，除非他們超過十二歲。小狄說，這是規定。好幾個星期的每天早晨，祕密四劍客都興高采烈的一起划船去那裡，修芬、沛樂還有小緹娜只能站在碼頭邊看，覺得自己真的好小。

「我們沒有太小啊。」修芬說，「我們自己蓋一間祕密小屋。」

他們在楊森的乳牛牧場裡蓋了一間。連小緹娜也來幫忙。

但是兩天後，當他們祕密的坐在那裡，尼可來了，還進來察看。他說，小屋很可愛，也很隱密，不過，每個去拿牛奶的人應該都會看到。

他笑了一下，但無意取笑他們的小屋一文不值，或嘲諷他們不過就是幾塊板子和一塊舊毯子，沒什麼好玩的。

但是這一天，沛樂和修芬可玩到不想回家了，因為當他們走到牧場時，牧場主人楊森正要帶幾頭母牛去大島。

沛樂一看到母牛簡直樂壞了，他想也沒想，就把牛奶瓶扔在一旁。

「楊森叔叔，我們可以跟你一起去嗎？」他大聲問。

沛樂從出生到現在，從沒看過運牛船，也沒看過牛搭船。只有在海鷗島才會有這麼棒的事情。修芬覺得這座島或多或少是屬於她的，發現了狐狸窩、遇上運牛船都該感謝她。所以她也一起懇求楊森叔叔，因為如果她成功了，沛樂就可以跟一群牛在一起，她想讓沛樂多一件開心的事。楊森遲疑了半晌，因為他覺得水手長會占掉半頭牛的空間，但是修芬一再保證，水手長會躺平，一點也不占空間。就這樣，她帶著沛樂大搖大擺的上了運牛船。

事實上，船上真的沒有太多空間，有一隻牛緊貼著沛樂的臉，但是他覺得很舒服。他拍拍牠溼潤的鼻子，牛也用粗糙的舌頭舔了舔沛樂的手指。沛樂笑了，臉上洋溢著喜悅。

「我想養一頭牛，」沛樂說，「我想要這隻。牠的眼神好忠誠。」

修芬聳聳肩，說：「所有的牛看起來都一樣啊。」

沛樂並沒有養牛，一天都沒養過，那天沒有，後來也沒有。但是，他發生了一件像童話一樣美好的事。故事是從島上開始，就在一個兔子籠以及一間漁夫的小木屋旁。修芬的朋友克努特•奧斯特曼站在那裡，他是一個紅頭髮的十三歲男孩，也是三隻小白兔的開心主人。一看到那三隻小白兔，沛樂興奮得說不出話來。

楊森讓沛樂和修芬自己在島上玩，離開之前特別叮嚀他們：「渡船一小時後就要回海鷗島。如果我回來的時候你們不在碼頭上，那就得自己游泳回去囉。」

「別擔心。」修芬說。然後她就帶著沛樂去找三隻小白兔的主人克努特。沛樂覺得克努特真是世界上最幸運的人。

「那你呢？」克努特問。沛樂站在那裡好一會兒，用憧憬的眼神看著兔子。「小灰燼島的洛勒有好多兔子要賣。」

克努特這樣說，好像買兔子是一件再尋常不過的事，想買就去買。沛樂深吸了一口氣。真的可以這麼容易就買到一隻兔子嗎？爸爸會怎麼說？玫琳又會怎麼說？再說，要把兔子養在哪裡呢？他的腦袋裡不斷冒出各種念頭，這時他突然想到一件事，眼神裡才剛點燃的亮光霎時又熄滅了。「我沒錢。」

修芬說：「有啊，你有。買冰淇淋的錢。如果我跟小灰燼島的洛勒說這些錢就夠了，他就會說夠了。」

「但是——但是——」沛樂吞吞吐吐的說。

克努特說：「划我們的船去。五分鐘就到了。」

但是他們是不准這樣做的。不管是沛樂還是修芬，都不能在沒有大人的情況下搭船出海。

修芬說：「只要五分鐘耶！根本沒什麼！」

每件事都歸她管！沛樂嚇傻了，提不出任何反對意見。修芬拖著他上了克努特的船，沛樂還來不及弄清楚發生什麼事，修芬就已經將船划過了往小灰燼島的狹窄水道，並向洛勒介紹沛樂，說他是兔子的未來買家。

那裡有好多兔子。洛勒家的後頭還有好幾排的兔子籠，裡面有大大小小的黑兔子、白兔子、灰兔子，以及有斑點的兔子。沛樂把鼻子貼在鐵網子上，嗅著兔子、乾草還有蒲公英葉子散發出來的奇妙味道。他到每個籠子前，盯著每隻兔子的眼睛看。其中一個籠子裡面，只有一隻棕色、白色毛交雜的孤單小兔子，正精神飽滿的吃著蒲公英葉子。

沛樂說：「這一隻。」他只說了這麼一句話。他只管瞅著兔子，想知道牠抱起來是什麼感覺。

修芬說：「牠是全部裡面最醜的。」

沛樂溫柔的看著這隻有棕色斑點的小動物說：「會嗎？但是牠的眼睛好溫柔。」

洛勒是個老單身漢，獨自住在島上，靠釣魚跟養兔子過活。他每週會去一趟尼司的商店，買咖啡還有其他必需品，不時會遇到修芬，可以說遇到她的機會大過遇到島上其他人。

現在修芬站在他面前，手裡握著沛樂的錢。她說：「用那隻換這些。」她指著那隻棕白色的兔子。「要或不要？」

面對這樁這麼沒面子的交易，洛勒有點猶豫的說：「喔，好吧。」

於是修芬把錢遞到他的手上。「謝謝你。我就知道你會答應。」

她迅速打開兔子籠，拖出那隻兔子，把牠放到沛樂的臂彎裡。「你的！」

洛勒笑了。

他說：「小修芬啊，你可以做生意了。等我下個星期去向你買咖啡呀！」

沛樂抱著兔子，閉上眼睛，感受牠的柔軟。突然間，就像被弄痛的感覺一樣，他驚覺到這份不可思議的幸福是屬於他的了。這是世界上最棒最美好的事，而這樣的事竟然會發生在他身上！

「對了，等牠再大一點，可以燉一鍋很棒的兔肉。」洛勒說。

沛樂臉色瞬間發白。他激動的說：「牠不會變成燉兔肉——絕不會！」

「那你要牠做什麼呢？」洛勒納悶的問。

沛樂把兔子抱得緊緊的。「陪我啊！我要自己養牠。」

洛勒並非鐵石心腸之人。他也同意這個養兔子的理由，縱使他自己從沒這樣想過。看到一個小男孩因為一隻瘦小的兔子就那麼開心，他也覺得很棒，甚至跟著興奮了起來。他找了一個木箱，讓沛樂把兔子放進去，然後陪著他一起走到碼頭，修芬已經坐在槳邊等他了。

洛勒說：「今天天氣真暖和。」他擦掉額頭上的汗珠說，「修芬，你真好運，不用划很遠。」

修芬老練的看著小灰燼島後方天際線上群聚的雲，一臉擔心的說：「等一下會打雷喔！」

沒錯，還好他們不用划很遠。修芬跟任何人一樣勇敢，但是她有個弱點——就怕打雷。雖然她不承認。她一聽到輕微的雷聲響起，就不肯划槳了。

沛樂沒聽到雷聲，他把木箱放在腳邊，一直盯著鐵網子裡的兔子看——他自己的兔子。看來得要很大的雷聲才能打醒他。但是就在這時候，他聽到一聲響亮的雷鳴，不得不抬起頭。一抬頭，他便看見修芬坐在那裡，看起來像要哭了。他驚訝的問她：「你怕打雷嗎？」

修芬整個人變得焦躁不安。她囁嚅的說：「我不怕——只有有時候怕——」

「喔，打雷不可怕啊。」沛樂說，他頭一次比修芬勇敢，覺得很驕傲。當然，他也不喜歡整晚都坐在廚房聽著雷聲，這倒不是因為害怕。雖然他怕的事很多，但不包括這件。

修芬說：「小狄也說不可怕。但是每次打雷，我都會聽到雷聲說：『我**很**可怕喔！』——所以我相信雷聲說的，不相信小狄說的。」

這句話都還沒說完，又響起另一聲雷鳴，這次聽起來真的很嚇人。修芬忍不住放聲尖叫，用手摀住臉。

「啊，小心！槳！」沛樂大叫，「快看你的槳！」

修芬看了。她看著兩支槳正靜靜的漂浮在海面上，而且已經漂了好幾碼遠。

修芬以前弄丟過船槳好幾次，但都不曾嚇到她。只是這次還打雷。她不想坐在沒有遮蔽的船裡，漂流在海上，不能靠岸。她開始呼喊洛勒。他們還看得到洛勒。他正要爬上小山丘，走去兔子籠那裡。他們叫他，他卻沒有回頭。

修芬大聲說：「你沒聽見嗎？」很顯然的，他是沒聽見。很快的，他就從視線中消失了。

沛樂緊張的想著：這該不會就是所謂的「船難」吧。難道他現在就要死了，他才剛擁有一隻兔子啊。

修芬說：「如果船漂到諾肯時，你還坐在船上，那就不會死。」

大島和小灰燼島附近，許多小島星羅棋布，就像水果蛋糕上的葡萄乾那樣密集。其中有一座島叫作諾肯島，有常識的人都知道，他們不可能發生船難，因為他們的船才剛決定順著一道合適的小灣漂到諾肯島的岸上。修芬用水瓢划水，以便控制方向。

當他們努力把船拉到岸上時，下雨了。雨像立在灰藍色海面上的一堵牆，而且很快的逼近他們。不消幾秒鐘，他們就會被傾盆大雨籠罩。

修芬說：「快跑！」她領頭穿過海灘，跑到後方的樹林裡躲雨。沛樂抱著兔子籠努力跟上，水手長則頂在他的膝蓋後面，幫助他前進。

這時候，修芬大叫了一聲——是歡呼的大叫。她說：「小屋！我們找到小屋了！」

他們真的找到了。他們整個夏天一直聽說的小屋就在那裡。這真是他們看過最棒的小屋了，在其他小島、其他群島、其他地方，都不可能找到比這間小屋更棒的了。它隱身在樹葉茂盛的濃密樹枝後頭，蓋得幾乎像一間真正的房子。牆壁用扎實的苔蘚和樹枝做成，屋頂也鋪滿了苔蘚——小屋就該像這樣嘛！這個時候發現它真是老天保佑！大雨已經覆蓋了整座諾肯島，他們坐在小屋裡，從樹枝間看著雨打在海面上。

「我們在這裡絕對不會淋溼。」修芬開心的說，「回到家真的要好好謝謝小狄和小弗。」

沛樂說：「我們回不了家了啦。」說也奇怪，他說這些話時並沒有害怕的樣子。外頭正下著傾盆大雨時，坐在這間小屋裡的感覺比坐在船塢裡還要好。況且他還有一隻兔子，牠完全彌補了一切。沛樂打開木箱，輕拍他的小兔。

「你不會怕，對吧？」他說，「不用怕喔，因為我在這裡。」

修芬坐在那裡，臉上洋溢著滿足的笑容。她想著：回家跟小狄和小弗說這間祕密小屋的事，一定很好玩。她真的好期待。就算他們要待在這裡一輩子，她也完全不害怕。外頭已經不再打雷了，雨也快要停了，已經沒什麼事情能讓她害怕了。修芬想著：可以在小屋裡玩啊。或者假裝船沉了，漂流到一座荒島上，就像魯賓遜漂流記那樣，小弗跟她說過這個故事。魯賓遜一定也有這樣一間小屋。沛樂就是星期五。那麼誰是魯賓遜，就不用說了，但是她想要當一個有著舒適小家庭的魯賓遜，晚餐有草莓可以吃。她看得到外頭的濃密草地上有草莓。如果星期五像一般人一樣，他一定會帶著小狄的老舊釣竿——靠在小木屋外面的那根，然後去海邊釣幾尾鱸魚。因為，修芬說，遇到船難之後，一定會一直大吃的啊。但是沛樂說：不管什麼時候，他都寧願餓死，也不虐待任何一條小蟲。

「好吧，那麼我們吃草莓就好。」修芬說著，便跑到外面的溼草地上。

沛樂帶著兔子一起，走到海邊，不是去釣魚，而是想擺脫他們的船難危機。他在小屋裡發現一張舊報紙，如果他站在岸邊，用力揮舞報紙，或許大島上的人就會看見吧。

沛樂不斷揮舞著，揮得手臂都痛了，卻一點用都沒有，危機並未解除。到現在應該已經超過一小時了吧，楊森叔叔恐怕早就開著運牛船回海鷗島了。他鐵定很生氣吧，如果家裡的人也聽說修芬和沛樂在沒有大人陪同的情況下出了海，還失蹤了，應該都會很生氣。

想到這裡就覺得恐怖。但是他有兔子，其他事情就沒什麼大不了的。

海浪輕輕拍打，湛藍的海水閃閃發光，因為太陽又露臉了。沛樂抱著兔子坐在石頭上。他突然想到一個好點子——來幫兔子取名字吧。

「不能一直叫你『我的兔子』啊。你應該要有個真的名字。」他想了好一會兒，然後把手浸到海水裡，幫兔子施洗、命名。

「從此以後，你就叫約卡——約卡‧梅爾克森。」

擁有一隻有名字的兔子感覺更棒了。現在，牠不再是一般的小兔子，而是一隻叫作約卡的特別兔子。沛樂重複念了好幾次，想試試看它聽起來如何。

「約卡，我的小約卡。」

但這時候，魯賓遜呼叫了僕人星期五，他聽話的去了。魯賓遜在一個玻璃罐裡裝了幾朵苜蓿，放在一個糖箱子上，把糖箱子當作桌子，還擺了幾顆紅草莓在綠葉上，因為她是家庭主婦型的魯賓遜，還會把草莓平分給僕人。

當他們吃完後，修芬說：「很好，但是我想我們該回家了。」

沛樂差點發脾氣。修芬怎麼會說這樣的蠢話呢？他們要怎麼回家啊？

修芬說：「我們當然可以離開這裡啊。我在船上放一顆馬達就行了。」她喊了一聲：「過來，水手長！」

沛樂知道，水手長是世界上獨一無二的狗。他整個夏天都跟牠在一起，讚嘆牠會做的所有奇妙的事。牠會玩捉迷藏，會玩翹翹板，還會找東西、把東西撿回來；有一次，小緹娜掉到海裡，也是牠撿回來的。但是沛樂覺得，牠現在做的事情，比其他所有事情都棒多了！如果爸爸和玟琳也在這裡就好了，他們會看到水手長邊游泳邊拖著船前進。船繩繫在牠的項圈上，牠冷靜沉著的游向大島，而沛樂和修芬就像王室成員一樣坐在船上，一根手指頭也不用動。多棒的狗啊！

修芬不覺得這件事有什麼奇怪，但是坐在船後頭的沛樂，對水手長的愛已經滿到他的心都要爆炸了。

沛樂說：「牠比人類都還聰明耶！」

下一秒，他看到一樣東西，趕緊大叫：「看，槳在那裡！」是他們的槳沒錯。它們在一顆小礁石附近的水面上載浮載沉。

修芬說：「真幸運！」便順手撈起那兩支槳。

「如果我們沒把槳帶回去，克努特一定會很生氣！」她的臉色突然暗了下來，看起來就像又在擔心打雷一樣。「我還想到有個人會生氣，那就是楊森叔叔。」

楊森叔叔脾氣很火爆，她知道，因為她跟島上每個人都很熟。楊森叔叔生氣罵人時，就像打雷一樣大聲。修芬現在可不想看到他。

「但是我敢說他老早就回海鷗島了。」沛樂說，「我覺得這樣比較好。」

他們登上了大島的碼頭。修芬解開水手長項圈上的繩子，把船拴在岸邊。水手長甩掉身上的水，然後用慧黠又憂鬱的雙眼看著修芬，彷彿在說：「小寶貝，還要我為你做什麼嗎？」

修芬用雙手捧著水手長的大腦袋，說：「溼答答的水手長，你是我最愛的乖狗狗了。」

看不到其他人。克努特不在，楊森叔叔也不在。但是運牛船還在那裡，這表示，楊森叔叔一定火冒三丈的跑來跑去，到處找他們。

他們站在碼頭上，覺得這下糟糕了。就在這時，他們看到有人從奧斯特曼家沿著山丘衝下來。是楊森叔叔。修芬不安的閉上眼睛。他們現在只能等著挨罵了。

楊森叔叔跑到碼頭上時，幾乎上氣不接下氣，連話都說不出來了。

「可憐的孩子！」他說，「害你們一直在這裡等我！真是對不起，我得先去修籬笆，懂吧，然後就下雨了，我只得進去奧斯特曼家，在那裡聊了一會兒。可憐的孩子，你們等很久了嗎？」

「喔，不，不會。」修芬說，「沒關係的！」

工作了整整四個小時後，梅爾可心滿意足的闔上打字機，把稿子擺在桌上。這時候沛樂突然走到窗外。

「哇，沛樂帶牛奶回來了！」梅爾可說，「還真快啊。」

但是梅爾可搞錯了，沛樂沒帶牛奶，牛奶瓶還在楊森叔叔家後門。但是沛樂帶了別的東西，正藏在窗台下面。

「爸爸，你說過我可以養寵物，對吧？」

梅爾可點點頭說：「對啊。我們是該想想這件事了。」

沛樂把兔子放到梅爾可面前的桌子上，嚇壞了的約卡把稿子弄得滿天飛。

沛樂問：「你覺得這隻怎麼樣？」

沛樂和修芬走進廚房，把約卡遞給玫琳看，玫琳有好多話要跟他們說。

「親愛的沛樂，我們一星期後就要回城裡了，到時候約卡怎麼辦？」

但是，玫琳根本不用擔心。楊森叔叔已經答應，約卡可以住在他的牧場裡，等明年夏天一到，沛樂就會回來了。

這是沛樂人生中最美好的時刻。他為自己的兔子感到驕傲，驕傲到全身都要發光了。約翰、尼可、小狄和小弗都衝進廚房看兔子，沒有比這更開心的事了。就連修芬也開始有點嫉妒。

「我也想養一隻兔子。」她說。

「我可以分你一點點。」沛樂說，「一隻後腿！」

約翰急切的問：「你在哪裡找到的？」他也想要一隻兔子。

「喔，某個地方啊——我去過的地方。」沛樂說。

除了克努特和洛勒，沒人知道他們的漂流記。沛樂和修芬明智的決定要對所有人保密。這可是個艱難的決定，因為這表示修芬不能對小狄和小弗提起祕密小屋的事，她本來還很期待呢。

現在，她坐在木匠小屋廚房的木柴箱上，看著祕密四劍客圍著沛樂的兔子。沛樂被霸占了，他忙著秀兔子給大家看，不然的話，他會看到修芬狡黠的眼神。

修芬突然說話了：「哈，對啊，要保密！」

「要保密什麼啊？」小弗問。

修芬露出邪惡的微笑。「你們最近去過你們的祕密小屋嗎？」

祕密四劍客彼此互看一眼——他們幾乎忘了小屋的事。剛剛他們還正忙著在烏鴉岬的沉船上探險，沒有時間想小屋。他們跟修芬這樣說。

修芬說：「那你們乾脆告訴我它在哪兒。」

但是小弗又說了一遍，小屋永遠都是個祕密，不可能讓任何十二歲以下、不屬於祕密社團的人知道它在哪兒。

修芬認同的點點頭，說：「對啊！要保密！」

她轉頭望著窗外，好像她在很遠很遠的地方看到什麼一樣。

「今年有很多草莓喔。」她說，「不知道諾肯島上是不是也有。」

祕密四劍客又匆忙的交換眼神，面面相覷。當然，他們還是試圖要保守祕密，但是他們在想什麼修芬都知道，而且光是這樣，她這一天就已經很滿足了。

沛樂眼中只有兔子。修芬沒辦法對他有任何期待了，而且該是回家的時候了。

就在蘇德曼老先生的小屋附近，修芬看到了小緹娜。她正在外面推著新的玩具娃娃推車。只有媽媽在斯德哥爾摩當女侍的人才會有那樣的可愛玩具。修芬衝了過去。

「你帶洛薇莎出來散步嗎？」修芬問，「我來幫你。」

小緹娜喜孜孜的看著她，說：「好啊。」

修芬在碼頭上來來回回的推著玩具推車，還抱起了娃娃。

「親愛的小洛薇莎，我猜你想出來到處看看。」修芬柔聲說。然後她讓娃娃安穩的靠在一根柱子上坐著。

小緹娜焦急的說：「不行，洛薇莎，」她緊緊抱起娃娃，「小孩子不可以到碼頭上啊，你知道吧！」

但是修芬安撫她說：「可以的，她可以啊。有她媽媽陪著，還有修芬阿姨啊——修芬阿姨在這裡呢。」

夏去冬來

玫琳在日記上寫：「夏天最怪的地方就是——每次都好快就結束了。」

梅爾克森一家都還沒覺得真正安定下來，他們在海鷗島的第一個夏天就走向尾聲了。他們該回城裡了。

尼可說：「為什麼夏天才過一半學校又要開學了？有比這更瘋狂的事嗎？爸爸，你可不可以寫信給學校老師，要他們改掉這愚蠢的慣例？」

梅爾可搖搖頭說：「學校老師頑固得跟釘子一樣。你只能調整自己去適應了。」

玫琳在日記上寫：

感覺上我們才到海鷗島沒多久就要離開了。有點困難。沛樂得離開他的兔子，還有他的草莓田。約翰及尼可得離開他們的小屋、釣竿和沉船，也不能游泳。爸爸得離開晨光下的海灣，還有他的木匠小屋。至於我，我得離開什麼呢？我的夏季草原、蘋果樹、菌菇田、林中小徑，還有寧靜的夜晚。不能再坐在小屋前的台階上，看著映在漆黑海灣中的那道月光。不能在星光閃爍的夜空下游泳。不會再有那樣的夜晚，在閣樓裡聽著海浪在我耳邊哼著搖籃曲而入睡。這樣真的很難。我們也得離開這裡的朋友了。我會很想念他們的！

但是我們會辦一場餞別晚會，這是爸爸決定的，而我已經計劃菜單好幾天了！會有菌菇蛋捲、美味小炸魚，還有鮮奶油蛋糕配咖啡。

梅爾可想到這場晚會就很開心。他想在結束時放煙火，他說那會是這個夏天的高潮。但是玫琳不想，因為她對於上次梅爾可同時點燃所有煙火的事還記憶猶新。

「是啊，夏天的高潮，我相信。」玫琳說，「但是除非大家都忘記上次的事件，否則不可以再放煙火了。」

她說以鮮奶油蛋糕作為結尾更加撫慰人心。在溫暖的八月夜晚，大家一起坐在花園裡，吃著蛋糕，海灣像鏡子一樣皎潔明亮。「沒有什麼比這一切更能代表夏天了！」尼可說。

沛樂、修芬和小緹娜坐在木匠小屋的台階上吃蛋糕，玫琳准許他們想吃多少就吃多少。沛樂玩得很開心，但是他跟梅爾可一樣，覺得如果有煙火一定更好玩。

「是沒錯啦，但是如果你看到爸爸爆炸了，頭髮著火，飄到海灣上的話呢？」玫琳說，「再說，蛋糕不好吃嗎？」

修芬說：「玫琳，你知道嗎？吃蛋糕的時候，再用舌頭舔舔嘴唇，感覺好棒喔！」

玫琳說：「天啊！如果我聽到的是蛋糕很棒，我才會開心。」

修芬反駁說：「這樣會很像只是在說普通的麵包啊！」

蘇德曼老先生喝了三杯咖啡。雖然他知道這樣對他的胃不好，但是他說，想到玫琳要離開好一陣子，他真的很需要可以撫慰心靈的東西。

比昂說：「是啊，如果咖啡有用，我可就需要一整個浴缸了。」他把杯子遞給玫琳，眼神很惆悵，玫琳試著不看他。

尼司說：「夏季遊客的來臨和離開，對我們來說都還滿開心的，尤其是他們要離開的時候，但是木匠小屋沒有了梅爾克森一家，就變得很空虛了！」

瑪塔說：「我知道你們明年暑假還會回來的。」

就在這時候，梅爾可想到一個不錯的點子。「不如我們回木匠小屋過耶誕節！誰是最聰明的點子王？那就是梅爾可‧梅爾克森！當初為了保險起見，我簽約租了一整年呢。」

孩子們和玫琳大聲歡呼，但是歡呼聲立刻就轉向了瑪塔和尼司。

「可能嗎？我們可以在木匠小屋過冬嗎？」

「如果我們在十月中就預先點燃火爐，屋子就不會那麼冷了，要過冬應該沒問題。」尼司說。

梅爾可聲明，他已經付了租金，所以可不能讓整間木匠小屋之後就空在那裡，要物盡其用，就算有人耳朵被凍僵了，也得在小屋裡過耶誕節。

他拉著修芬跳舞、轉圈，放聲高喊：「我說嘿——我說呵——我說嘿嘿呵呵！我們要一起開心過耶誕節囉！不只耶誕節，還有現在，就是今晚！」梅爾可說，「我們幾個月後就會重聚。我要看到身旁所有人的笑臉——水手長，你聽到我說的話了嗎？」他義正辭嚴的問。趴在一旁的水手長眼神看起來更憂傷了。「玫琳，給牠一塊蛋糕，看看牠會不會好一點。」梅爾可說。

水手長吃下鮮奶油蛋糕，但是牠那張哀傷的臉還是沒有起色。

修芬說：「其實牠覺得蛋糕好吃極了，我知道。」

沛樂坐在台階上，雙手捧著臉。他的心情跟水手長的臉色一樣憂鬱。每件事都會進入尾聲，鮮奶油蛋糕和夏天都是，或許他所知道的所有事情也是這樣。

說也奇怪，晚會結束時，卻有一小塊鮮奶油蛋糕剩下來了，放在蛋糕盤上，就像是要招待所有黃蜂似的。黃蜂真幸運！牠們還可以留在木匠小屋，因為牠們不用回城裡、不用去上學。

然而，牠們並沒有吃到蛋糕。修芬發現了那塊蛋糕，立刻揮手趕走黃蜂。她已經吃了三塊了，但是這一塊看起來特別漂亮，上面有杏仁蛋白霜做的粉紅小玫瑰，修芬想要。她轉頭看了看四周，瞧瞧玫琳有沒有在附近，因為她不習慣沒經過別人允許就拿東西，但是玫琳跟著水手長走了，梅爾可叔叔也不見人影。

結果根本沒人可以問，而且隨時都有可能會有人進來、看到蛋糕也說要，所以她得動作快。於是修芬合起雙手，開始禱告。

「親愛的上帝，我可以拿走這塊蛋糕嗎？」她用最低沉的聲音回答自己：「可以，拿去吧！」就這樣，蛋糕吃完了，晚會也結束了。夏天也跟著結束了……不是嗎？

不，夏天不是因為梅爾克森一家離開而結束。隨著黃蜂的嗡嗡聲和蝴蝶飛舞，溫暖的九月天來了。寧靜的十月天也來了，海面清澈如水晶。各家碼頭上的船塢倒映在平靜的水面上，簡直分不清楚什麼是真實什麼是倒影。但是修芬知道，她還解釋給水手長聽。

「你看到那個上下顛倒的也是船塢，但是，它們是美人魚的船塢，知道嗎？美人魚整天在海裡游來游去，一起玩水。」修芬和水手長到每個沒有上下顛倒的船塢裡玩捉迷藏。小狄和小弗每天都要上學，沛樂和小緹娜又在很遠的斯德哥爾摩，如果沒有水手長，修芬一定很孤單。她沒去過斯德哥爾摩，對那裡一無所知。幸好她還有水手長，而且她發明了很多獨來獨往小孩的奇特遊戲，因此絲毫不覺得孤單。

慢慢的，灰濛濛的秋天覆蓋了海鷗島，還有島上的人們。到了夜晚，家家戶戶的窗戶都透出燈光，星星點點的亮光點綴在墨色夜空中。島上只剩少許人還住在這裡。當夜晚降臨，秋天的強風呼呼的颳過他們的房子，海水狂暴的打在各家的碼頭和船塢上時，會有一兩個人懷疑起自己為什麼要住在這麼遠的海角上，但是他們知道，自己沒辦法住在其他地方。

城裡的船一星期到小島一次。船上已經沒有夏季遊客了，只有船員，但是尼司會去取貨，在碼頭邊等船來，從不缺席。修芬也帶著水手長一起等，不論颳風下雨，就算有時候船到達時，天色都已經黑漆漆，而且船上也沒有沛樂。

然而沛樂會寫信來，因為他開學了，已經會寫大寫字母了。他並不是寫給修芬，而是寫給約卡。修芬會先請小狄和小弗念給她聽之後，再帶著信到楊森叔叔的牧場，念給約卡聽。

沛樂信上寫：「**親愛的小約卡，你等一下、再等一下——我快要來了。**」

一天早上，當修芬醒過來時，她前天才踏過的水坑，表面都結冰了。她用靴子踩碎上面的薄冰，玩得不亦樂乎。但是接下來幾天，越來越多地方結冰，氣溫顯然越來越低，某天晚上，連海灣都結凍了。

瑪塔說：「從沒這麼早就看到到處結冰。」

為了替船隻開闢水道，出動了破冰船，花了十個小時才開通往返其他島嶼的水路。

終於，耶誕節快到了。尼司的商店貼滿了耶誕老人的廣告，從附近其他島嶼來的人都擠在店裡採購耶誕節的用品。小狄和小弗開始放耶誕假，都到店裡幫忙。修芬則到處擋路。

她說：「離耶誕夜只剩幾天了，我還學不會讓我的耳朵來回動！」

她最近常看到蘇德曼老先生。他之前跟修芬說，耶誕老人特別喜歡會讓耳朵來回擺動的人，因為這些人看起來很友善。這是蘇德曼老先生說的。

他自己做得到，但是他要到斯德哥爾摩和小緹娜一起過耶誕節，這樣一來，耶誕老人來海鷗島時，誰可以對他搖耳朵啊？

蘇德曼老先生說：「那就只有你啦，修芬。」於是修芬很有耐心、有毅力的一直練習。

耶誕節前三天，「海鷗一號」汽船載著梅爾克森一家，穿過結冰的航道，抵達了海鷗島。他們站在欄杆邊看著他們的夏日小島如今一身雪白，靜靜的躺在海上。白雪皚皚、海冰環繞，而所有船塢都頂著白色屋頂，沒有船停靠的碼頭空無一人，一切出奇的美，也變得很陌生；那是他們的夏日小島，但是他們卻認不得了。

他們還看得到木匠小屋，坐落在白雪覆蓋的蘋果樹林中，煙囪裡黑煙裊裊升起。梅爾可雙眼泛淚。他說：「感覺像是回到家了。」

尼可站在水道旁的冰層上，小狄和小弗也衝了過來，楊森駕著雪橇、載著蘇德曼老先生和修芬一起來。他們聽到清脆的鈴鐺叮噹聲，由遠而近。沛樂全神貫注的期待著。耶誕節終於到了，他可以見到約卡了。還有水手長！牠也來了！一看到牠，沛樂的眼睛亮了起來。修芬揮舞著雙手，尖聲喊叫，但是沛樂沒注意到她，他眼裡只看到水手長！

「這裡的一切都跟夏天時不一樣了。」約翰及尼可說。當然這不包括小狄和小弗。她們又喊又叫又吼，像兩隻鸕鶿，就跟往常一樣，謝天謝地。但是除此之外，這裡就像另一個世界。約翰及尼可都很難想像，住在這樣一個被冰雪覆蓋的世界裡與世隔絕，是什麼樣的感覺。他們推測，這個不一樣的冬天必然既刺激又驚險，完全符合玩樂的條件。

汽船終於停下來了。船沒辦法直接駛入碼頭，所以他們只好爬下舷梯走到冰層上。

「結果我們到了北極。」約翰說，「探險隊全員登陸！」

他率先走下舷梯，其他人跟在後面。他們看到比昂從另一個架在汽船航道上的梯子走來。那個梯子很不穩，像座搖搖晃晃的危橋，但是如果住在諾松德的人要到海鷗島來，也只能利用這座橋了。看來比昂今天也要到海鷗島。

「你來幹嘛？有什麼事嗎？」蘇德曼老先生不太開心的問。

但是比昂沒回答，因為他看到了玫琳。梅爾可開口了：「我說嘿——我說呵——我說嘿嘿呵呵！我們要一起開心過耶誕節囉！」他大聲喊著，還一把拉住修芬。但是修芬鬆開了他的手，因為她想跟沛樂一起走，所以她得追上他。

除了水手長外，沛樂沒時間跟任何人打招呼。他迅速加快腳步，穿過結冰的海面，走到碼頭，然後儘快走過村裡的街道。修芬趕不上他的腳步。她很生氣的叫他，但是沛樂都沒停下來。修芬看著他遠遠的消失在薄暮中。不過她知道可以在哪裡找到他。

「約卡，小約卡，我來了。我來找你了！」修芬走進楊森的牛棚時，看見沛樂抱著他的小兔子坐在那裡。那裡面很暗，幾乎看不到沛樂，但是她聽得到沛樂正在跟兔子說話，彷彿約卡是人類一樣。

「沛樂，你猜我會做什麼。」修芬急著跟沛樂炫耀，「我可以讓耳朵來回動喔。」

但是沛樂沒在聽，他繼續跟約卡說話，修芬得說上三次，沛樂才會回答她。

「我要看。」他終於說話了。

修芬站在窗邊，在微弱的光線下開始表演。只見她不斷擠眉弄眼，然後充滿期待的問：「怎麼樣？不錯吧？」

「不怎麼樣。」沛樂說。

他不懂，讓耳朵來回動有什麼重要。但是修芬跟他解釋，耶誕老人有多喜歡會這樣做的人。沛樂捧腹大笑，他先是說，根本沒有耶誕老人，所以，更別說什麼他比較喜歡會擺動耳朵的人。還不如學點有用的東西比較好，例如吹口哨。沛樂會吹口哨，他緊緊抱著約卡，輕柔的用口哨吹著耶誕歌曲《韋希拉斯君王》。

沛樂說那段關於耶誕老人的話時，並不知道自己做了什麼。修芬長久以來的天真幻想就這樣被狠狠打碎了。真的嗎？真的沒有耶誕老人嗎？耶誕夜就要到了，修芬越來越擔心沛樂說的是真的。耶誕夜那天早晨，修芬吃著麥片粥早餐時，她的懷疑和絕望已經膨脹到讓她開始不相信耶誕老人了。一點也不好玩。這是什麼樣的耶誕夜啊？既沒有耶誕老人，早餐還吃的是麥片粥！她氣得把餐盤挪開。

她媽媽和藹的說：「快吃吧，小寶貝！」她不明白為什麼修芬這麼不開心。她安慰修芬，這是耶誕老人最喜歡的麥片粥耶。

「那就給他吃啊。」修芬賭氣的說。她好氣，氣不存在的耶誕老人，也氣他竟然還要小孩吃麥片粥、搖耳朵，她氣呼呼的說：「小孩該做的事情就是吃，還有相信耶誕老人！」

尼司立刻明白應該是發生什麼事了。修芬如果心裡有事，他一向都會知道，還能找到背後的原因。當修芬盯著爸爸，問：「到底有沒有耶誕老人？」他知道如果他回答：「沒有。世界上根本沒有耶誕老人。」修芬的耶誕夜魔力就會消失殆盡。尼司拿出一個老木碗。每年耶誕前夕，他的奶奶都會用那個碗裝麥片粥、放到屋子角落，留給耶誕老人。

尼司說：「我們也這樣做如何？把你的麥片粥裝到裡面，留給耶誕老人，看看會怎樣。」

修芬眼睛亮了起來，就像她身體裡有根蠟燭被點亮了。如果爸爸的奶奶都相信有耶誕老人，那當然就有耶誕老人啊。他真的存在，還會在耶誕夜悄悄溜進屋裡，真是令人開心！而且，他喜歡麥片粥，真好！這樣就不用自己吃掉麥片粥了。現在每件事都很好，她要跟沛樂說。

修芬一直沒遇到沛樂，等到天黑，他們才又肩並肩，站在木匠小屋結冰的小碼頭上，看耶誕老人駕著雪橇滑過冰層表面。耶誕老人拿火把照亮前面的路，看起來完全就是耶誕老人的樣子。修芬看到，耶誕老人駕的是楊森的雪橇，拉雪橇的是楊森的馬，但是耶誕老人本來就可以借用別人的馬，因為要載很多禮物嘛。

就連沛樂也看傻了。他的眼睛瞪得越來越大，還把身體緊貼著父親。耶誕老人將兩袋禮物拋到碼頭上，一袋是給梅爾克森家的，一袋是給格蘭家的。他快速完成工作。當汽船上的船員也將物品拋上岸時，雪橇同時消失在黑暗中。

一旁的沛樂腦袋轉啊轉，難道真的有耶誕老人？這時候，他看見約翰在笑，還對尼可眨眼睛，他好生氣。他們以為他還是這麼好騙的小嬰兒嗎？但是，不管是不是真的有耶誕老人，在黑夜中聽著雪橇的鈴鐺聲、看著火把的亮光消失在海灣、留下一整袋的耶誕禮物，還真是好玩。

事實上，這樣的冬天裡，在海鷗島上，能夠像沛樂這樣還真是不錯。玫琳經常看著他開開心心的跑來跑去。某天晚上，當他們倆一起在廚房時，玫琳問他，為什麼可以這麼開心？沛樂爬上廚房沙發，認真的想了想，然後告訴玫琳哪些事很好玩。

沛樂說：「早上起床後，如果剛開始下雪，出門的第一件事就是幫忙鏟雪，清出通往水井和柴房的路。還可以看見不同鳥禽留在雪地上的腳印。可以把耶誕小麥束放到蘋果樹上，送給麻雀、紅腹灰雀和山雀們吃。可以自己到樹林裡抱一棵耶誕樹回家。出去滑雪後，在天色變暗前，回到木匠小屋，在走廊上跺掉腳底下的雪，然後進到屋子裡來，看著廚房火爐裡的火，再看著燈火照耀下的整間廚房。清晨天還沒亮的時候醒過來，聽著爸爸點燃火爐的聲音。躺在床上，看著火光在火爐裡跳舞。在傍晚時穿過閣樓，會感覺有一點點恐怖，不過，只是一點點而已！走到汽船航道邊邊的結冰海面上，會有一點點怕怕的感覺。坐在廚房跟玫琳姊姊聊天——就像現在這樣——吃圓麵包、喝牛奶，完全都不害怕了。喔，當然還有，坐在楊森叔叔的牛棚裡，跟約卡說很久的話——這是所有事情裡最最好玩的。但是，昨天晚上，狐狸又偷走一隻楊森家的母雞，你有聽說嗎？」他問玫琳。

那隻狐狸讓沛樂很擔心。牠已經連續兩個晚上偷走楊森家的母雞。狐狸可以偷母雞，當然也可以偷兔子。想到這件事就令人害怕。這隻狐狸還到處蹓躂。吃掉修芬那碗耶誕麥片粥的恐怕就是這隻狐狸吧，修芬還以為是耶誕老人呢。沛樂想知道，玫琳怎麼想？

玫琳說：「或許是狐狸，也或許是耶誕老人。」

那個晚上，沛樂躺在床上好久都沒睡著，他很不放心約卡。當然，他把約卡安全的關進了牛棚。但是狐狸很狡猾，尤其是很餓的時候。

沛樂心想：應該開槍打死那隻狐狸。平常他是不會這麼殘忍的，但此刻他躺在床上，心裡看到一幅畫面：狐狸從乳牛牧場的狐狸窩出門，靜悄悄的越過了雪地，走到了楊森的牛棚……

沛樂開始冒冷汗。他整晚都沒睡好。

隔天早上，他遇到了比昂。比昂從森林裡走出來，拎著一隻剛獵到的野兔。沛樂立刻閉上眼睛，他不敢看那隻可憐的小兔子。為什麼比昂射殺的不是那隻笨狐狸呢？如果他這樣做，楊森叔叔會很高興啊。比昂聽沛樂說了最近發生的事後也有同感。

「我們必須終結這個討厭鬼。你跟楊森叔叔說，我今天晚上會試試看。」

沛樂連忙問：「我們什麼時候去？」

「我們？」比昂問，「你不用去啊。你乖乖躺在床上睡覺就好了。」

沛樂說：「我一定睡不著。」

這句話他沒跟比昂說，而是之後跟約卡說的。約卡的好處就是，牠不會表示異議。

「今晚如果你聽到槍聲，不要害怕喔。」沛樂說，「因為我會在你身邊，你不用擔心。」

沛樂的確這樣做了。不過，他差點沒辦法遵守跟約卡的約定。他一直眨眼睛，好讓自己醒著，等約翰及尼可上床睡覺後，他才爬下床，從廚房門溜出去，那時候玫琳和爸爸都坐在客廳的火爐前，通往廚房的門敞開著。他們竟然沒聽到沛樂的聲音，也真是奇蹟。

沛樂出門了，獨自一個人，在月光下沿著一條積雪的小路快跑，跑到了黑漆漆的牛棚，那裡此刻可不像平時一樣舒適溫馨。他悄悄的爬進去，擔心比昂會看到他。他摸索著、朝約卡的方向前進，心裡非常害怕。「喔，小約卡，我終於找到你了！」

夜晚的牛棚感覺很詭異。一切靜悄悄，牛都睡著了，但聽得到一些聲音。偶爾會因為牛移動而發出一陣鏈子晃動的聲響。偶爾會有母雞咯咯叫，彷彿牠在睡夢中夢到了狐狸。偶爾也可以聽到比昂在活動遮板後面調整槍枝，小聲的吹著口哨。月光從窗戶射進牛棚，地板上映著一道月光。牧場的貓輕盈的跳過那道月光，立刻消失在黑夜中，只看得到一雙發亮的黃色眼睛。如果今晚牧場的老鼠跑出去，那就可憐了。如果今天晚上沒有沛樂保護約卡，牠也會很可憐。他緊緊抱住約卡，覺得牠的身體好柔軟、好溫暖，同時擔心起這樣的幸福可以持續多久。或許，就是現在，此時此刻，狐狸正悄悄的越過雪地，走到了楊森的牧場。

先不管狐狸怎樣，就在這當下，此時此刻，梅爾可起身去幫孩子們蓋被子。他在沛樂的床上沒看到人影，只有一張紙條，上面用大寫的字母寫著：「**我出去幫楊森叔叔殺狐狸。**」

梅爾可拿去給玫琳看。「這是什麼意思？三更半夜，沛樂會去幫楊森殺狐狸？」

玫琳堅定的回答：「不，不可能。」

抱著一隻暖呼呼的兔子坐在牛棚裡是會讓人很想睡的。沛樂就快要睡著了，但是他突然被嚇醒了。他聽到比昂扣扳機的聲音。就著月光，他看得到比昂就靠在活動遮板邊，也看見比昂舉起來福槍瞄準。

現在——正是現在，狐狸來了。牠就要死了，牠的生命即將結束了。牠再也回不去牧場裡的狐狸窩，而這一切都是沛樂害的！

沛樂尖叫一聲，匆忙的放回兔子，衝向比昂。「不，不要，不要開槍！」

比昂火冒三丈。「你在這裡做什麼？走開——我要開槍了。」

「不要。」沛樂哭喊著，抱住比昂的腳，「不可以！狐狸也不能死！」

因為沛樂的緣故，那一夜當然沒有狐狸死掉。月光下，沒有任何一隻狐狸，只有踩著滑雪板的玫琳。比昂臉色發白。想想看，如果當時沛樂沒有阻止他，他真的開槍了，會發生什麼事。

沛樂又回到了自己的床上，他對玫琳說：「還好你來了。」他答應以後不會三更半夜出去獵狐狸。玫琳也跟他保證，只要約卡安全的關在兔子籠裡，狐狸是不會偷走約卡的。

不過，躺在床上的沛樂還是心神不寧。有一件事，比狐狸還要讓他覺得困擾。他開口問：「玫琳，你會嫁給比昂嗎？」

玫琳笑了，她親了沛樂一下說：「不，我不會。」她向他保證，「狐狸不會帶走約卡，比昂也不會帶走玫琳，只要我們都乖乖待在我們的小窩裡。」

冬天白晝很短，黑夜來得特別早。在漫漫長夜中，所有人都聚在廚房裡，那是小屋裡最溫暖的地方。老實說，那也是木匠小屋裡唯一暖和的地方。

夜晚十分寒冷。男孩們穿著溫暖的睡衣和毛衣躺在他們的閣樓房間裡，梅爾可道別廚房進了他的小房間。但是玫琳必須搬到廚房睡。

「不能兩個閣樓房間都點火爐。」玫琳說。她喜歡躺在廚房沙發上，「唯一的壞處就是不能很早上床睡覺，因為所有人都窩在廚房裡。」

尼司和瑪塔常常過來喝咖啡、閒話家常。小狄和小弗同約翰及尼可玩紙牌。修芬和沛樂在畫畫、玩遊戲。水手長躺在角落睡覺，玫琳織毛衣，梅爾可邊唱歌邊聊天，始終興高采烈。

外頭天氣正值隆冬最寒冷的時候。冷冽的星光在結冰的海灣上方閃爍，寒氣逼得人四處躲藏。所以說，坐在溫暖的廚房裡是多麼美好的事。滿臉紅光的沛樂替火爐添加薪柴，當大家溫暖又舒適的坐在一起唱歌聊天時，就是該做這件事。但是當他終於覺得很想睡時，所有聲音在他聽來都變成嗡嗡聲，只好拖著疲憊的腳步上床睡覺。

除此之外，沛樂大部分的時間都待在楊森的牛棚裡。不只是為了跟約卡玩。他還幫楊森叔叔清理牛棚，所以每次回家總是渾身發出異味，沒人想靠近他。沛樂進門前得在走廊上先脫掉身上的衣服，包括一件舊滑雪褲，和一件很久沒人穿的外套，這些衣物用來當作沛樂的工作服，而玫琳就得收到一邊去。

玫琳說：「我們要離開時，就把衣服扔了吧。」

「不要，我要帶回城裡。」沛樂對舊衣服的深情令人意外。玫琳差點無意間摧毀沛樂的構想，他跟玫琳解釋時還有點害羞。「我要把它們收在一個特別的櫥子裡。」沛樂說，「當我很想很想約卡時，就可以去聞聞這些東西。」

修芬和沛樂去過楊森的牛棚一兩次，但是最後她膩了。她說：「我不想一直跟牛在一起。」

她跑去滑雪了。耶誕節時，她得到的耶誕禮物是一副滑雪板。她不屈不撓的在島上到處賣力的滑著。每當她覺得很難自己站起來時，就索性躺在那裡，像一隻甲蟲一樣踢著腳，直到小狄和小弗把她拉起來，幫她站穩。但是最近這幾天，她們兩個很少在修芬四周。她們大部分的時間都跟約翰及尼可在一起，「祕密四劍客」又出現了。他們蓋了一座祕密雪堡，烏鴉岬上任何頭上長眼睛的人都看得到，他們幾乎整天窩在那裡，有時候玩膩了，就出發滑雪去，穿越結冰的海面，滑過很長的路程到其他小島，不然的話，他們會和蘇德曼老先生去釣鯡魚。蘇德曼老先生回到海鷗島了，他說他很長一段時間都不會再去城裡。

每個人都有自己的事情可以忙，而修芬仍舊獨來獨往，只有水手長是她最親密的夥伴。某個寒冷的日子，海鷗島的天空是涼冰冰的青灰色，木匠小屋旁的白花楸樹覆蓋著白霜，玫琳滑完雪回到小屋，看到修芬在蘇德曼老先生的小屋後方的小山丘上哭。通常她哭都是因為生氣，但是這次卻是因為腳凍到發痛。修芬一個人在雪中晃蕩了好幾個小時，突然冷得受不了，一股被別人拋下的感覺油然而生，孤單又沮喪。蘇德曼老先生的小屋鎖起來了，那裡沒有人，木匠小屋也沒有人，小狄和小弗都忘記自己答應過，爸爸媽媽去諾爾泰利耶的時候會照顧妹妹。所以，修芬一看到玫琳，原本一直梗在喉嚨中的委屈化為淚水，瞬間從眼眶溢了出來。

玫琳抱起修芬，把她帶回木匠小屋，一路上還唱歌給她聽。當她們進到木匠小屋的廚房裡時，玫琳做了一件相當奇怪的事——一件修芬覺得十分離奇的事。

修芬說：「不可以在白天脫衣服上床睡覺啊。」

「可以的，尤其是小孩需要讓腳趾頭變暖的時候。這是最好的方法。」玫琳說。

她們倆一起舒服的躺在玫琳的沙發上，那裡好暖和，對一個在雪地裡晃蕩了四個小時的人來說，簡直是天堂。修芬的眼睛亮了起來。

「你摸得到我的腳趾頭嗎？」修芬問。玫琳抖了一下，表示摸到了，因為修芬的腳趾頭可說是這張沙發暖過的腳裡面，最冰冷的腳趾頭了。

修芬對於玫琳的奇怪舉動覺得很詫異。她笑個不停，因為她覺得這完全不像玫琳會做的事。

「但是，不可以在白天上床睡覺啊。」修芬又說了一遍。

「如果你的手腳都是雪，你的眼睛裡都是眼淚，你必須、也應該這麼做。」玫琳篤定的說。

修芬打了個呵欠說：「不要唱剛剛那首聽起來很難過的歌。唱一首會讓腳趾頭溫暖的歌。」

玫琳笑了。從她的角度望出去，看得到窗玻璃上的霜花，還有蒼白的冬陽，冰冷的陽光穿過白花楸樹的枝椏，不久之後太陽也要西下了，屆時海鷗島就會陷入黑暗與酷寒中。真的，她們需要會讓腳趾頭溫暖的歌！所以，玫琳開口唱：

夏天的微風輕輕吹拂，
樹林間的布穀鳥唱咕咕——

唱到這裡她打住了，因為她強烈的希望夏天趕快來，強烈到讓她唱不下去了。但是她也不需要唱了，因為修芬睡著了。

兩個魔法王子

初春的某一天，修芬從碼頭上掉到海裡。她一直相信自己會游泳，至少可以打水五次，但是那一刻她知道自己錯了。不過，她並不害怕，因為在她感覺到害怕前，水手長已經把她拉上水面。尼司跑來時，修芬已經坐在碼頭上，正在把頭髮的水擰乾。

尼司責問她：「你的救生衣呢？」

修芬說：「爸爸，你知道嗎？水手長跟我在一起的時候，我不需要救生衣。」她抱住水手長，將溼漉漉的頭貼著水手長的頭，溫柔的說：「溼答答的水手長，你是我最愛的乖狗狗了。」

水手長專注的凝視著小主人。如果說，牠真的跟人類一樣會思考，或許牠腦袋裡想的是：小寶貝，你只需要說一聲，要我為你而死我都願意！

修芬輕拍水手長，滿足的笑了。她說：「爸爸，你知道嗎？」

但是尼司阻止了她，「修芬，等你回家換好衣服，才能再說：『爸爸，你知道嗎？』」

「我只是想說：我已經掉到海裡三次了，小緹娜只有兩次！」修芬一說完便邁步前進，她覺得很開心，可以跟小緹娜炫耀了。

蘇德曼老先生正在小屋前的斜坡上替他的船上柏油，他就快要能讓它下水了。整個海鷗島上的人都忙著做春季大掃除。海面上的冰融化了，所有的船即將準備就緒。整座島都彌漫著一股柏油和油漆味，還不斷冒出焚燒葉子的濃煙。但是，海水的味道比任何氣味都要強烈。蘇德曼老先生用鼻子感受海水的氣味，讓春天的太陽晒暖他的背。他的船看起來棒極了，令他覺得很滿足。但是他的腦袋開始累了，因為小緹娜就坐在他旁邊，一邊說著好像永遠都說不完的童話故事給他聽。可憐的蘇德曼老先生，他一直搞不清楚到底哪個王子變成了野豬，哪個變成老鷹。但是小緹娜每隔一段時間就考他，如果答錯了她還會不高興。「猜，誰被施了魔法！」

這時候修芬出現了，就站在小緹娜前面，溼答答的像一條美人魚。

修芬說：「猜，誰掉進海裡！」

小緹娜一聲不吭的盯著她，完全不曉得掉進海裡有什麼好吹噓的，但是當她看到修芬一臉勝利的樣子，她說：「猜，誰會在星期天掉進海裡！」

「反正，不是你。」蘇德曼老先生說，「如果你這樣做的話，我就在梅爾克森一家回城裡時把你一起送回去。」

這次就是梅爾克森一家人帶著小緹娜一起到海鷗島的。他們來這裡過幾天春假。因為梅爾可仍然抱持他的想法：既然付了錢，就不能讓木匠小屋白白空著。除此之外，每一年的這個季節可是海鷗島最美的時候呢。白樺樹剛冒出第一批嫩綠的新葉，銀蓮花把島化為花海。

「喔，天啊，我們的瑞典春天！」梅爾可說，「雖然冷，草木也不夠茂盛，但是好美，美得動人心弦。」

修芬當然也覺得春天很冷。現在的她一直發抖，而且好想回家換上乾衣服。但是當她經過木匠小屋的碼頭時，梅爾可叔叔正坐在他的船上，忙著整理那台舊馬達。修芬停了下來。

梅爾可喜歡跟修芬說話。「這是目前我覺得最有趣的事了。」他曾跟玫琳這樣說，「可惜你沒聽到我們聊什麼。我們的對話真的很有趣。但是只有我們兩個人獨處時的對話才最好玩。」

修芬走向梅爾可。「梅爾可叔叔，我掉進海裡了。」但是梅爾可只嗯哼了一聲。他正用力拉著發動繩，八成已經拉了好一會兒，因為他滿臉通紅、頭髮蓬亂。

「梅爾可叔叔，你真沒本事，還沒抓到訣竅。」修芬說。

梅爾可抬頭看著站在碼頭上的修芬，擠出一絲笑容。「哦，是嗎？」

「你要這樣拉啊。」修芬俐落的擺動手臂示範。

「你聽好，除非你走開，我才會這樣拉。」梅爾可說。

修芬眨了眨眼睛，她對這個不領情的回應有點驚訝。「我以為你會很高興我幫你。」

梅爾可轉過身，繼續操作馬達。他說：「是啊，我是很高興——真的非常高興。」邊說邊拉了拉發動繩，但是馬達只發出噗噗噗的聲音，就停了。

修芬搖搖頭說：「我知道你是雜工，但是你可能不了解馬達。你等一下，我示範給你看。」

但是梅爾可喊道：「走開！你可以再跳到海裡，或去找沛樂玩啊，快去！」

修芬有點委屈。「我是要去找沛樂玩啊，但是我得先回家換衣服。你知道的啊，不是嗎？」

梅爾可點點頭表示同意，「那就快去！換上該換的衣服！最好穿上兩三件連身衣，整排釦子扣在後背！」

修芬說：「連身衣！我們又不是生活在石器時代。」

每次講到比較老派、過時的事，修芬就會這樣說。

梅爾可根本沒在聽她說話，因為馬達又開始發出噗噗噗的聲音。梅爾可用乞求的眼神看著它，但是馬達仍然無動於衷。接著馬達發出最後一個噗聲，然後就完全不動了。

修芬說：「梅爾可叔叔，你知道嗎？我覺得你還是寫書比較好，因為你對機械完全不在行。對了，沛樂在哪？」

梅爾可大聲說：「可能在兔子籠那裡吧。」他雙手交握、做出祈禱的姿勢，「祈求上帝，讓他在兔子籠那裡，讓修芬快去找他。」

「你為什麼要讓上帝在兔子籠那裡？」

「是沛樂！」梅爾可大吼，「我是說希望沛樂在兔子籠那裡。還有你，尤其是你！」

「不，你剛剛說，祈求上帝，讓祂在兔子籠那裡。」修芬又說。但是梅爾可叔叔看起來快要發飆了，為了緩和他的情緒，修芬趕快說：「沒關係啦。我現在就去！」

梅爾可的禱告被垂聽了。沛樂在兔子籠那裡，修芬換好衣服後就去找他了。約卡有了一個不錯的兔子籠。「由梅爾可親手製作。」梅爾可一完成就自己吹噓。其實沛樂幫了忙，雖然梅爾可警告他說：「你會敲到自己的手！」

沛樂說：「不，我不會！修芬會幫我扶釘子。」梅爾可從沒想過還有這方法。

梅爾可自己接連兩次用鐵鎚敲到自己的手，修芬問：「梅爾可叔叔，為什麼你常常敲自己的拇指呢？」

梅爾可邊吸著拇指邊說：「就因為你啊，我的小修芬，你沒幫我扶鐵釘啊。」

但是這個完工後的兔子籠還真是不錯！沛樂覺得，兔子住在裡頭一定會很開心。沛樂自己也很開心，他從楊森的牧場帶回約卡，把牠放進新家時，臉上洋溢著幸福的光芒。

他們把籠子放到紫丁香籬笆後頭一個安全的角落，沛樂可以坐在那裡，當一個世界上最幸福的兔子主人。兔子籠是用鐵絲網做成的，有一扇門，門的一邊有門扣，如果沛樂想抱兔子，就可以打開門讓兔子出來。籠子的一邊有個小木箱，箱子上有一個圓形小洞，那是約卡的小窩。

「下雨天或天氣冷時，你可以在裡頭睡覺。」沛樂向約卡解說。

修芬來找沛樂時，他正抱著兔子坐在那裡。他們一起餵兔子，沛樂向修芬解說了養兔子的藝術，因為等他們回城裡時，就換修芬來照顧約卡了。

「如果你沒有好好餵約卡，我一定不原諒你。」沛樂說，「你還要確保牠不會跑掉。」

但是沛樂應該自己小心，因為他還沒跟修芬說完，約卡就跳出他的手臂，穿過紫丁香籬笆跳走了。沛樂和修芬趕緊追上。水手長吠了一聲，也去追。

沛樂邊跑邊焦急的對水手長說：「你不可以咬約卡！」

這是修芬到目前為止聽過最愚蠢的話。「水手長從沒想要咬誰，你應該要曉得啊。牠只是以為我們在玩。」

沛樂覺得很糗，但是他沒時間請水手長原諒他。他必須先抓住約卡。

在木匠小屋後方，玫琳、約翰及尼可正在拍打毯子，約卡跑到那裡時，約翰拋出一張毯子蓋住牠。約卡在毯子底下不斷扭動，毯子看起來像一片波濤洶湧的怒海。約卡最後鑽了出來，開心的跳了三下後，消失在轉角。

是小緹娜抓到了牠。她正好跟跳上岸的查理一起坐在轉角，看到約卡衝過去。修芬和沛樂氣喘吁吁的跑過來時，她正及時抓住了約卡。

「你抓到了，好厲害！」沛樂說。他抱住約卡，坐到小緹娜家的台階，溫柔的看著約卡，像一個媽媽凝視著剛出生的寶寶。他說：「有自己的寵物真好！」修芬和小緹娜也這麼覺得。

小緹娜說：「尤其是烏鴉！」然後她得意的說，「牠會說那句話了！」

「哪句？」修芬問。

「牠會說：『給我滾！』我教牠的。」沛樂和修芬很顯然不相信她。小緹娜生氣了。「你們等著！等一下就會聽到了！查理，說：『給我滾！』」

烏鴉把頭側向一邊，不說話。但是小緹娜跟牠說了好久後，牠才嘎嘎叫了兩聲。只有想像力旺盛的人才能把它想像成「給我滾」；但是，小緹娜的想像力就是那麼旺盛。

「聽到了嗎？」她開心的說。

修芬和沛樂大笑，然而小緹娜說：「你們知道我在想什麼嗎？我在想，查理一定是一個被施了魔法的王子，因為牠會說話。」

「繼續啊，」沛樂說，「你聽過有王子會說『給我滾！』？」

「是啊，牠！」小緹娜指著查理。

在小緹娜之前跟爺爺說的童話故事裡，至少有三個被施了魔法的王子，他們變成了野豬、鯨魚和老鷹。所以，烏鴉為什麼不可以是一個被施了魔法的王子？

修芬說：「不對，只有癩蝦蟆才是被施了魔法的王子。」

小緹娜反駁：「那是因為你只知道癩蝦蟆。」

「是真的，小弗念過這個故事給我聽，有個公主親了一隻癩蝦蟆，然後牠就變成了王子——

砰——就這樣！」

小緹娜說：「我也要試試看！」

一旁的沛樂大笑。他問：「如果你有一個王子，你會要他做什麼？」

小緹娜說：「他可以娶玫琳姊姊啊。」

修芬覺得這個主意真棒！「這樣玫琳姊姊就不會一直沒結婚啦。」

她們提起了最讓沛樂不高興的話題。沛樂說：「跟你們的魔法王子一起，都給我滾！走吧，約卡，我們走。」

修芬和小緹娜看著他的背影好久好久。

修芬說：「他不希望玫琳結婚，可能是因為他沒有媽媽吧。」

小緹娜變得很嚴肅，她若有所思的皺起眉頭。「他媽媽為什麼死了？」她問。

這個問題不好回答。修芬陷入沉思。她不曉得為什麼人會死掉。「我猜，就像那首聖詩說的，就發生了嘛。」她唱那首聖詩給小緹娜聽：

世界是座憂傷島嶼，
今天來，明天離去。

「聽起來很傷心，不是嗎？」小緹娜說。

沛樂把約卡放進籠子裡，獨自度過一個美好的夜晚。他聚精會神的在壕溝旁邊玩，他很喜歡春天的壕溝，因為裡頭有好多東西可以看，有昆蟲，還有各種植物。但是他覺得最好玩的是跳壕溝，而且要一躍而過。有時候沒成功，所以，那天晚上沛樂回家時，從腳板到額頭全是泥巴。

那個時候，梅爾可坐在廚房裡忙著修馬達，他把馬達拆解了，零件全放在桌上。他想要調整一下，讓它不再噗噗叫，什麼聲音也不要有，他認為徹底清潔應該可以改善。但怪的是，每次他需要小螺帽和螺絲釘時，它們按照慣例一定會消失，一發生這種事，他就火冒三丈。

他盤問在桌旁閒晃、觀望的約翰及尼可：「你們吃掉了我的螺絲釘嗎？」聽了幾次這樣不公平的指責後，約翰說：「拜託喔。尼可，我們去睡覺吧。讓爸爸自己在這裡守著他的螺絲釘吧。」

當他們都走了以後，梅爾可很快找到了他要找的東西。

「奇怪了，我一直在找的小傢伙們都在這裡。」

就在這時候，沛樂進來了，全身泥巴，一臉疲憊。玫琳說：「這是我一直在找的另一個小傢伙。不過沛樂，你看看你這副模樣！」

那天晚上在廚房裡清理的不只有馬達。玫琳拉出大浴缸，叫沛樂坐進去，幫他徹底刷洗。

「不用洗耳朵啦。」沛樂喃喃的說，「我星期六才洗過。」

玫琳說，她的確不用負責洗沛樂這樣的耳朵。「但是瑪塔阿姨明天可能會過來喝咖啡，她要是看到你的耳朵——」

「玫琳，可不可以不要——等她明天真的來了再說啦。」沛樂說。

玫琳笑著轉頭對梅爾可說：「爸，男生都這麼髒嗎？你小時候也像他這樣嗎？」

坐在一旁被螺絲釘包圍的梅爾可正滿足的哼著歌。「我是有本事的……修芬等著瞧……髒？我？」他說，「才不呢，我記得我是個愛乾淨的小孩。」

沛樂從浴缸邊緣雙眼朦朧的看著父親，「是啊，爸爸，你當然是個愛乾淨的小孩。」

梅爾可問：「你怎麼那麼確定？」

「因為你做什麼都很厲害。要你做什麼，你都做得到。大家都很稱讚你。你從不說謊，也不會做錯事。」

梅爾可說：「我有這樣說過嗎？」他哈哈大笑，「我一定撒了點小謊。」

之後，當沛樂包著浴巾、坐在玫琳的腿上時，他想起小緹娜的愚蠢建議，說什麼王子被施了魔法，讓玫琳跟王子結婚什麼的。他好奇的看著玫琳，想知道，套用修芬的說法——她「一直沒結婚」，會不會難過？

這次他們到海鷗島，一直聽到一個大新聞：比昂跟另一座島的女孩訂婚了。沛樂曾經擔心的問玫琳會不會難過。玫琳笑著說：「不會啊，這樣最好了，我在耶誕節時也這樣對他說。」但是這些都不表示玫琳喜歡「一直沒結婚」！

梅爾可說：「聽著，我的小馬達修好了——乾乾淨淨。」他邊唱著歌邊鎖上最後一顆螺絲，「它現在可以順利運作了。給你們看看。」

馬達被放進沛樂的浴缸測試。它發動得很順暢，把水都濺到所有牆壁上，還有梅爾可身上，因為梅爾可就靠在浴缸邊，水花直接潑到他的臉上。

「喔，天啊，」梅爾可說，「玫琳，我會幫你擦乾淨。」

但是玫琳說，她很慶幸整個廚房被洗了一遍，她一點也不在意。她說：「先讓沛樂上床睡覺吧。你會冷嗎？」她問站在一旁渾身發抖的沛樂。

沛樂說：「我跟愛斯基摩人一樣冷。」即便已經上了床，沛樂還是全身發冷。「毯子一定晾太久了，好冰！」他說。

睡眼迷濛的尼可說：「換個話題吧。」

沛樂靜靜的躺在狹窄的床上，想辦法讓自己暖和一點。「如果現在床上有一隻溫暖的兔子該有多好。」他說。

約翰抬起頭，說：「你剛剛說兔子嗎？果然是你會說的話。」他又躺回枕頭上，不一會兒就睡著了。

沛樂一直醒著。他很擔心約卡，擔心到睡不著。他想著，如果今晚戶外結霜，約卡一定在籠子裡直發抖。他自己已經開始變暖了，這樣好像有點不公平，兔子只有冰冷的小箱子，裡面只有一點點乾草。

沛樂嘆了好幾口氣。最後，他還是忍不住了。他下了床，爬上窗戶外的梯子，那是梅爾可其中一次的屋頂探險後留下來的。他爬到屋外，在冷風刺骨的春天夜裡奔跑，跑到兔子籠那裡，邊跑牙齒邊打顫。他到那裡時，或是抱著約卡離開時，都沒人看到他。或許只有夜晚還在外頭到處遊蕩的狐狸看到了。

約卡對於沛樂做的事一點也不感激，跟沛樂期待的截然不同。當沛樂把牠塞進被窩裡時，牠瘋狂的掙扎，因為牠覺得那裡根本不是兔子睡覺的地方。牠使勁奮力一跳。

待在樓下客廳的玫琳和梅爾可聽到樓上的尖叫聲。他們趕緊衝上閣樓，發現一臉驚嚇的尼可坐在床上全身發抖。

他說：「這裡有鬼！一個毛茸茸、好恐怖的鬼跳到我身上。」

梅爾可拍拍他說：「那是噩夢，沒什麼好怕的。」

尼可說：「還真是超級噩夢啊。它跳到我臉上耶。」

那個小噩夢現在就窩在沛樂的羽絨被下，被主人緊緊抱著，只能等下一次下床的機會才能再裝鬼了。

當全家人都睡著了，沛樂又爬到屋外，把約卡放回籠子裡。

他說：「我不能和你一起睡了。」

很快的，嶄新的春日又在海鷗島展開——這是令人難忘的一天。因為這一天，摩西來到這座島，啟動了一連串的災難。摩西是一隻海豹寶寶，是威士特曼在島上發現的，牠被一面網子網住，所以威士特曼就把牠帶回海鷗島，因為他知道，海鷹會攻擊被遺棄的海豹寶寶。

瑪塔老是說：「威士特曼是這座島上的大麻煩。」小島居民聚集在商店裡時，有時會發生口角，每次都一樣——都是威士特曼起的頭，也是他繼續點的火。他很浮躁，他太太說：「就像石頭邊的水流不停打轉。偏偏他自己沒發現。」她跟四周的人解釋。威士特曼是漁夫，也是獵人，他討厭其他類型的工作。雖然他有個牧場，但多半是由他太太照料，牧場活兒很辛苦，他太太不時抱怨。威士特曼常有金錢上的問題，總會到尼司的商店借錢。但是最近尼司拒絕了，他不想借錢給只借不還的人。

那天早上威士特曼從小島回來時，修芬剛好站在碼頭上，當威士特曼在修芬面前放下那隻有著水汪汪黑色大眼睛、不停哀哀叫的小海豹寶寶時，修芬興奮的歡呼。這是她看過最甜美可愛的東西了。「喔，牠好可愛唷。」修芬說，「我可以摸一下嗎？」

「當然，」接著威士特曼說了讓人不敢相信的話，「如果你喜歡，就帶回家吧。」

修芬張大眼睛望著他。「你說什麼？」

「帶回家養啊——當然得要你的爸爸媽媽同意。可以擺脫牠，我也鬆了一口氣。你可以慢慢把牠養大，等到牠有別的用途，再看看要怎麼辦。」

修芬深吸一口氣。事實上，威士特曼向來不是她喜歡的人，但此時此刻，她變得很崇拜他。

「哇！」她說，她思考著要怎麼對這麼不可思議的事情表達謝意。

「我可以做一個十字繡的防燙布墊給你。你要嗎？」

威士特曼還不曉得，修芬要給他的，可是她給得起的最好禮物呢！威士特曼回答：「嗯，我是不需要啦，但是你還是可以把海豹帶回家，因為我可不敢帶一隻海豹回家給我太太。」

然後威士特曼就走了。留在原地的修芬完全驚呆了。「水手長，這太誇張了！我們有一隻海豹耶！」

水手長用鼻子嗅著那隻海豹。牠從沒看過這樣的東西，但是如果修芬想要，那牠也願意跟這隻一直嗷嗷叫的奇怪小動物做朋友。

「喂，可別嚇到牠。」修芬把水手長稍微推開，然後放聲大喊：「快來，大家快來！發生了超瘋狂的事！我有一隻海豹囉！」

沛樂是第一個到的，他一看到那隻海豹寶寶、聽到這個不可思議的消息，就興奮得直發抖。修芬得到了一隻好夢幻的動物，身上有灰色斑點，還有兩隻奇怪的小手，圓滾滾的小身體在碼頭上不停的蠕動，還會發出尖銳的鳴叫。

「哇，你好幸運！」沛樂發出由衷的讚嘆。修芬也這麼覺得。

「是啊，好像在做夢！我一直都這麼好運！」但是她還得去說服爸爸媽媽，讓他們知道養海豹有多好。很快的，所有人都來到碼頭了，一起讚嘆這隻海豹寶寶。

「海鷗島就快要可以開一間動物園了。」梅爾可說，「我看看能不能找幾隻河馬。」

但是瑪塔說，她絕對不要在家裡養一隻海豹。尼司也不想。他跟修芬解釋，光是餵食海豹這件事就很麻煩。牠需要的牛奶跟一隻小牛一樣多，等牠再大一點，還得加上好幾磅的魚。

「牠可以吃我們的魚啊。」小緹娜說，「可以嗎，爺爺？」

修芬看著爸爸媽媽，說：「但是牠已經是我的啦！就像你生了一個寶寶，後果就是這樣啊。」

小狄和小弗同意這個說法。

小狄說：「如果你生了一個寶寶，你不會抱怨他要喝多少牛奶，或是養他有多麻煩。」

他們一起哀求瑪塔。約翰、尼可和沛樂也全力聲援。他們答應幫海豹弄一個游泳池，讓牠在白天時可以游泳。船塢後面有塊礁石，上面有個大裂縫，漲潮時，那裡會被新鮮的海水填滿，海豹就可以有一個最棒的天然游泳池。

小弗說：「晚上牠可以待在船塢裡。」他們一致表示，養海豹一點也不麻煩。

海豹寶寶不時發出無助的微弱叫聲，小緹娜開心的說：「你們聽，牠在叫『媽咪』！」

修芬緊緊抱住海豹說：「牠叫的是我。」看起來海豹應該覺得很舒服，因為牠用鼻子摩蹭修芬的臉，修芬被海豹的鬍鬚搔得好癢，咯咯咯的笑個不停。

「我知道要叫牠什麼了。」修芬說，「摩西！因為威士特曼發現牠，就像聖經裡，公主在蘆葦叢裡發現摩西一樣。小弗，你記得嗎？」

梅爾可說：「倒不是說我覺得法老的女兒像威士特曼，但摩西這名字不錯。」

大家似乎都認為留下摩西是理所當然的，於是瑪塔最後也答應了。「好吧，在牠長大之前，你可以養牠、照顧牠。」所有小孩都開心的歡呼。

「你們知道我在想什麼嗎？」小緹娜問，「我覺得摩西是一個從海裡來的王子，牠一定也被施了魔法。」

沛樂說：「你老是想到魔法王子，就叫牠摩西王子，怎麼樣？」

修芬抱著摩西坐在碼頭上。她輕輕的撫摸摩西，而摩西用鼻子嗅著修芬的手，修芬一碰到牠的鬍鬚，便癢得哈哈大笑，還笑到東倒西歪。

水手長站在一旁看，牠安靜的站在那裡好久好久，一如往常的用憂傷的眼神看著修芬，之後牠突然掉頭走掉了。

這個春天，修芬簡直兩頭忙，既要照顧約卡，又要照顧摩西。沛樂不停的從城裡寫了一封又一封的信，叮嚀她要怎麼照顧兔子。信上寫道：「要給牠很多蒲公英葉子。」修芬對著小緹娜抱怨說：「沛樂說要很多蒲公英葉子！我可沒看過這麼餓的兔子。」

但是約卡至少還是一隻文靜的動物，只要有蒲公英葉子和水就十分滿足了。牠獨處時不會亂叫，也不會到處亂跑，把桌巾扯下來，或用鼻子嗅著鍋子，或把爸爸的週日報撕得稀巴爛。這些事摩西都會做。牠白天應該待在游泳池，晚上應該待在船塢的啊。但是摩西不想待在游泳池，也不想待在船塢。牠跟著修芬到處跑，修芬去哪牠就跟到哪。修芬不是海豹的媽媽嗎？她沒用瓶子裝牛奶和油給牠喝嗎？就因為這樣，牠想整天都跟修芬在一起。每天晚上，如果修芬把海豹關進船塢，牠就會尖叫抗議。有一次，因為牠叫得特別大聲，修芬乾脆把牠帶進房間裡，那一天，媽媽跟楊森太太出去了，沒人能制止她。

水手長睡覺的地墊就鋪在修芬的床旁邊。牠從小嬰兒時期就每天睡在那裡，但是摩西一來，就開始在地上來來回回亂爬。修芬說：「水手長，今晚你去跟小狄和小弗睡吧。」

水手長過了好一會兒才了解修芬在說什麼；直到修芬抓起牠的項圈，把牠帶出房間，牠才完全明白。

修芬說：「只有今天晚上就好。」

但是當摩西發現睡在修芬的房間裡有多舒服之後，船塢已經不能滿足牠了。隔天晚上，修芬要把牠關進去時，牠大聲尖叫，聲音大到整座海鷗島都聽得到。

小狄說：「別人會誤以為我們在虐待牠。牠還是跟修芬睡好了。」

瑪塔猶豫了一會兒，最後還是妥協了。當一隻小海豹用慧黠迷人的雙眼瞅著你，一副牠什麼都懂的樣子，你實在很難抗拒。

那天晚上，水手長主動去小狄和小弗的房間臥著。之後幾天也繼續這樣。牠不再跟著修芬到處跑，或許是怕踩到摩西。現在牠多半都臥在店門前的台階上，把臉埋在手掌裡，一副在睡覺的樣子，有人走進店裡時，牠才會抬頭看。

「我最愛的乖狗狗，你最近好愛睡覺喔。」修芬拍拍水手長。但是修芬得出發去採蒲公英葉子給約卡、為摩西去取溫牛奶。照顧動物好辛苦啊，偶爾甚至連小緹娜也得來幫忙。

修芬說：「你只有跳上岸的查理要照顧，我卻要照顧兩隻——再加上水手長，三隻。」

小緹娜覺得只有跳上岸的查理哪有什麼好。她不能像修芬餵摩西一樣，用瓶子餵查理。修芬好幸運！所以每次小緹娜幫修芬撿蒲公英葉子給約卡吃時，都滿心期待得到她想要的獎勵——用瓶子餵摩西。但是修芬很固執，堅持自己餵摩西，她說，不然摩西會不高興。小緹娜只能坐在旁邊看，她其實很想搶走修芬手中的瓶子，才不管摩西高不高興呢。

但是小緹娜的好日子終於來了。她的爺爺養了好幾隻綿羊，就寄養在威士特曼家的牧場，每年這個時候，母羊會生小羊，小緹娜每天都會跟爺爺一起去看有沒有小綿羊出生。

蘇德曼老先生叫著：「羊兒快來，讓我數一下有幾隻，看看我有沒有賺大錢。」

有一隻母羊真是竭盡所能，某一天，她竟然在蘇德曼老先生蓋的小羊棚裡生下了三隻小羊。

蘇德曼老先生說：「牠的奶不夠所有小羊吃，會有一隻小羊挨餓。」

他說對了。好幾天後，他跟小緹娜發現，最小的羊變得越來越虛弱了，因為牠長得太瘦小，沒辦法跟其他兩隻搶奶喝。

蘇德曼老先生最後說了：「我們用奶瓶餵餵看。」

小緹娜開心得跳了起來。有時候，還是會有出乎意料的好事發生。她急著要蘇德曼老先生帶她去店裡買瓶子，蘇德曼老先生覺得沒必要那麼急，小羊又不是命在旦夕。但是在小緹娜的要求下，他買了一個嬰兒奶瓶，就跟修芬餵摩西的一模一樣。小緹娜露出開心的笑容，現在她終於跟修芬一樣了。

修芬在餵摩西時，小緹娜來了，手上還抓著一個裝滿奶的瓶子。

修芬問：「你拿那個要幹嘛？」

摩西有個備用奶瓶，如果哪天牠特別餓就用得上。修芬以為，小緹娜竟敢沒經過她的允許，就擅自去拿那個瓶子。

修芬說：「摩西吃飽了，牠不用再喝了。」

小緹娜說：「誰管牠。我還有其他事要顧呢。」

修芬挑起了眉：「像什麼啊？」

小緹娜煞有其事的說：「我要去餵多提！」

修芬驚訝得說不出話，好半晌才開口問：「誰是多提？」

小緹娜告訴她後，修芬立刻跟著小緹娜跑到威士特曼的牧場，熱心的幫忙小緹娜餵小綿羊，不過她慷慨的讓小緹娜自己握著瓶子。

多提馬上變得跟摩西一樣乖。每一天小緹娜都餵牠喝好幾次奶。有時候，她還放牠到牧場上，帶著牠一起散步。多提一心一意的跟著小緹娜，就像摩西跟著修芬一樣。

當尼司走到台階上，看到修芬和小緹娜往他的方向走來，摩西和多提跟在後頭，便讚嘆的說：「這畫面真好看。」然後他彎下腰拍拍水手長，說：「你好不好啊？你悶悶不樂的整天趴在這裡，是因為她們不找你一起玩嗎？」

小緹娜和修芬坐在台階上餵她們的小動物喝奶，還一邊討論著哪一隻比較可愛。

「不管怎樣，海豹畢竟是海豹。」修芬說。小緹娜無法否認。

「但是小綿羊可愛多啦。」小緹娜說，並且補充了一句，「我覺得多提和摩西都是被施了魔法的王子。」

「胡扯。」修芬說，「只有癩蝦蟆才是——我已經跟你說過了。」

「那是你說的。」小緹娜說。她閉上嘴不再說話，腦袋思考著。或許威士特曼牧場裡的普通綿羊不可能是魔法王子，但是摩西是在漁網裡發現的，這一點跟童話故事說的很像。

小緹娜說：「不管怎樣，我覺得摩西是海國王的小孩，被壞仙子施了魔咒。」

修芬說：「不是，牠是**我的**小孩。」她緊緊抱住摩西。

水手長抬起頭看著她們。如果牠真的跟人類一樣會思考的話，也許牠現在的想法跟沛樂一樣：跟所有魔法王子一起給我滾！

玫琳遇見王子

玫琳在日記上寫著：

蘋果樹都開滿花了。它們一身粉紅，圍繞在我們房子的四周，有時候，花朵像雪花一般飄落在通往水井的小徑上。我們的蘋果樹、我們的房子、我們的水井——真是太棒了！其實這些全都不是我們的，但是我喜歡假裝它們是，這件事似乎異常的簡單。一年前的這個時候，我還沒見過木匠小屋，現在卻覺得它就是我們在世上的家。喔，開朗的木匠啊，如果這房子是你蓋的，我好愛你喔。也謝謝你在房子四周種了蘋果樹。一想到可以住在這裡，而且夏天又到了，要如何才能完整表達我心裡的感激呢？

她問梅爾可：「爸爸，你今年還是一樣聰明的簽了一整年的合約嗎？」

「還沒。」梅爾可說，「我在等那個姓麥特森的先生。他這幾天應該會過來。」

梅爾克森一家等著麥特森先生的同時，也在為即將到來的夏天打理木匠小屋。他們一起掃除花園裡的所有落葉、打掉地毯上的灰塵、洗窗戶、刷地板、掛上新的窗簾。尼可幫忙把鐵門刷黑，約翰把廚房椅子漆成藍色。梅爾可做了一個書架，用來存放全家人各種各樣的暑假讀物，再把他從城裡帶來的畫一一掛好。玫琳幫廚房沙發換上新的沙發套。沛樂則晃來晃去，開心的到處玩。

太破舊不能用的家具都被搬進船塢，被沛樂布置成一個破破爛爛的小房間，這樣一來，那些東西看起來就會像是還有人要，除此之外，如果下雨了，他想跟約卡一起躲在裡面。

玫琳環視著整間小屋，滿意的說：「感覺好像我們開創了什麼新事業。現在我只想要一整片花海。」玫琳拿出木匠妻子的舊瓷瓶，插滿紫丁香，然後漫步到楊森的牧場，那裡開滿了野生鈴蘭，玫琳採了一大把。

回家的路上，她遇見修芬和小緹娜，她們正在白樺樹下散步，愉快的聊天。她們一看到玫琳立刻都安靜下來，因為她捧著一束鈴蘭走來，整個人看起來好漂亮。

修芬說：「你好像新娘子。」

小緹娜的眼睛立刻亮了起來，因為她最喜歡的一個話題又被點醒了。「你都不想幫自己找一個新郎嗎？」

修芬哈哈大笑說：「新郎？那是什麼啊？」

小緹娜不太確定的說：「就是結婚時會有的東西吧。」

玫琳說總有一天她會想要一個新郎，但是現在她覺得自己還太年輕。修芬盯著她，一副不敢相信的樣子。

「太年輕！你？你已經跟山一樣老了。」

玫琳大笑。「當然也要先找到一個真的很喜歡的人才行啊！」

修芬和小緹娜都承認，海鷗島沒什麼人可以當新郎。

小緹娜熱切的說：「但是，你可能可以找到一個魔法王子喔。」

玫琳說：「哪裡有？」

「有啊，水溝裡都是。」小緹娜說，「因為所有青蛙和癩蝦蟆都是被施了魔法的王子。修芬說的。」

修芬點點頭。「你只要親牠一下——砰——你就有一個王子了！」

玫琳說：「聽起來好簡單喔，如果只要這樣做的話，那我去找找看好了。」

修芬又點點頭。「對啊，還來得及吧。」然後她繼續說，「不管怎樣，我在變得像你那麼老之前，一定要結婚。」

玫琳問：「跟魔法王子結婚嗎？」

「不，我要跟水電工結婚。爸爸說他們現在都賺很多錢。」

小緹娜也想跟水電工結婚，她急忙補充：「因為我要跟修芬一樣。」

玫琳說：「這樣一來，至少會有兩個水電工很開心喔。」她轉身要離開時又說，「如果你們遇到了魔法王子，告訴他，我正要用我兩隻很老的腳，慢慢的走回家。」

接著修芬牽起小緹娜的手，開心的在白樺樹林間奔跑，還大聲的唱歌。

她們想要去採鈴蘭花，就跟玫琳一樣。但是在她們開始採花之前，一件奇妙的事情發生了。她們幫玫琳找到了魔法王子——一隻青蛙！想像一下，牠就坐在路邊，看起來若有所思呢。

「快點，我們得去找玫琳姊姊，讓她親牠。」

但是玫琳不見了。她們抓著小青蛙，一路跑回木匠小屋，但是當她們抵達那裡時，梅爾可叔叔說，玫琳去蘇德曼老先生家買鯡魚了。

「那我們也去。」小緹娜說。但是玫琳也不在那兒。她已經帶著魚走了。

修芬說：「我們去碼頭上等。不過，除非她馬上回來，不然她就沒有王子了，因為我已經受夠這隻青蛙了。」

看來那隻青蛙也厭倦修芬，就像修芬厭倦牠一樣。當修芬打開手掌，讓小緹娜瞄一眼時，青蛙彈腿一跳，跳到了碼頭上，要不是小緹娜及時抓住牠，牠早就從邊緣跳下去了。

碼頭邊停了一艘陌生的帆船，但是附近沒有任何人，船上沒有，別處也沒有。太陽很大，修芬覺得坐在那裡枯等，既炎熱又無聊。她不是有耐心的那種人，很善於在無聊時變出新把戲。

她說：「我知道了，我們可以親這隻青蛙。這樣牠也會變成王子，然後我們再帶王子去找玫琳姊姊，接著就看他自己了。」

小緹娜覺得這主意聽起來很合理。當然啦，親一隻青蛙怪噁心的，但是她願意為玫琳做任何事。很顯然的，那隻青蛙不想被親。牠瘋狂掙扎，想要逃走。但是修芬握得很緊。小緹娜深吸一口氣後，閉上了眼睛。

修芬說：「快親！」小緹娜親了！她親了那隻青蛙。但是那固執的小動物不肯變成王子。

「喔，換我來。」修芬說。她更用力的親了一下，還是沒有用。

「笨王子，他不想來。」修芬說，「放你走吧！」

她把青蛙放到碼頭上，青蛙對於這出乎意料的解脫喜出望外，牠彈腿跳過了碼頭邊緣，跳進帆船裡。砰！王子出現了！跟童話故事說的一樣！他腳步匆忙的踏出船艙，跳上碼頭，停在修芬和小緹娜面前，手上還抱著一隻咖啡色小狗。如果真的有王子的話，他就是王子！

修芬和小緹娜瞪著圓圓大大的眼睛盯著他。當然啦，他沒有穿王子該穿的衣服，而是普通的襯衫、普通的外套，還有普通的藍色褲子，但是除此之外，他真的看起來很像王子：藍色的眼珠、潔白的牙齒，像金色頭盔一樣的金髮。沒錯，他很適合玫琳。

小緹娜很小聲的說：「我還以為他至少會戴王冠呢。」

修芬的視線還是鎖定在王子身上，她壓低聲音說：「我想，他只有星期天才會戴吧。喔，玫琳一定會很開心。」

只是，這時候修芬想到了沛樂。他一定會不高興。事實上，他一定會對她們大發雷霆，因為她們竟然幫玫琳找到一個王子。沛樂真的出現了。在他後面的是玫琳！修芬小聲的告訴小緹娜：「越來越刺激了！」她們張大眼睛，可不是每一天都能目睹玫琳遇見王子的這一幕呢！

很明顯的，王子喜歡玫琳。他看著玫琳，彷彿以前從沒見過這樣的人似的，修芬和小緹娜交換了滿意的眼神。她們覺得好有面子，因為玫琳這麼迷人、這麼溫柔，她的頭髮、她的衣服優雅的隨風飄揚，而且，看得出來王子正在思考著要跟玫琳說什麼。

修芬小聲的說：「他現在要開始獻殷勤了。」

但是這個王子沒有那麼強的行動力。他跟玫琳說：「我聽說，海鷗島這裡有一家雜貨店，你知道在哪裡嗎？」

當然，玫琳知道。她自己也正要去那裡。如果王子想跟她一起去，她可以帶路。

沛樂問：「喔，你要去那裡的話，我可以幫你照顧小狗嗎？」

魔法王子很令人討厭，但是有一隻咖啡色小狗的魔法王子就很容易忍受了。況且，沛樂還不知道他正在跟一個魔法王子說話。

修芬又在跟小緹娜咬耳朵了：「他以為那個人只是普通人。不用告訴他我們做了什麼。」不過，這樣感覺很像做了一件背叛沛樂的事。修芬滿懷罪惡感的看著沛樂，但是沛樂沒注意到，因為他眼中只有那隻咖啡色小狗。

沛樂急切的問：「牠叫什麼名字？」

「牠叫『好吃好吃』。」王子說，「我叫彼得‧馬爾姆。」後面這句話是對玫琳說的。

修芬小聲的說：「彼得，真的是王子的名字！」她拉起小緹娜的手說，「快，我們跟在後面，看看會發生什麼事。」

王子把小狗遞給沛樂，親切的說：「好啊，我離開的時候，就請你照顧好吃好吃吧。」沛樂還沒回答，玫琳就說話了：「我保證他會照顧得很好。」

然後玫琳跟王子一起走了。修芬和小緹娜跟著他們走到商店，一路上咯咯咯的偷笑。到那裡時，她們驚訝的聽到王子要了半磅的漢堡肉。

小緹娜吃驚的問：「王子也吃漢堡？」

「不，他可能只是想幫宮殿裡的小豬買吧。」修芬說。

她們儘量靠玫琳近一點，這樣才聽得到王子對玫琳說的每一句話。

很明顯的，王子並不想離開玫琳。他和玫琳站在商店外面閒聊了很久，一直說話。他說他在大島租下一間小木屋，他借了一艘船，開船出來。他說，他很快會再回來海鷗島，因為這家商店真的很不錯。

修芬對小緹娜說：「商店真的很不錯，喔，是啊！玫琳也很不錯吧？」

最後玫琳說，她不能繼續在這裡聊天了，王子只得跟她說再見。他倒退著走，好像想要多看玫琳幾眼，然後他搖晃紙袋說：「就這樣囉，我要帶著漢堡走了。我吃完了就會再回來，我吃很快的，我現在心裡想著剛剛你站在碼頭上的樣子，像夏天一樣美。」

修芬說：「你聽到了吧？沒錯，這就是王子會說的話。」

那天晚上，沛樂上床睡覺時，跟玫琳說：「我們的井裡又多了一隻青蛙。我在彼得的船裡發現的，他要我把牠帶走，因為青蛙不喜歡坐船。」沛樂坐起身來，繼續說，「他跟我一樣喜歡動物。而且他是一個科學家。他整天照顧動物，還研究牠們的事。我長大後也要這樣。」

那個曾經說他什麼也不想當的沛樂，現在突然聽說有些職業是在研究動物的事。這就像在黑暗處傾瀉一道光，因為沛樂雖然才七歲，其實一直默默的擔心著自己的未來。他長大後什麼也不想當，這樣的話以後會怎麼樣？現在他找到想要做的事，感覺安心多了。

沛樂又說：「彼得的工作真的很有趣，玫琳，你猜他做什麼。他在海豹身上綁小型無線電裝置，研究牠們在海底下的活動，游去哪裡，還有所有的……」他突然伸手抱住玫琳，說，「如果我有一隻小狗就好了！有約卡也很好，但是牠整天都得待在籠子裡。你想想看，如果有一隻像好吃好吃那樣的狗該有多好，我到哪裡牠就到哪裡！」

「我也想要讓你養一隻小狗。」玫琳說，「但是你暫時只有約卡了。」

沛樂說：「還有水手長、多提和摩西。」

對沛樂來說，水手長仍然是世界上最棒的狗。這次他到海鷗島時，水手長還吠了好大一聲歡迎他。牠知道誰是世界上最棒的沛樂。最近牠都跟著沛樂到處跑，有時候摩西也會，甚至連多提都會。沛樂像一個馴獸師一樣四處走，每次修芬看到他都很嫉妒，不是因為摩西跟著沛樂，而是因為水手長。她會抱住水手長的脖子跟牠一起打滾，然後說：「水手長，你是我最愛的乖狗狗，你知道的，對吧？」水手長看著修芬的樣子好像是在說：小寶貝，我求之不得啊！然後水手長會立刻拋下沛樂，轉而跟著修芬，但是摩西都會焦急的爬過來，推開他們。

這一陣子摩西被寵壞了。有時候就連修芬都覺得牠很麻煩。有一天晚上，修芬不知道哪根筋不對，竟然把摩西帶上床，在那之後，牠就不肯睡在小箱子裡了，只願意睡在修芬腳上。就算試著把牠推下床也沒用，因為牠會再爬上來。修芬只得又把牠推下去。

修芬說：「整個晚上我們倆不停的擠來擠去。」她媽媽搖搖頭說：「海豹本來就不應該進到屋子裡！」

不過呢，摩西最近很喜歡到牠的游泳池裡游泳。而且，自從約翰、尼可、小狄和小弗在摩西的游泳池周圍釘了圍籬後，修芬隨時都可以把牠關進裡面。不知道為什麼，她想要自由行動，不想要有一隻海豹寶寶急促的跟在後面爬。

但是摩西還是占據了修芬許多時間，還有她的關注和寵愛。每次修芬跟海豹寶寶玩時，水手長就會走開；如果沛樂不在附近，牠就自個兒趴在店鋪的台階旁，尤其是沛樂坐在碼頭上跟好吃好吃玩的時候——他常常這樣。

如果你住在大島，一定得常常造訪海鷗島，因為那裡才有商店。如果你有一隻咖啡色小狗，只要停靠在碼頭邊，沛樂・梅爾克森就會衝過來跟牠玩。當沛樂・梅爾克森跟小狗玩的時候，問他任何問題他都會回答，毫不考慮。

譬如，你可以問他：「玫琳今天在哪兒？」

「坐在我家門口的台階上清理鯡魚。」沛樂・梅爾克森說。

或者：「跟小狄和小弗去游泳了。」

或者：「我猜是在店裡。」

你一得到了想要的答案，就可以把狗交給沛樂・梅爾克森照顧，然後衝去找玫琳，假裝是巧遇，每一次你都會更認識她，每一次你都會發現自己更愛她。**更**愛她？就當作可能是這樣子吧！就當作不是在你第一次看到她站在碼頭上時，就已經愛上她了。

六月的某個星期三，一個永生難忘的星期三，彼得・馬爾姆在商店裡找到了玫琳，除了她，還看到一隻海豹。聽起來有點不可思議，他發現的是一隻在地面上到處爬的海豹寶寶，正在跟兩個小女生玩。沛樂・梅爾克森之前說過島上有一隻很乖的海豹，看來他並沒有吹牛。

店裡滿滿是人，摩西玩得很開心。牠咬著每雙穿著長褲的腿，特別是修芬的，修芬一面笑一面擋，「不可以，摩西，不要這樣，媽咪會說不可以放你出來！」

彼得帶著微笑問：「那是你的海豹嗎？」

修芬說：「當然啦。」

「那我猜，你一定不想把牠賣掉囉？」

「休想！」修芬說，「不過，你為什麼想要海豹？」

彼得說：「不是我，是我的機構。」

機……？王子怎麼會用這麼奇怪的字眼。

王子說：「我在一個動物學機構工作。」修芬完全聽不懂。

後來，修芬跟小緹娜說：「工作！他幹嘛說謊！王子又沒有工作。我猜，他是想要玫琳以為他是普通人吧。」

彼得拍拍摩西，說：「我猜牠一定是個好玩伴。」

彼得也開始跟摩西玩。說也奇怪，他正要走的時候碰巧遇到了來店裡買東西的玫琳。他跟玫琳說：「我幫你把籃子提到木匠小屋，你不用請我喝茶或咖啡什麼的。」

玫琳說：「我會請你喝杯茶，我很好心的。來吧！」

就在那時候，威士特曼從店裡出來，對著彼得大喊：「先生，我可以跟你說句話嗎？」

彼得一聽到那粗啞渾厚的聲音立刻轉身，看誰在叫他：是一個粗枝大葉、不修邊幅的男人。

彼得驚訝的問：「有什麼事嗎？」

威士特曼跟玫琳保持一段距離，不想讓她聽到他們的對話。「我在店裡聽到你說，你想要買那隻海豹。」一個粗野男人可以說話這麼客氣，可見他已經很盡力了。「說實話，那其實是我的海豹，是我在島上發現的。你願意花多少錢買？」他把身體貼近彼得，急切的看著他。

彼得挪開幾步。他現在沒心情談論海豹的買賣，只想趕快追上玫琳。他急忙說：「這樣啊。或許幾百克朗吧。但是我沒辦法決定買價。況且我還是得先弄清楚海豹到底是誰的。」

威士特曼在他身後大喊：「是我的！」

修芬和小緹娜帶著摩西從店裡出來時，威士特曼也這樣跟她們說。

「聽好了，我得要回我的海豹。」

修芬一臉疑惑的瞪著他，說：「你的海豹！你在說什麼啊？」

威士特曼一臉尷尬，還吐了一口口水，想掩飾他的困窘。「我的意思就是這樣啊。牠已經在你們那裡夠久了，牠是我的，我打算把牠賣掉。」

修芬說：「賣掉摩西？你瘋了嗎？」

但是威士特曼解釋：他之前不是說了嗎？修芬是可以養牠，等到牠長大有別的用途，再看看怎麼辦。

修芬大吼：「你跟你的謊話一起，給我滾！我不管，你說過我可以養牠！你說的！」

威士特曼為自己的貪心感到惱羞成怒，口氣變得更加粗暴。他說：其實他不需要經過修芬同意。他要賣海豹是他的自由，他決定要賣就賣，沒什麼好說的。他急需要錢。如果修芬不接受，他就去找她父親說。

修芬回嘴說：「我自己去說，不用你去。」她氣得大哭。

威士特曼走掉後，小緹娜朝著他的背影伸出細瘦的小腿作勢一踢，罵道：「大笨蛋！」

威士特曼回頭補上一句：「你等著，我去跟尼司說。」

修芬氣呼呼的大喊：「絕不！我絕對不會把摩西給你！」

她開始奔跑，說：「小緹娜，快來。我們去找沛樂。」她現在還不能去跟爸媽說，因為店裡都是人，但是修芬知道，需要幫忙的時候可以找沛樂。得讓他知道將要發生的這件可怕的事。

沛樂蹙起眉頭，說：「跟你爸爸說也沒用吧。你又不能證明威士特曼先生答應過你可以養摩西。這樣一來，尼司叔叔也不知道該怎麼辦。」

小緹娜贊同。「那麼，他得去問瑪塔阿姨囉。」

但是沛樂又搖頭了。他說：只有一個辦法，就是把摩西藏起來，這樣威士特曼就找不到了。

修芬問：「要藏在哪裡？」

沛樂想了一會兒，突然想到一個地方。「藏在死人灣。」他說。

修芬一臉崇拜的說：「沛樂，你知道嗎？你的點子最棒了！」

沛樂說對了。他當然對。不能讓修芬的爸爸媽媽知道這件事。如果之後威士特曼去找他們，要討回摩西，他們就能老老實實的說：「我們不知道海豹在哪兒。你自己找吧！」威士特曼可難找囉。喔，也太難了吧！

在過去，好幾百年前，海鷗島的小村子坐落在小島西側的某個小灣旁。但是，在一次瑞典與俄羅斯的戰爭中，俄羅斯人燒毀了整座村子。之後，海鷗島上的居民為了安全起見，在島的另一邊重建新家，之前的村子只留下小灣沿岸幾間老舊的灰色船塢。以前，那裡的碼頭停了許多漁船，村民會在礁石上晒漁網；現在那裡一艘船也沒有，只剩下幾條廢棄的老舊漁船，那是他們最後下錨的地方。小孩們叫它死人灣。它的確死氣沉沉——一片死寂，到處充滿一股詭異的寧靜。沛樂有時會獨自到那裡閒晃，坐在那裡好幾個鐘頭，倚靠在一間陽光照得到的船塢牆壁上，看著蜻蜓在微風中輕盈飛舞，數著魚群和其他生物在光滑的水面下游過時泛起的波紋。

死人灣對沛樂來說，是一個寧靜而充滿幻想的地方。但是有些人覺得那裡安靜得嚇人，很陰森恐怖。人們很容易想像廢棄的船塢裡躲藏著幽靈，所以很少人會到那裡去，更沒人會想到要去那裡找摩西。把牠藏在死人灣的船塢裡很安全。

修芬有一台小拖車，如果她需要帶摩西走很遠，又沒有耐心等牠慢慢爬過來，就會用小拖車載牠。現在他們得去很遠的地方。所以他們把摩西放上拖車，裡頭還放了很多小緹娜從爺爺那裡設法要到的鯡魚。

他們出發時，正好被祕密四劍客看到了，那時候他們正在木匠小屋後面踢球。小狄對著修芬大喊：「你們要去哪裡？」

「我們只是要去散步。」修芬回答。這時候水手長朝他們走去。修芬說：「不行，水手長，你最好待在家裡。」「散步」通常是指到牧場裡、樹林裡遊蕩，這是水手長無法抗拒的事，但是修芬這樣說，牠也只好停下腳步。牠站在原地，遠遠的望著修芬、沛樂、小緹娜，還有坐在拖車裡的摩西。然後牠往回走，趴在台階旁的老位置，用手掌掩著頭，看起來好像在睡覺。

有一條小路可以通往死人灣，這條路蜿蜒曲折，雜草叢生。威士特曼的牧場就在半途中。他們不能拉著拖車越過牧場，所以只好帶著摩西繞過屋子。這樣很危險，但是也別無選擇。

在他們經過威士特曼家的大門時，修芬說：「如果他看到我們就完了。他會把摩西帶走。柯拉，拜託你安靜點！」最後這句話是對威士特曼家的狗說的，牠站在圍籬旁邊狂吠。現在就等著威士特曼出來看柯拉在叫什麼了。

小緹娜說：「對啊，那就完了。」

威士特曼沒出現。只有他太太在家，她背對著他們，正在屋外晾衣服。她背後沒長眼睛真是太好了。

他們也越過了小緹娜爺爺寄養綿羊的地方，小緹娜輕聲叫喚多提。牠立刻跑了過來，以為要喝奶了。

小緹娜說：「喔，我只是想跟你打聲招呼，看看你有沒有乖乖的。」

坐在拖車上的摩西一路都很享受的樣子，牠顯然認為，他們是帶牠出來兜風。直到牠突然被放進一間奇怪的船塢時，才發現這個詭計。牠發出生氣的尖銳叫聲，抵死不從。這叫聲在空曠死寂的死人灣聽起來格外嚇人。

沛樂用責備的語氣說：「摩西，你這樣叫，會被整座島的人聽到。」

在陰暗的船塢裡，他們三個一起蹲在海豹寶寶旁邊，一邊撫摸牠，一邊對牠說話，試著要牠明白這樣做是為牠好。

修芬說：「只要躲一下下就好了。之後一定會有辦法的。到時候就可以帶你回家了。」

修芬不知道之後究竟還能有什麼辦法，但是多半的事情遲早都會想到辦法的，這次一定也不例外——她希望。

摩西的嘴巴塞進了滿嘴的鯡魚，情緒漸漸穩定下來了。

修芬說：「這會是你待過最棒的船塢。在這裡會很開心的。」

小緹娜說：「這裡真的很恐怖。」她邊說邊顫抖，「我感覺這裡好像有鬼。」她不喜歡船塢裡透著詭異的昏暗日光。陽光是從牆壁的裂縫中照進來的，還聽得到外頭浪花拍打的聲音。她說：「我要出去一會兒。」接著打開沉重的門，門一推，發出吱嘎聲。然後她就不見人影了。

小緹娜覺得恐怖的東西，對沛樂來說卻很溫馨。他很享受這種氛圍，全身上下都浸潤其中。他說：「我自己也想住這裡。」他環顧四周的廢棄物，那些被上個屋主留在船塢裡的東西，有破爛的漁網、柳條籃、破舊不堪的魚箱、碎冰錐、水瓢和槳，還有洗衣籃、棉被拍、生鏽的錨、老式的平底雪橇，滑板還是木頭做的。最遠的角落有一個舊搖籃，上面雕刻著名字和日期：小安娜，至於日期就看不太清楚了。

「我猜想，很久很久以前有個『小安娜』躺在那個搖籃裡。」

修芬問：「那你猜想小安娜現在在哪裡？」

沛樂想了好一會兒。他看著舊搖籃好久好久，想著小安娜。最後他用虔敬的語氣說：「我猜，她死了。」

修芬說：「不，不要說這個——好難過喔。」她開始唱歌：

世界是座憂傷島嶼，
今天來，明天離去。
只留下塵埃。

沛樂拉開大門，跑到陽光下。修芬跟摩西說了再見後，也跟在沛樂後面跑出去。修芬臨走前還對摩西保證，她每天都會帶鯡魚來。

在船塢外面，死人灣如夢似幻的沐浴在陽光下。沛樂深吸一口氣，一股狂熱驀的油然而生。他大叫一聲後拔腿狂奔。他在船塢跑進跑出，像著了魔一樣。他跳上坍塌的碼頭、跳上溼滑的木板，修芬也跟著他瞎跳。到最後，修芬被沛樂嚇到了。他們在船塢暗處跑來跑去，木板不斷碎裂，海水在他們腳下漆黑的地方流動。沛樂懷著一股沉默的激奮之情到處跳來跳去，一語不發，連帶修芬也不說話。她很害怕，但是她毫不遲疑的緊跟著沛樂。

後來，他們坐在一個有陽光的碼頭上，沛樂終於開口說話了：「小緹娜去哪兒了？」

他們終於想起，有好一會兒沒看到小緹娜了。他們一起叫她，但是沒有任何回應。於是他們開始大喊。他們的喊叫聲在死人灣四周迴盪，接著慢慢消失，留下令人害怕的寂靜。

沛樂臉色發白。小緹娜怎麼了？是不是從哪個碼頭掉進海裡溺水了？「小緹娜」，「小安娜」——他知道任何人都會死。

修芬淚眼汪汪的說：「喔，我為什麼沒帶水手長一起來？」

他們焦急不安的站在那裡。這時他們突然聽見了小緹娜的聲音。「你們猜我在哪兒？」

他們根本不用猜，因為他們已經看到她了，就在一艘老舊拖網漁船的瞭望台上。他們都很想知道，她究竟是怎麼爬上去的。修芬火冒三丈，她生氣的抹掉流下的眼淚。

「你這小笨蛋！」她大吼，「你爬到上面做什麼？」

小緹娜用求饒的語氣說：「要想辦法下來啦。」

「你是為了這個上去的嗎？」

「不是啦，我是去看風景。」小緹娜說。

修芬說：「好啊，看啊。」修芬心裡想，真是傻乎乎，爬那麼高去看風景，也不怕掉到水裡。沒溺死當然很幸運，但是她不應該這樣嚇別人啊。

「你剛剛有聽到我們叫你嗎？」修芬氣呼呼的問。

小緹娜覺得很不好意思。她當然聽到了，但是看到他們兩個找不到她而心急如焚的樣子，還滿好玩的。小緹娜一直在跟沛樂和修芬玩捉迷藏，只是他們兩個不知道而已。不過她知道現在遊戲結束了。

「我下不來。」她可憐兮兮的說。

修芬冷冷的點點頭，說：「哦，這樣啊，那你就待在那裡吧，下次我們帶鯡魚給摩西吃的時候，也會放一條在釣竿上送上去給你。」

小緹娜開始大哭。「我不要鯡魚。我想下來，但是下不來。」

最後是沛樂同情她。但是他遇到一個難題。爬到瞭望台上很容易，但是等他到了上面，才終於懂了為什麼小緹娜說「我想下來，但是下不來」。不過他還是緊緊抱住小緹娜的腰，閉上眼睛爬了下來，還自言自語說，以後他再也不要爬那麼高，凡是比家裡廚房的桌子高的都不要。

當小緹娜一回到踏實的地面上，她又像平常一樣生龍活虎了。「上面的風景好漂亮。」她跟修芬說。

修芬瞪了她一眼。沛樂說：「我們趕快回家吧。快六點了。」

小緹娜說：「那不行。爺爺說我得在四點鐘回家。可是我沒有。」

修芬說：「都是你的錯啊。」

「好吧。我想，爺爺不會在意那一兩個小時。」小緹娜信心滿滿的說。

但是她錯了。蘇德曼老先生正在餵小羊喝水，他一看到小緹娜一路蹦蹦跳跳的回來，便說：

「你這一整天到底做什麼去了？」

小緹娜說：「沒做什麼啊。」

蘇德曼老先生並不是個嚴厲的爺爺。他只是搖搖頭說：「沒去哪裡還去了真久啊。」

修芬一回到家，就看到爸爸在碼頭上，她立刻跑向他。

尼可說：「哇，我們的修芬終於回來了。你一整天都在忙些什麼啊？」

修芬說：「沒做什麼啊。」跟小緹娜說的一樣。

沛樂也給了玫琳一樣的答案。他在所有家人都進廚房後也跟著進去了，然後就坐下吃飯。

沛樂說：「沒有啊，我沒做什麼特別的啊。」他說的是真話。

每個人七歲的時候都過著驚險的生活。小孩的王國是一個瘋狂又神祕的國度，每個人都生活在危險邊緣，卻都覺得沒什麼特別的。

沛樂看到桌上的晚餐是魚和菠菜時，做了個怪表情。他說：「我不餓。」

但是約翰豎起手指警告他：「別挑剔！我們都在忙，這是爸爸做的晚餐。玫琳一直坐著跟她最新的情郎聊天。」

尼可說：「聊了三個鐘頭！」

梅爾可說：「喂喂喂，別鬧玫琳了。」

但是尼可不想住口。「我只是好奇，聊三個鐘頭是在聊什麼。」

約翰爽朗的說：「當然是天氣啊。」

玫琳笑了笑，拍拍約翰的肩膀說：「他不是『情郎』，我們也沒聊天氣，奇怪吧？但是他說我很可愛。」

梅爾可說：「玫琳，親愛的，你當然很可愛啦。女生不都很可愛嗎？」

玫琳搖搖頭。「彼得不這麼想。他說如果女生們都知道什麼最適合她們，就會可愛多了。」

尼可說：「你只要告訴她們，要可愛一點喔，這樣我才會給你你想要的——她們馬上就會變可愛了。」

玫琳看著尼可大笑說：「你再大個幾歲就會覺得當女生很好玩。快吃吧，沛樂。」

沛樂溫柔的看著梅爾可，說：「爸爸，晚餐真的是你煮的嗎？你好厲害喔。」

「是啊，全是我一個人解凍的。」梅爾可用家庭主婦的口吻說。

「那你也可以解凍別的東西啊？」沛樂嗤之以鼻。

「聽著，傻孩子，這道魚有很多營養，也就是所謂的維他命，我想你應該聽過——維他命A、B、C、D，說實在的，全部字母都有——這些我們都必須從食物中攝取。」

「那菠菜裡有什麼維他命呢？」尼可問，他也想知道這樣的資訊。但是梅爾可想不起來。

沛樂看著他盤子上那一團綠色東西，說：「我想，應該是一堆臭臭的維他命吧。」

約翰及尼可笑了，玫琳則嚴厲的說：「不可以喔，沛樂，在這個家裡，我們不這樣說話。」

沛樂不說了。吃過晚餐後，他抱著一大把蒲公英葉子走去兔子籠，他對約卡說：「沒關係，這裡面沒有臭臭的維他命。」

他把約卡從籠子裡抱出來，然後抱著牠坐下來。他坐在那裡好久，還聽到了玫琳的聲音，玫琳走到台階上，對父親說了一些讓沛樂不太高興的話。

玫琳說：「爸，我要出去了。彼得在等我。你可以帶沛樂上床睡覺嗎？」

沛樂急忙把約卡放進籠子裡，然後追上玫琳。

他焦急的問：「你不回家跟我說晚安嗎？」

玫琳猶豫了一下。彼得的假期就要結束了，今天是最後一天，之後她可能再也見不到他了。今晚她沒辦法待在家裡，就算為了沛樂也不能。

「我現在就跟你說晚安啊。」她說。

「不行，不可以。」沛樂生氣的說。

「可喔，可喔。我就要這樣做。」她狠狠的親了沛樂好幾下，這裡、那裡、額頭、耳朵、頭髮上，到處親。「晚安、晚安、晚安，我說啦，看吧！」

沛樂笑了，不過他還是嚴厲的說：「不可以太晚回家喔。」

彼得坐在碼頭上等候，他坐在那裡時，也被親吻了，但不是被玫琳親，而是修芬和小緹娜。她們推著載洛薇莎的玩具推車出來散步。修芬一看到魔法王子，心裡立刻湧起一股神聖的憤怒。就是他！如果不是他，摩西會孤孤單單的被關在死人灣的船塢裡嗎？讓魔法王子誕生的人，並沒有要他們到處去買海豹寶寶吧。

「笨蛋！」修芬對小緹娜說，「你幹嘛提議去親那隻青蛙啦？」

「我？是你吧？」小緹娜說。

修芬說：「才不是咧。」

她氣憤的看著她們替玫琳找到的這個王子。他穿著深藍外套，一頭閃亮金髮，真的很帥。但是，他想要多帥隨便他，他的出現根本是個大災難。修芬很用力的思考著。她一向都會把所有問題解決掉。

她說：「如果……不行，這樣沒有用。」

「什麼？」小緹娜問。

「如果我們再親他一次呢？這樣他可能就會變回青蛙啦，誰知道。」

一旁的彼得對即將發生的事情渾然不知。他用熱切的眼神直盯著木匠小屋。玫琳應該快來了吧？他現在心裡想的只有這件事。兩個小女孩立刻站到他面前。而彼得在這時候才看到這兩個之前在商店裡遇到的小女孩。

修芬說：「你坐好，閉上眼睛。」

彼得笑著說：「你們要做什麼？在玩遊戲嗎？」

「不告訴你。」修芬冷冷的說，「我叫你閉上眼睛。」

玫琳的王子聽話的閉上了雙眼。接下來，她們生氣的親了他，修芬先親，接著是小緹娜。然後她們拔腿飛奔，直到跟他拉開了安全距離才停下來。

「看來我們還是得忍受他了。」修芬悶悶不樂的說。接著她對那個應該變成青蛙的王子說：

「給我滾！」

彼得心想：現在的女生真的都沒有女生該有的可愛了。他驚訝的注視著那兩個剛剛親了他的小恐怖分子，然後他看到玫琳來了，她的樣子跟六月的夏夜一樣美好。他迅速的閉上眼睛。

玫琳彈了一下彼得的鼻子，說：「你幹嘛閉著眼睛？」彼得睜開眼睛，嘆了一口氣說：「我還以為海鷗島有個傳統，只要男生閉上眼睛、安靜坐著，所有女生都會親他。」

玫琳說：「你瘋了嗎？」但是彼得還沒來得及解釋，修芬就大聲呼叫玫琳：「玫琳，你知道嗎？你要小心他，他其實是一隻青蛙！」

那天晚上水手長又回到修芬床邊的老位子睡覺。當全家人一如往常的來跟最小的孩子道晚安時，她告訴他們摩西不會再在家裡出現了，也解釋了原因，還說威士特曼是個多掃興的人。

修芬說：「他就像埃及的法老。小狄，你記得吧，他們那時候還得把所有摩西都藏起來。記得嗎？」

「那你把你的摩西藏去哪了？」小狄和小弗都很想知道。

修芬說：「祕密！」

除了祕密劍客小狄和小弗，竟然還有其他人有祕密！

修芬說：「所有事情我都保密！你們不會知道摩西在哪——永遠都不會！」

她的爸爸看起來若有所思。他說：「但是你跟威士特曼的交易得弄清楚才行。」他搔搔水手長的背，說：「好啦，水手長，至少你現在開心了吧。」

修芬跳下床，深情的凝望水手長，溫柔的說：「我最愛的乖狗狗，我們一起去睡覺吧，你跟我一起喔。」

水手長聽到這句話可能太開心了，一直輾轉難眠。那天深夜十二點時，牠叫醒修芬，想要出去。修芬在半夢半醒間，替牠打開門。

她喃喃的說：「水手長，你怎麼了？」然後她搖搖晃晃走回床上，一碰到床立刻就睡著了。水手長漫步在六月的夜色中，微亮的光線讓人和動物都睡不安穩。玫琳剛回到家，便看到了水手長。她正好站在木匠小屋的大門邊，剛跟彼得道完晚安。有時候，這樣的事情會花上兩個小時，而且，六月的夜晚本來就不該用來睡覺，就像彼得說的——時間很短，要說的話卻太多。

「我遇過很多女生，」彼得說，「也曾喜歡上其中幾個——還不算少。但是我從沒認真愛過，也從沒愛得如此深切，彷彿為了這份愛，連死也不足惜。這樣的愛，到目前為止，只有一次。」

玫琳說：「你應該還愛著她吧。」

「是啊，我還愛著她。」

「很久以前發生的嗎？」玫琳的聲音裡帶著幾許憂慮和失落。

「我想想看。」彼得看著他的錶，然後算了一下。「準確的說，是十天加十二個小時又二十分鐘。那時就這麼『砰』的一聲，然後我就不行了。如果你想要的話，可以看看我的日誌。你會看到我這樣寫：『今天我遇到了玫琳。』」

玫琳對著他微笑，說：「但是如果這件事發生得那麼快，或許也不會持續太久。『砰』的一聲——就結束了！」

彼得嚴肅的看著她說：「玫琳，我是感情穩定的那種人。相信我。」

玫琳說：「你是嗎？」就在這時候，他們聽到一陣狗叫聲。玫琳喃喃的說：「奇怪，水手長怎麼了？」

不管現在是不是六月的夜晚，沒有人想在門口站那麼久。彼得親吻了玫琳，之後玫琳慢慢的走向小屋，彼得還站在原地看著玫琳的背影。這時，玫琳又轉身走向他。

她跟彼得說：「我覺得，你可以在日誌上多寫一件事：『今天玫琳遇到了彼得。』」

然後她就消失在蘋果樹蔭間。

彼得說：「六月的夜晚不是用來睡覺的。」很多人也這麼認為。但是他們最後都回家了。在玫琳跟彼得道了最後一聲晚安時，水手長也回家了，住在楊森牧場的狐狸也回到洞裡。只要夜裡還有一絲光線就睡不著的蘇德曼老先生剛結束最後一次巡視羊群、回到家，手上抱著多提。

在這個六月的夜晚，只有一隻動物還在外頭遊蕩——是約卡。沛樂沒把籠子關好，所以這隻兔子出去蹓躂了，而且，真糟糕，牠沒有回家！

歡喜與悲傷

歡喜與悲傷常是如影隨形的——有些日子會突然變成黑白，災難不斷，而且通常在你意想不到的時候就發生了。

隔天一早，蘇德曼老先生就到尼司的店裡。他很不開心，因為他有難過的消息要跟大家說。「昨晚我去巡視羊群，就跟往常一樣，你們知道我聽到什麼嗎？狗在吠，我的羊也在叫，遠遠的，我就看見牠們跑來跑去，好像被什麼東西追著跑一樣。等我一走到牧場，你們猜我遇到誰了？還瘋狂的逃跑。嗯，是水手長！」

蘇德曼老先生的神情好像他一說完，地就會裂開一樣。但尼司只是面無表情的看著他。

「喔，真的啊——那你說是誰在追你的羊？」

「你沒聽到我說的嗎？是水手長！多提的腳還被咬了一口，我只好把牠帶回家。」

瑪塔說：「隨便你怎麼講都可以，但是別想要我相信，水手長會攻擊羊。」

尼司搖搖頭。這麼荒謬的指控實在沒什麼必要回應。水手長，世界上最溫馴的狗耶。你把小孩、小貓或小羊放到牠嘴邊，牠連碰都不會碰。

但是蘇德曼老先生堅持他的指控。就在這時候，玫琳走進店裡買馬鈴薯，而緊接著進來的是威士特曼。他本來是要來找尼司講摩西的事，但是他改變主意了。

尼司一看到威士特曼就說：「也有可能是柯拉昨天晚上跑出去啦。」

海鷗島上就只有兩隻狗：威士特曼的柯拉，還有修芬的水手長。

但是威士特曼憤憤不平的宣稱，他可是向來都把狗綁得好好的，不像某些人，還說玫琳可以證明。畢竟昨晚十一點玫琳和彼得經過時，柯拉就跟往常一樣待在狗屋外頭。

玫琳不情願的說：「事實上，昨晚水手長什麼時候出來和什麼時候回去，我也都看到了。我好像還聽到牠在吠。」

蘇德曼老先生眉頭深鎖。帶來這樣一個悲慘故事，真的很讓人不開心。

「水手長很少會亂吠吧，你知道的，尼司。我剛剛也說了，我還看到牠從牧場走出來。」

尼司嚥了一口口水。「如果真像你說的那樣，那麼就得先解決一件事。」

這時候，瑪塔哭了起來。她無意遮掩她的眼淚，一想到有人會比她更難接受這件事，她就哭得更厲害了。要怎麼跟修芬說呢？

修芬那時候剛好不在家。她四處跑來跑去尋找約卡。大家都在幫沛樂尋找失蹤的兔子。約翰及尼可，當然還有小狄、小弗和修芬。他們四處都找了，就是沒看見約卡。沛樂邊哭邊找，還對自己發脾氣。為什麼昨天晚上沒把籠子關好呢？到底在急什麼？照顧兔子就不該做事那麼急啊。

他們最後終於找到約卡了。是小狄找到的。她在離牧場養羊的地方不遠處的樹叢底下，看到那隻小兔子一動也不動的躺在那裡。她一看到就大聲尖叫。

「不！不！」

有人從她後面過來了。她一轉頭看見是沛樂，叫得更淒厲了。

「沛樂，不要過來！」但是來不及了。沛樂已經看到了。他看到了他的兔子。

所有人無助的圍著他。這是他們頭一次離痛苦及哀傷這麼近，他們也從不曉得，當有人像沛樂這副樣子時，到底該怎麼辦。

約翰哭了。「我去叫爸爸來。」他喃喃的說，然後飛快的跑回家。

梅爾可一看到沛樂，也淚眼汪汪。「可憐的小寶貝。」他說。

他抱起沛樂，帶他回木匠小屋。沛樂沒哭，只是緊緊縮在爸爸懷裡，雙眼緊閉，臉貼在爸爸的肩上。他不想再看見這世界上的任何事物了。

「今天來，明天離去。」沛樂哽咽的說。他的小兔子，他唯一的一隻寵物。為什麼不讓牠活下去？沛樂躺在床上，臉埋在枕頭裡，然後，他終於哭出來了，一種微弱卻極為哀傷的哭泣，讓坐在床邊的玫琳心如刀割。她不知道如何是好。眼前這個正在哭泣的小孩是她最寶貝的弟弟，他那麼瘦那麼小，根本無法承受那麼大的悲傷。沒辦法保護他，連讓他的心少受一點點苦都沒辦法，感覺真糟。她輕輕撫著沛樂的頭髮，告訴沛樂為什麼她幫不上忙。

「生命就是這樣。知道嗎？有時候真的很難熬。就算是小孩，就算是一個好小的小男孩，有時候都得忍受這麼傷心的事情，而且還只能自己想辦法克服。」

沛樂緩緩坐起身來。面色蒼白、滿臉淚水的他，伸手抱住玫琳。他緊緊抱住姊姊，用沙啞的聲音說：「玫琳，答應我，我長大前你都不可以死掉。」

玫琳鄭重的承諾，她一定會努力做到。然後她安慰沛樂說：「好孩子，我們可以再幫你買一隻兔子啊。」

沛樂搖搖頭說：「除了約卡，我再也不要別的兔子。」

另外一個人也哭了，但是不像沛樂那樣低聲的哭，而是放聲狂哭，再遠都聽得到。是修芬。「這不是真的！」她尖叫。「這絕對不是真的！」她還打她爸爸。怎麼可以說這麼可怕的話，說什麼水手長咬了多提，還殺了約卡——不！不可能！絕對不可能！絕對！可憐的水手長。她要帶水手長離家出走，到很遠很遠的地方去。沒錯，她要這樣做——再也不回來了。誰再跟她說這樣的話，她就打誰！

修芬氣憤的踢掉鞋子，還四處張望，看她要拿鞋子丟誰——不是爸爸——是別人，任何人，她也不知道要丟誰，所以她乾脆又撿起鞋子，尖叫了一聲，然後把鞋子丟到牆上，大叫大嚷的說：「你們等著！你們等著！」

她氣炸了！然後她看到爸爸把水手長綁在台階旁，她氣呼呼的說：「你是想要一輩子都把牠綁在那裡嗎？」

尼司嘆了一口氣，然後蹲在修芬面前，每次他想讓修芬仔細聽他說話時，都會這樣做。「修芬，可憐的小寶貝，你聽好，我要跟你說一件真的會讓你很難過的事。」

修芬大聲啜泣說：「我已經很難過了！」

尼司又嘆了一口氣：「我知道。我也很難過。但是你知道，我們不能讓一隻會攻擊羊又殺死小兔子的狗繼續活下去啊。」

修芬僵在那裡望著尼司，彷彿聽不懂他在說什麼一樣。最後，她痛哭失聲、轉身跑走了。

修芬撲到床上，把頭埋進枕頭裡，熬過她這輩子最長也最痛苦的一天。

雙眼哭到紅腫的小狄和小弗圍在床邊。她們跟修芬一樣難受。看著她趴在那裡，她們非常同情她。可憐的修芬，這件事對她來說太慘了。她們坐到妹妹旁邊，試著講些什麼話來安慰她。但是她好像都聽不見，只聽到她說了兩個字：「走開！」

所以，哭吧，她們讓她繼續哭。瑪塔和尼司也試過要跟修芬說話，但得不到任何回應。幾個小時過去了，修芬仍然躺在床上，既不說話也不動。瑪塔時不時就把門打開一個小縫偷看，房裡十分安靜，只聽到微弱的呻吟聲。

瑪塔最後說：「我受不了了。尼司，過來，我們再去試試！」

他們用盡所有辦法；任何出於愛或在絕望時可以想的辦法，他們全用上了。

瑪塔說：「小寶貝，你想不想去看奶奶啊？」

沒有回答。只聽到啜泣聲。

「不然我們買一台腳踏車給你？」尼司說。

仍然只有啜泣聲。

「修芬，那你有沒有想要什麼呢？」瑪塔最後失望的說。

「有，」修芬口齒不清的說，她坐起身來，一句話衝口而出：「我想死掉。都是我的錯。因為我沒像以前那樣關心水手長，只關心摩西。」

她把事情從頭到尾想過一遍，她不停的想啊想——應該就是這樣。是她的錯。水手長以前沒做錯過任何事。如果這次牠真的咬了多提和約卡，一定是因為牠很不開心，所以根本不在乎自己做了什麼。

「對，是我的錯。」修芬啜泣著說，「你們開槍把我打死還比較好，不要殺水手長。」

然後她又把頭埋進枕頭裡。曾有短暫的片刻她想起了死人灣的摩西，但是牠屬於另一個世界，修芬不願想起牠。她現在只想著一件事，就是水手長，想到她全身都痛了。水手長被綁在台階旁邊，爸爸很快就會拿出來福槍，把牠帶到樹林裡。

「把水手長帶過來給我。」頭埋在枕頭裡的修芬咕噥著說。

尼司不大放心。「修芬，小寶貝，你現在不要見水手長會不會比較好？」

修芬大吼：「把水手長帶過來給我！」

小狄把水手長帶過來，修芬叫他們全都走開。「我要單獨跟牠在一起。」之後修芬跟她的狗獨處。她用雙手環抱住水手長的脖子，嗚咽著說：「對不起，水手長，對不起！對不起！」

水手長盯著修芬，眼神裡充滿永恆的忠誠，或許牠心裡想的是：小寶貝，我不知道發生了什麼事，但是我不希望你不開心。

修芬捧著水手長的頭直視著牠，試圖在牠的眼神中，找出這整件殘酷不堪的噩耗的解答。「這絕不是真的！喔，水手長，如果你會說話，可以解釋清楚就好了！」

至於可憐的摩西，被鎖在死人灣船塢裡的摩西，誰有時間想到牠呢？只有小緹娜了。她也一直在哭，為多提和約卡而哭，也為了水手長。這一天，海鷗島上的人都在哭。但是，爺爺說，多提很快就會康復了。即使所有事情都那麼悲傷，摩西也不該被活活餓死啊。

小緹娜心想：沛樂和修芬都躺在那邊一直哭一直哭，所以我必須照顧摩西。她說：「爺爺！

給我一些鯡魚。」

她提著裝在籃子裡的鯡魚，輕快的出發了。蘇德曼老先生繼續忙他手上的事。這時候威士特曼來了。他很氣憤，因為尼司說了那些關於柯拉的話。

他生氣的對蘇德曼老先生說：「還怪到我的狗身上！」

他已經不想跟尼司講海豹的事——到底誰是牠的主人，誰不是牠的主人。他發現，只要做一件事就行了，就是直接把海豹帶走、藏好，等到他找到那個年輕人；看得出來他是海豹的好買家。但是，海豹去哪了呢？不在水池，也不在任何看得到的地方，他已經找了一整個早上了。

他問蘇德曼老先生：「你知道孩子們把海豹放哪兒嗎？」

蘇德曼老先生搖搖頭。「反正不會不見的，小緹娜剛剛還跟我要了鯡魚。」

他一說完，立刻想起小緹娜跟他說過：威士特曼想把海豹帶走然後賣掉。

蘇德曼老先生說：「海豹不干你的事。你真該感到羞恥！」

威士特曼先生罵了一句粗話後就走了。他很氣那些小孩，也氣尼司和蘇德曼老先生，甚至氣島上的每一個人。只要他想，整座海鷗島都可以燒光光。他一路晃回家。這時，他看到小緹娜就在他前面不遠的地方，手上提著裝鯡魚的小籃子。他趕緊加快腳步追上了她。

「你要去哪裡啊，小緹娜？」他語氣很溫柔，此刻他得要點小技巧。

小緹娜用友善的微笑對他說：「你好像大野狼。」

威士特曼沒聽懂。「野狼？什麼野狼？」

「《小紅帽與大野狼》的野狼啊。你沒聽過這個故事嗎？」

威士特曼不想聽故事。但是小緹娜是海鷗島上最熱情的說故事高手，她把小紅帽的故事從頭到尾講了一遍，威士特曼不得不聽。等到故事說完，他才有機會插嘴。

他問：「那些鯡魚是要做什麼的啊？」

「是給摩——」小緹娜連忙打住，因為她這才想到自己說話的對象是誰。

威士特曼再接再厲。「你剛剛說要給誰的啊？」

「奶奶。」小緹娜堅定的回答。然後她咯咯咯的笑，接著又說：「小紅帽說：『奶奶，你的嘴巴好大喔。』奶奶說：『是用來吃鯡魚的啊。』威士特曼先生，你說呢？」

她給了威士特曼一個嘲諷的微笑，然後就跑走了。

但是小緹娜就跟小紅帽一樣天真無知，還讓大野狼知道怎麼找到奶奶的小屋。小緹娜頭也不回的直接走到死人灣；如果她稍稍回頭，就會瞄到威士特曼偷偷的跟蹤她。所以，威士特曼其實根本不需要費事的躲起來。小緹娜一點防備也沒有，她只想趕快去找摩西。

她一走進船塢，摩西就對著她發出嘶嘶嘶的聲音，但是牠一看到鯡魚就安靜下來。小緹娜坐下來看著牠吃東西，一邊撫摸牠。

「你可能覺得很奇怪，為什麼我自己一個人來。」小緹娜說，「但是我不能跟你說為什麼，不然你會難過。」

難過？誰不難過！摩西不喜歡這間船塢，牠不喜歡孤伶伶的待在這裡，現在既然小緹娜來了，牠不想要她離開。牠知道怎麼樣可以把她留下——只要坐到她身上就行了。所以，牠一吃完鯡魚，就搖搖擺擺的從她的膝蓋爬上去，坐在小緹娜腿上。小緹娜想要把摩西推開，牠就對著小緹娜發出嘶嘶嘶的聲音。如果牠還是得待在這間船塢，小緹娜也不能走。小緹娜覺得自己的腿快撐不住了，便害怕了起來。誰知道摩西要這樣坐多久？或許會一直坐到仲夏節！這樣她和摩西都會餓死。她越想越害怕，好聲好氣的哀求說：「親愛的摩西，你走開啦。」但是摩西拒絕。小緹娜又試著把牠推開，但是摩西一直發出嘶嘶嘶的聲音。

這時，小緹娜看到籃子裡還有一條鯡魚。有救了！她拿起那條鯡魚，高舉在半空中，讓摩西搆不到，然後再用盡全力把魚扔到角落。摩西搖搖擺擺的追過去，但是等牠回頭時，發現小緹娜已經站起來，不讓牠坐在大腿上了，牠發出生氣的尖叫。

小緹娜說：「再見，摩西。」然後就關上了門，閂好門閂，心滿意足的走掉了。她並沒有左看看、右看看，所以也就沒有看到威士特曼，他就躲在兩間船塢之間的角落裡。

但是，就算小緹娜跟小紅帽一樣天真，還好她在那個時候帶了鯡魚給摩西吃，還好摩西還坐在她腿上好一陣子，還好小緹娜是在那時候穿過養羊的草原；不然的話，她就不會剛好在那時候看到那隻狐狸，一隻飢餓的大狐狸。牠在前一天晚上沒有得逞，沒抓到小羊，也沒吃到兔子，因為有一隻凶猛的大狗把牠趕跑了。

牠現在餓極了，計劃著至少要抓到一隻羊，但是小緹娜出現了，還叫得驚天動地。狐狸嚇得魂不附體，一溜煙的鑽進樹籬裡的一個小洞，穿過小路，躲進森林邊的松樹間。

狐狸像一道紅色閃電，從蘇德曼老先生腳邊竄過。蘇德曼老先生到這裡來原本是打算看看在昨晚之後，水手長還有沒有繼續傷害他的羊。

小緹娜尖聲說：「狐狸。喔，爺爺，你有沒有看到那隻狐狸？」

「我看到了！」蘇德曼老先生說，「那是我這輩子看過最大的狐狸壞蛋，昨天晚上欺負我的羊的一定是牠。」

「那你還跟大家說是水手長！」小緹娜責備他。

爺爺搔著後腦勺說：「是啊，我竟然錯怪了水手長。」他老了，腦筋遲鈍了。他想著：怎麼會全混成一團呢？他昨晚的確看到了水手長啊。他從沒聽說狐狸敢直接闖進羊群當中，顯然還是有狐狸這麼大膽。至少就有一隻。狐狸和水手長是一夥的嗎？牠們都吃羊？不，不可能。蘇德曼老先生終於明白了——畢竟他並不傻。是狐狸追著多提跑，水手長追著狐狸。水手長保護了羊，牠一直在這樣做。而蘇德曼給的獎賞卻是指控水手長是兇手，讓事情變得……

他跟小緹娜說：「你待在這兒，如果看到狐狸就大叫。」

他必須馬上去找尼司！他好幾年沒這樣快跑了，氣喘吁吁的到了尼司的店。

「尼司，你在嗎？」蘇德曼老先生焦急的喊著。出來的是瑪塔，她的臉都哭腫了。她說：「尼司帶水手長到林子裡去了。」話一說完，瑪塔用手摀住臉，又衝回屋裡。

蘇德曼老先生僵在原地，一副受了重傷的樣子。他再次開始奔跑。他邊跑邊發出呻吟，沒一會兒他就跑不動了。但是他必須找到尼司啊，不然就來不及了。

「尼司，你在哪裡？別開槍啊！」

樹林裡一片寂靜。只聽到遠處傳來布穀鳥的叫聲，但很快便完全安靜下來。蘇德曼老先生一路跑著，他只聽到自己的喘息聲和焦急的叫喊聲。

「尼司，你在哪裡？別開槍啊！」

沒有回應。蘇德曼老先生繼續跑著。突然，一聲槍響！蘇德曼老先生呆若木雞，緊抓著胸口。他晚了一步。事情還是發生了！他以後不敢面對修芬了。蘇德曼僵在那裡，緊閉雙眼。這時，他聽到腳步聲，趕緊抬起頭。是尼司，他扛著來福槍，而他的身旁——蘇德曼老先生瞪大了雙眼，下巴都快掉到胸口了——水手長就在尼司的身旁，慢慢的走過來！

蘇德曼老先生結結巴巴的說：「剛剛不是你開的槍嗎？」

尼司神情痛苦的說：「感謝上帝，我下不了手啊！我得請楊森幫我，但是他出門打獵了。」

歡喜與悲傷常是如影隨形的——有時候，所有事情在一個噴嚏的瞬間全都好轉了。那一天，一個氣喘吁吁的老人家，老淚縱橫的說著他的牧場上有狐狸的事。

尼司抱著蘇德曼說：「蘇德曼，你是這輩子第一個讓我這麼開心的人。」那天尼司喜出望外的帶著狗，從樹林裡回家。

尼司真的很開心，但即使是這樣，他晚上可就睡不著了，他一直想起在樹林時的心情。他尤其記得水手長蹲坐在松樹林間，等著被射殺時的眼神。水手長知道即將要發生的事，牠順從的凝視著尼司，眼神既哀傷又充滿忠誠。那一刻的凝視讓尼司一整晚都無法入睡，但是此時的他很開心，他呼喊小女兒：「快過來這裡，小寶貝。我有事情要告訴你，你聽了一定會很開心！」

搶救小摩西

修芬驚訝的說：「我還是哭個不停耶！」她坐在廚房地板上，緊緊抱著水手長。而水手長正吃著牛排，牠得到了一整磅的上等牛排，而且每個人都懇求牠的原諒。此刻，全家人都圍坐在大狗身邊愛著牠、拍拍牠，修芬覺得，這樣好像天堂喔。

「但是，好奇怪，我還是哭個不停耶！」她一邊生氣的說，一邊用拳頭抹掉眼淚。

她想起那殘酷的幾小時，心裡不斷冒出的各種念頭。她弄錯了，水手長怎麼可能會去咬羊，牠再怎麼對摩西不滿都不可能。不管發生什麼事，牠都還是很乖啊。這樣說來，她一開始的看法是對的。而且，將來也會一直這樣持續下去。每件事都會跟以前一樣，跟摩西來這裡攪亂一切以前一樣。

喔，對了，摩西！不知道牠現在在船塢裡怎麼樣了。然後她突然想起約卡。還有沛樂！可憐的沛樂！如果她現在很開心，沛樂為什麼不能也很開心呢？現在大家都應該很開心啊。

沛樂聽到水手長是無辜的，其實也很高興，跟任何原本非常絕望的人一樣高興。他本來也很替水手長傷心，就像他為自己的兔子傷心一樣。所以，一知道不是水手長殺了約卡，心裡真是鬆了一口氣。

「我知道凶手不是水手長後，覺得好多了。」他跟梅爾可說。只是他一轉過頭，便用很小的聲音說，「只是不管是誰做的，約卡的感受還是一樣啊。」

晚上，沛樂夢到了約卡，還活著的約卡，牠蹦蹦跳跳的跳到他身上，想要吃蒲公英葉子。但是一到早晨，約卡就不見了。連籠子也不在了。約翰及尼可拿走了，不讓沛樂看到。沛樂的哥哥們真好。尼可送給他一艘自己做的小模型船，約翰也將一把舊的帶鞘短刀送給他。沛樂感動得差點哭出來。不過，他還是很感傷，他心想，這樣一來，他要怎麼熬過往後漫長的日子呢。

那天晚上，他們把約卡埋在楊森的牧場。樹林間有片小小的空地，草地上長了許多虎耳草，四周都是高高的白樺樹。

約卡在此長眠

沛樂在一塊小木頭上刻了這些字，然後跪在地上，把草皮壓在約卡的墳墓上。修芬、小緹娜和水手長都在旁邊看著。這裡有虎耳草隨風搖曳，晚上還有畫眉鳥在一旁唱歌，像現在這樣，約卡在這裡一定會很快樂。

修芬和小緹娜也想要唱歌。因為葬禮常常都會唱歌。她們之前埋葬了好幾隻小鳥，每次她們都會唱一首讚美詩，現在她們同樣唱給約卡聽：

世界是座憂傷島嶼，
今天來，明天離去。

修芬急忙說：「不，我們不要唱這首。」沛樂不知道怎麼了？他坐在石頭上，背對著她們。她們聽到好小、好小的啜泣聲，彼此互看一眼，小緹娜擔心的說：「可能是因為聽到世界是座憂傷島嶼就哭了吧。」

修芬說：「並不是啊。」她大聲對沛樂說：「不是的，沛樂，世界不是一座憂傷島嶼。我們只是想唱這首歌給約卡聽。」修芬不希望再看到任何人哭。不管怎樣，她一定要讓沛樂開心起來。突然，修芬知道該怎麼做了。「沛樂，如果你答應不再難過，我就給你一樣東西。」

「什麼？」沛樂問。他沒回頭，語氣還是很憂傷。

「我把摩西給你！」

沛樂把頭轉過來了，也不再哭泣。他盯著修芬，一臉不敢相信的樣子。但是修芬向他保證：「沒錯，我要把摩西送給你，以後牠就是你的了。」

自從約卡消失的那個哀傷時刻後，這是沛樂第一次笑。「修芬，你真好！」

修芬點點頭，說：「對啊。但那當然是因為我有水手長了！」

小緹娜也很開心。「這樣我們又變成每個人都有寵物了。但是我們得告訴摩西，對吧？」

他們一致贊同。得讓摩西知道牠現在是屬於誰的啊，除此之外，牠也該吃東西了。真麻煩。

沛樂溫柔的說：「再見了，小約卡。」然後他就頭也不回的跑走了。

突然之間，沛樂好像從什麼束縛中解脫了一樣。他霎時變成了另一個沛樂，一個活蹦亂跳、無比興奮的小男孩。他一路上蹦蹦跳跳的跑向死人灣，最後還一個縱身撲到地上，一路滾下通往船塢的斜坡。

修芬問他：「你這麼開心是因為我把摩西給你嗎？」

沛樂想了想說：「不知道耶。或許吧。但是不能想開心多久就開心多久，是很讓人難過的一件事。」

「等著跟摩西見面吧。」修芬打開船塢的門。

門一打開，他們兩眼發直，目瞪口呆，因為什麼也沒有。摩西不在那裡。

修芬說：「牠跑走了。」

「跑走！還會自己鬥上門閂？」沛樂說。

摩西並沒有跑走。一定是有人把牠帶走了。

修芬轉身問小緹娜。「你昨天來這裡的時候，有人看到你嗎？」

小緹娜想了一下說：「沒啊。除了威士特曼先生。他想聽小紅帽的故事。」

「你真好騙。」修芬說，「哼，那個威士特曼，真是個土匪！」她用力的踢了摩西睡覺的箱子一腳，箱子飛到了牆上。「我要扯掉他的頭髮。這個小偷！我要開槍打他。」她憤怒的尖叫。

沛樂說：「我知道我們要做什麼了。我們去把摩西偷回來。信不信，他一定把摩西關進他的船塢。我想，門上一定也有個門閂。」

修芬的憤怒平息了。她急切的說：「今天晚上——趁威士特曼睡著的時候。」

小緹娜也很急，但是還有一件更讓她擔心的事。

「但是，如果我們比威士特曼更早去睡覺呢？」

「就不要那樣啊。」修芬語帶威脅的說，「都已經這麼生氣了。」

小緹娜顯然還不夠生氣，因為她沒辦法保持清醒。但是修芬和沛樂做到了，而且，更奇怪的是，他們偷溜出去時，竟然沒人看見。

那天晚上，海鷗島的人都去獵狐狸了。大家集合在一塊，把狐狸嚇出牠的窩，所有人想方設法，卻沒殺到狐狸，因為當狐狸被逼到烏鴉岬的一個小角落時，牠發現沒後路了，就潛進水裡，游走了。牠是狐狸嘛，很善於逃跑，況且那裡離最近的島不遠。尼司在牠背後開了一槍，沒打中。

沛樂聽到這消息其實很高興。他說：「為什麼狐狸就不該活著？反正在牠去的那座島，又不會有兔子或羊和雞。」

修芬滿意的說：「所以牠也不會有好日子了。狡猾的動物，誰叫牠殺了約卡？」

沛樂跟她解釋：「因為牠是狐狸啊，所以才會有狐狸的行為。你懂吧。」

「喔，或許牠是狐狸，但是牠也可以像人一樣啊。」修芬說。她不想了解狐狸。

但是……要像人嗎？例如說，像威士特曼嗎？這樣會比較好嗎？他偷走可憐的海豹寶寶只為了賣掉牠！但是，這次絕不會輕易放過他，修芬保證。「只要柯拉不要亂叫。」

但是柯拉還是叫了。牠站在狗屋外面，一看到修芬和沛樂躡手躡腳經過，便使勁狂吠。沛樂事先早已想好對策。他拿出一根骨頭輕聲安撫，柯拉就安靜下來了。但是，不管怎樣，這真是個讓人提心吊膽的任務，因為誰知道會不會有人出來，看牠在叫什麼。他們趴在大門旁邊的紫丁香圍籬後方，躲了好久，直到確定沒人出來，才又小心翼翼的溜進花園裡。他們得經過矗立在山坡上的房子，才能到達威士特曼的船塢。四周一片寂靜、漆黑。那棟房子就像一個襯著微亮夜空的恐怖黑色方塊。沒人出現。

修芬說：「他們睡得跟木頭一樣。」但是她話說得太快。窗戶裡突然亮起一道燈光，修芬倒抽了一口氣。威士特曼太太剛剛點亮了桌上的煤油燈。他們瘋狂的跑到窗邊，趴到地上，驚慌不已的等著。她看到他們了嗎？或許她在點燈前一直都站在暗處，從窗簾後面往外窺探，看著他們兩個從大門進來。在六月這種微亮的夜晚，又在這樣一個海角小山丘上，誰能躲得了，這裡又沒有樹叢可以讓人蹲在後面。

但是，威士特曼太太並沒有走出來，於是他們又鼓起勇氣。她不可能看到他們啦，除非她從窗戶探頭，然後往下看。他們可不希望她這樣做——因為他們知道，如果威士特曼太太也開始大叫，他們是不可能用一根骨頭就讓她安靜的。他們不太敢移動，或是講悄悄話，也不太敢呼吸。他們只能靜靜的趴在那裡、聽著聲音。他們聽到威士特曼太太在屋裡走動。窗戶是打開的，她離他們很近，近到只要他們挺起身子，就可以從窗邊跟她說哈囉——如果他們想的話。突然間，她開始大聲朗讀。修芬嘟囔著，如果威士特曼太太念的是報紙還好，但是縮在這裡像隻蝦子一樣，還要聽她念一些聽都聽不懂的東西，實在很受不了。

沛樂也聽不懂，聽起來很像聖經，念的聲音很單調，但是相當流暢。沛樂繼續聽著。突然間，有幾句話跳脫了其他沒意義的字句，亮了起來，就像他曾經也被一些話語照亮一樣。

「我若展開清晨的翅膀，飛到海極居住。」威士特曼太太停頓了一下，嘆了一口氣。

沛樂沒仔細聽接下來的句子，光是這一句便讓他永難忘懷。他喃喃的默念著。

「**我若展開清晨的翅膀，飛到海極居住……**」例如，木匠小屋，木匠小屋就是這樣的一個地方，在海極的居處。那是當你待在城裡時會想去的地方。想像一下，只要有一雙清晨的翅膀，就可以飛過大海，多麼美好啊！飛到海極中的居處——飛到木匠小屋。

沛樂深深沉浸在思緒之中，完全沒注意到威士特曼太太已經不再念了，直到修芬戳了他一下。接下來會發生什麼事呢？她熄掉了油燈，屋裡瞬間漆黑。突然間，沛樂聽到頭上傳來沉重的呼吸聲。他不敢抬頭看，但是他知道，是威士特曼太太站在窗邊。好嚇人啊，只能縮在那裡，聽著、等著。現在——現在，她會看到他們了，他很確定。但是正當他覺得連一秒鐘都再也受不了時，威士特曼太太砰的一聲關上窗戶，把他們嚇了一跳。四周又是一片寂靜。他們仍然趴在那裡，聽著自己撲通撲通的心跳聲，然後弓著身子、加速快跑，跑過房子、跑下山坡，到了船塢那裡。

「摩西，你在嗎？」修芬小聲的問。

很明顯的，摩西在那裡，因為牠發出鬼一樣的哭號。修芬打開了門。

隔天，他們告訴小緹娜所有事情時，小緹娜不停的發抖。摩西怎麼叫啊，他們怎麼抱著牠啊，跑出花園大門時，穿著汗衫的威士特曼追出來痛罵，柯拉叫個不停，最後他們怎麼把摩西抱上拖車，又是怎麼衝回木匠小屋，威士特曼在後面大喊：「修芬，你等著，我會抓到你的！」

小緹娜說：「還好我沒跟你們去。我一定會當場死掉！」

那晚，摩西睡在沛樂的床旁邊。隔天早上，當約翰及尼可一起床看見新室友時，他們都很訝異，但並不反對。

「我必須把牠養在這裡。這樣威士特曼先生才不會把牠帶走。」沛樂說，「但是，你們得幫我跟爸爸說。」

爸爸當然不贊同。「修芬把摩西送給你是沒關係。但是你們兩個和威士特曼像土匪一樣的鬥來鬥去，還互偷海豹，這樣不太好。」

他們努力想找出一個比較好的解決辦法。吃早餐時，梅爾克森一家人圍坐在餐桌前，還聽得到摩西在男生們的房間裡搖搖擺擺的動來動去。

玫琳不太喜歡這個新來的房客，但是因為沛樂的關係，她也只得忍受了。她了解沛樂現在需要摩西，不過也得讓威士特曼了解這一點才行。

約翰說：「他要的就是錢，爸爸，你可不可以就給他幾百克朗，好讓沛樂可以留下海豹？」

梅爾可說：「你們自己給他幾百克朗啊。」

「我們全都得幫忙。」

「講到賺錢，你們通常都不會不知道該怎麼辦的。就去進行吧！」

所以他們就去進行了。海鷗島的所有小孩都想加入梅爾可所謂的「摩西行動」。就像在玩遊戲一樣，突然間，在草莓田除草變好玩了；提水、把船裡的水舀出去、替碼頭鋪瀝青、幫遊客提行李變好玩了；只要有人知道，每次賺到的錢都可以讓積蓄增加，而這筆積蓄可以把摩西從威士特曼手中買回，事情就會變得好玩了。

威士特曼在商店聽說了「摩西行動」時，冷笑了一下。他說：「我是無所謂啦，誰買走那隻海豹都沒關係。但是我這星期就要拿到兩百克朗，不然我就要把牠賣到別的地方。」

修芬不客氣的說：「威士特曼，你給我滾！」

威士特曼丟了幾個銅板給她，說：「給摩西的一點心意。我想，你需要吧。我不指望你們會在星期六之前存到兩百克朗。而我呢，也不會等你們的。」

「哼，給我滾啦！」修芬又說了一遍。但她還是拿走了那幾個銅板，放進櫃台上那個摩西的存錢箱。

尼司嚴厲的說：「修芬，不可以喔，我們不那樣說話。」然後他轉頭對威士特曼說：「威士特曼，你真是個混帳，你知道嗎？」

但是威士特曼只是冷笑。

「摩西行動」持續進行，每一天都更加如火如荼。

「嘿，摩西，你看到了嗎？為了你，我的手都起水泡了。」小弗說。她為了賺零用錢，已經拍地毯拍了一整個早上。

但是摩西照常過自己的生活，一點也不關心其他人在做什麼，完全無視於「摩西行動」。顯然牠獨自住宿船塢的生活過得不太好。牠變得幾乎讓人認不出了，很容易緊張，脾氣又壞，比之前更常尖叫，不時發出嘶嘶聲，有時候還想咬人。

「我最不想養這種動物在家裡了。」玫琳說。她沒讓沛樂聽到這句話。沛樂還是一樣愛摩西，就像他愛約卡一樣。當摩西對著他發著嘶嘶聲時，他只是拍拍牠。

「可憐的小摩西，你怎麼了？跟我在一起不開心嗎？」

不過，這幾天，摩西的確不管在哪裡都一副悶悶不樂的樣子。牠不想待在船塢，也不想待在游泳池。牠寧願泡在海水裡。但是沛樂不敢讓牠在那裡待太久，因為尼司叔叔警告過他，「把摩西關在水池，不然有一天牠會不見。」

沛樂把摩西關進水池，難過的想著，如果養的寵物不會不見，那該有多好。約卡不見了——雖然不是牠自己的意思——沛樂希望海豹不會這樣。可憐的摩西，為什麼牠這麼不安呢？

多提的腳幾乎康復了，但是牠沒有回到牧場上。牠跟著小緹娜到處跑，水手長則又開始跟著修芬。牠沒有立刻這樣做，因為牠不是那種會死纏爛打的狗，除非牠知道有人要牠。牠還是默默的回到台階旁的老位置，直到修芬過來，用手環抱住牠。

「水手長，從現在開始啊，你不用再趴在這裡了，不需要這樣囉。」

於是水手長就跟著修芬，從那刻起，牠都沒離開過她的身邊。

修芬和小緹娜不管去哪兒，她們的寵物隨時都跟在後頭。但是沛樂沒有寵物跟著他。

修芬說：「就算是這樣，牠當然還是你的海豹啊。」

沛樂若有所思。他說：「我開始覺得，摩西不屬於任何人，牠只屬於牠自己。」

星期六到了，威士特曼要兩百克朗的日子到了。

海鷗島的商店瀰漫一股緊張氣氛，因為該是算錢的時候了。店裡擠滿了人，大家都對這件事很關心。他們並不是羨慕威士特曼可以有這些錢。他們心裡都覺得威士特曼對修芬——**他們的**修芬——那麼壞，真是不應該！所有人全一鼻孔出氣。

威士特曼感受到這股氣氛了。當他在預定的時間走進店裡、推開人群走向櫃台時，比平常表現得還要趾高氣揚。梅爾克森家和格蘭家的小孩全都排成一列站在櫃台後方，一個個瞪著他。修芬的眼神最有殺氣。是威士特曼自己把海豹給她的，現在卻還要付他錢，這已經很過分了，而且這隻海豹讓她花了不少心思照顧，還為牠張羅不少牛奶和鯡魚呢。

威士特曼咧著嘴笑，一臉輕浮。「修芬，氣色不錯啊！你認為海豹就要到手了，對吧？」

尼司說：「等著看啊。」他打開了那個存錢箱，把錢倒在櫃台上，店裡的人全都屏氣凝神看著他開始數錢。沒人發出半點聲音，只聽到銅板鏗鏗鏘鏘，還有尼司喃喃數錢的聲音。

沛樂站到櫃台後方一個裝瑪琪琳的箱子上頭。數錢的聲音真讓人膽戰心驚。如果錢不夠怎麼辦？可憐的摩西，如果威士特曼把牠帶走、賣給彼得怎麼辦？

這時他想到一件事，覺得有點難過。誰說這樣對摩西不好？說不定綁著一只無線電裝置在海裡游泳，牠還比較開心，比在海鷗島的小池子裡玩水好多了。當然，對一隻海豹來說，最棒的就是自由自在的在海裡四處游泳，不用綁著無線電裝置或什麼東西，就像其他海豹一樣。

想到這裡，他聽到尼司的聲音。

「一百六十七克朗，再加八歐爾。」

店裡群眾發出的失望呢喃聲四起。每個人都盯著威士特曼，彷彿存錢箱裡的錢不夠都是他的錯。尼司也直直盯著他看。

「我想，你應該願意算便宜一點吧？」

威士特曼也直直盯著尼司。「你會讓你的客人討價還價嗎？」

這時，修芬突然站到威士特曼面前，說：「威士特曼先生，你知道嗎？我又沒有叫你給我海豹。是你自己給我的。記得嗎？」

威士特曼說：「別再說這件事了。」

修芬上下打量他一番，說：「威士特曼，你真是個混帳，你知道嗎？」

這時瑪塔插手了，「修芬，不可以這樣說話。」

修芬說：「可是那是爸爸說的。」大家聽到都笑了。

威士特曼氣得滿臉通紅，他最不能忍受的就是別人的嘲笑。

「海豹在哪裡？我現在就要帶牠走！」

從頭到尾都沒開口說話的梅爾可終於開口了：「休想，威士特曼！差額我付！」

但威士特曼此刻真的氣翻了。「不用麻煩了。我有個更好的客戶。」

這時，一件奇怪的事情發生了。就在那當口，商店的門打開了，進來的竟然就是威士特曼的客戶、玫琳的王子──彼得・馬爾姆。玫琳一看到他便渾身發抖。自從他離開後，玫琳就好想再見到他，尤其在沛樂很沮喪的這些日子。玫琳甚至覺得，她那麼想他，不管他在哪裡，一定都會感覺得到。現在，他就出現在眼前，他回來了！這表示，他一定也很想念玫琳。

彼得問：「你住在這間店裡啊？」他牽起玫琳的手，聽得出來他很開心。因為他去過了木匠小屋，沒找到玫琳。現在他找到了，玫琳瞅著他，眼神熾熱，閃閃發光。但是玫琳開口對彼得說的第一句話卻像是責備。「彼得，你為什麼非買海豹不可？」

彼得還來不及回答，威士特曼就過來了，嘴角掛著得意的微笑。島上的居民，儘管看著吧，威士特曼要讓你們看看什麼叫作生意。

他說：「先生，你來得正是時候啊。現在你可以跟我買海豹了。三百克朗，立刻成交。」

彼得和善的一笑，說：「三百買一隻海豹，會不會太多啊？我可付不出來。」

修芬和小緹娜瞪了彼得一眼，眼神說明了她們怎麼看待這個人。喔，幹嘛親這隻青蛙啦！

威士特曼心有不甘的說：「好吧，那就兩百！」

彼得仍然保持和善的笑容。「真的嗎？兩百克朗就可以把海豹帶走！真便宜。但是我現在不想買了。」

威士特曼倒抽了一口氣：「你不想買海豹！但是你說……」

「不了。我說過——我現在不想買海豹。」彼得說，「總之，又不一定要買這隻。」

這時候，店裡爆出一陣歡呼。威士特曼怒氣沖沖的衝出店門。尼司在後頭大喊：「你還是可以把錢帶走，回家慢慢數錢吧！」

但是，威士特曼已經不想再做任何跟海豹買賣有關的事了，他覺得很丟臉，不是因為知道自己很貪心，而是因為知道店裡面的所有人都覺得他很貪心。他不想要錢，也不想要海豹了。說真的，他只想趕快離開這家店，不想再看到海鷗島上的任何一個人。

威士特曼說：「修芬，帶走你的海豹吧！我不管你了，也不管牠了。」然後他就閃人了。

這時候沛樂回過神來。他說：「不行，他得把錢拿走啊，不然我不會覺得摩西真的是我的。」他抓起那只裝錢的袋子——尼司把錢都放進去了——然後衝去找威士特曼。大家滿心期待的等著結果，一會兒後，沛樂滿臉通紅的回來了。

「嗯，他還是拿走了。他說他需要錢。」

玟琳溫柔的拍拍沛樂的背。「現在海豹總算是你的了！」

小狄說：「現在我們終於可以休息一下了！」

玟琳在日記裡記錄了所有事件：

摩西在大海裡游泳，回歸平靜了！沛樂昨晚放走了他的海豹。爸爸、彼得和我剛好到碼頭邊目睹了這件事。沛樂兩眼發直，看著他的海豹在海灣遠處化成一個小黑點。

爸爸問他：「為什麼？沛樂，究竟為什麼要這樣做？」

沛樂用沙啞的聲音回答：「我不想要我的寵物因為想去別的地方而痛苦。摩西現在去牠該去的地方了。」

我哽咽了，我看到爸爸嚥了嚥口水。

修芬和小緹娜也在那裡。修芬說：「沛樂，你知道嗎？我把海豹送給你根本沒用，你現在一隻寵物也沒有了。」

沛樂說：「我只有黃蜂了。」他的聲音聽起來更悲傷了。

在這之後發生了一件事——喔，彼得，我這輩子都會感激你的！站在一旁的彼得手裡抱著好吃好吃，突然間，他用一貫的平靜語氣說：「我覺得沛樂只有黃蜂很可惜，我想，應該讓他養隻狗。」他走向沛樂，把手中的小狗遞給他，說：「好吃好吃不會想去別的地方。」

一旁的修芬好不容易搞懂發生了什麼事，她說：「當然不會，小狗會很開心的。」

沛樂一臉呆滯，他先看看彼得，又看看好吃好吃。他沒有說謝謝——他什麼也沒說。但是我做了一個舉動，事後回過頭想想，都不知道自己為什麼要那樣做。我衝向彼得，親了他一下。我才親完這一下，又親了一下——之後又一下。彼得似乎很開心。

他說：「沒想到一隻小狗可以換到這麼多好處。我怎麼沒帶一整窩的狗來呢？」

一旁的修芬和小緹娜看著我們，我想她們一定覺得這一幕很有趣。但是修芬說：「別親太多下，玫琳。誰知道他會不會再變回青蛙。」

小小孩的小腦袋裡真的有好多奇怪的想法，真不知道他們哪來這些幻想。但是修芬和小緹娜好像都認真的以為，彼得是從水溝裡跳上來、還被施了魔法的青蛙王子。小緹娜的可憐小腦袋瓜裡絕對滿腦子都是魔法王子、灰姑娘還有小紅帽，我是不知道還有沒有其他的。當她看到摩西消失在海灣中，她還跟修芬說：「我覺得摩西一定是海國王的小孩。你看，摩西王子在那裡游泳！」

我誠心希望摩西王子現在可以如沛樂期望的那樣開心。

彼得說：「沛樂，說不定摩西偶爾會回來看看你喔。牠是一隻很乖的海豹，或許會突然決定到海鷗島一遊呢。」

小緹娜說：「如果海國王讓牠來的話，牠就會來。」

嗯，不管海國王會不會讓摩西來，沛樂又變回開心的沛樂了。我則變回開心的玫琳。雖然彼得在不久前搭著「海鷗一號」回到城裡了，但是不管怎樣，我知道那是什麼感覺了！那種感覺真的會讓人快要死掉。這種感覺會持續多久呢？彼得說他真心不渝。我也是嗎？我怎會知道？但是我希望我是。我相信我是。反正，有一件事是確定的：沛樂需要一個真心不渝的玫琳姊姊，不管發生什麼事，她都會在。沛樂喜歡彼得——怎麼可能不喜歡呢？但是，他同時也有一點害怕，跟以前一樣。今天晚上他上床睡覺時，好吃好吃躺在他旁邊，他開心到好像四周都在發光，但他卻又突然變得很嚴肅，用雙手抱著我說：「你是我的玫琳姊姊，對吧？」

對啊，我親愛的弟弟，我是你的玫琳姊姊。雖然修芬和小緹娜覺得我已經老到不該有魔法王子了，我想，魔法王子可以再等我幾年。他也說他會。

現在，一個嶄新的六月夜晚在海鷗島展開了。我要去睡覺了。我想，明天起床後，我會跟現在一樣開心！

修芬賺了三克朗

星期一早晨，沛樂很早就起床了。因為好吃好吃在哭，所以他把牠抱到床上。小狗把鼻子窩在沛樂的下巴底下睡著了。但是沛樂睡不著。像這樣，清醒的感受著貼在身上的溫暖柔軟小東西就是好吃好吃、他的小寵物，卻還睡著，那就是瘋了。能夠這樣完全的開心，真好！沛樂沉浸在這樣的幸福時，他想起了摩西。他應該想念牠的，如果沒想念牠好像有點不公平。

「但是，」他跟睡著的好吃好吃解釋，「摩西也沒想念我啊。我很確定。牠一定到處游泳，跟其他海豹玩耍，跟大家一樣玩得很開心！」

一會兒後，沛樂也想起了約卡。這讓他有點心痛。或許不全然是因為約卡的緣故，而是因為這讓他想起，如果世界有時候變成了一座憂傷島嶼，那會怎樣。要推開這樣的念頭並不太難，因為這時候，好吃好吃醒了，立刻變得生龍活虎。他用鼻子磨蹭沛樂的臉頰，舔他，咬他的睡衣，還邊叫邊在床上跳來跳去。沛樂開心的笑了。那是充滿幸福的笑，樓下正在烤吐司的玟琳不禁停下動作，享受這幸福的笑聲。

以男孩幸福的笑聲展開的一天，天氣又這麼晴朗，有什麼事不能發生呢？上星期既颳風又下雨，還冷颼颼，真是受不了，突然間卻出現這麼美好的早晨。玟琳決定把早餐端到花園裡。

梅爾可正在房間著裝，還一邊唱歌。

「不要空腹唱歌喔。」玟琳對著他喊，「不然，晚上就要哭泣了。你不知道嗎？」

「胡說八道。」梅爾可說，他邊唱歌邊走進廚房，「你不覺得我們已經哭夠了嗎？」他說，「那些哭哭啼啼的日子總會結束的！」

他和玫琳一起把早餐放到花園桌上。玫琳站在廚房裡，從窗戶把東西遞給梅爾可。當一切就緒後，梅爾可環顧四周，說：「我那三個嗷嗷待哺的小孩去哪兒了？」

兩個大的剛從岸邊上來。他們很早就出門釣魚了，什麼也沒釣到，但是坐在那裡沐浴清晨的陽光，並不覺得是浪費了那幾個小時，況且，這樣才更有胃口吃早餐。

「喔，玫琳，你幫我做了鬆餅！」尼可心滿意足的看著他的姊姊和鬆餅。

「是啊，出於對這個星期一早晨的感激，我做了鬆餅，讓一切更美好。」

梅爾可點點頭說：「是啊，美好的早晨，美好的一桌早餐，梅爾可擺的喔。鬆餅、巧克力、咖啡、吐司、奶油、起司、橘子醬、果醬，還有黃蜂。夫復何求呢？」

約翰問他：「你也邀請黃蜂囉？」

「不。那些小惡魔不請自來。真可惜，我們今年也得繼續忍受那個蜂窩！」

梅爾可揮走果醬罐上的幾隻黃蜂。但是呢，就算沛樂抱著世界上最棒的小狗坐在那裡，他的心裡還是有一個屬於其他動物的空間。他用責備的語氣說：「爸爸，別趕我的黃蜂！牠們也想住在木匠小屋啊。你真的不懂嗎——就跟我們一樣啊！」

沒錯，梅爾可當然懂想住在木匠小屋的這種心情。他們全都懂。

玫琳說：「會有人這麼愛這間破破爛爛的老古董也真是件奇怪的事。」

她身後的那一面木匠小屋的紅牆，散發出一股溫暖。玫琳相信，那不是因為日照。她覺得這間房子根本是有生命的，是一個令人安心又溫暖的生命體，衷心的愛著他們每一個人。

「破破爛爛啊——拜託，不完全是這樣吧。」梅爾可說，「牆壁的確需要修補一下，但是房子可是用堅固的風化老木料蓋的。當然，有些地方腐朽了，如果這是我的房子，我會馬上動手整修，把它變得光鮮亮麗，讓你們眼睛一亮。」

沛樂想著，如果我在海極有個家，幫它放上新的屋頂，一定很棒！

梅爾可說：「就是這裡了，你再也找不到可以跟這裡相提並論的地方了。」

他們吃著鬆餅，看著彼此，看著自己所在的位置、他們的木匠小屋，覺得這一切都美妙極了。茉莉花開了，散發著迷人的香氣，野玫瑰蹦出滿滿的粉紅花苞，準備好隨時開花，青草一片嫩綠，沿著緩坡向岸邊鋪展，海鷗在岸邊啼叫。是啊，這裡，這裡的一切，美妙極了！

梅爾可說：「想想看，一個平凡的木匠可以把屋子蓋在這麼完美的地方，有這麼好的視野，讓這棟屋子好像是從這片土地上長出來的一樣，還給了它一座這麼棒的花園！」

沛樂說：「爸爸，我們會一直住在這裡對不對？我是說，整個夏天？」

梅爾可說：「當然啦，我很確定。麥特森今天會過來。他打過電話到商店跟他們說的。我們會再擬一份新合約。」

梅爾克森一家吃著早餐時，修芬正帶著水手長晨間散步。她走下碼頭去餵天鵝。天鵝們每天早上都會游到碼頭邊，修芬會餵牠們乾麵包。有一隻天鵝爸爸，一隻天鵝媽媽，還有七隻圓圓的灰色天鵝小孩。她站在岸邊時，一艘大型汽艇駛向碼頭，是她不認得的汽艇。船上有三個人，其中一個她認識，是麥特森先生，他一年會過來一兩次。另一個她不認識，那是一個高大肥胖的男人，戴著汽艇駕駛員的帽子，駕駛著那艘汽艇。修芬不記得他以前來過海鷗島。坐在他旁邊的那個女孩也沒來過。

修芬說：「把繩子丟給我。」麥特森先生把繩子丟給她，然後她幫忙把繩子拴在碼頭上。

那個戴著駕駛帽的人跳上岸說：「聰明的孩子。這個結打得真好！」

修芬笑著說：「只是個半扣結而已！」

「唔。」戴駕駛帽的人又說，「誰教你的？」

「我本來就會。」修芬回答。

他從口袋裡掏出兩個閃亮的硬幣給修芬。她好訝異，盯著硬幣，然後給了那個人一個微笑。但是那個人的注意力已經不在修芬身上了。他對著船上的女孩喊：「過來，洛蒂。」女孩跳到岸上。

她穿著淡藍色的細長牛仔褲，還有一頭閃亮的棕髮，頭髮呈現波浪狀。修芬覺得她好漂亮。真是幸福，還可以燙頭髮，她跟小狄差不多年紀而已吧。但是她看起來好像悶悶不樂，也沒理會修芬。她手上抱著一隻白色的小獅子狗。修芬轉頭尋找水手長。讓牠看看獅子狗應該很好玩吧。但是水手長沿著岸邊跑掉了，正在前往烏鴉岬的半途中。

麥特森先生走向木匠小屋。修芬知道他去做什麼。但是她不懂，他幹嘛還帶著其他兩個人，不過沒關係，反正她會跟著他們，因為她要去找沛樂。

梅爾可一看見訪客，立刻說：「啊，麥特森先生，你終於來了。快進來，我們把桌子清一清，就可以在這桌上簽約了。」

麥特森先生是個小個兒的紳士，很神經質而且自以為是。他一身西裝，讓玟琳不禁哆嗦了一下。她覺得那套條紋西裝醜爆了，但是她之所以對麥特森和另外兩個人沒好感，當然不會是因為這套西裝。

麥特森先生介紹了他的兩個朋友。「這是卡爾貝先生還有他的女兒。他們想看看木匠小屋。」

梅爾可說：「當然好啊。但是他們看房子做什麼呢？」

麥特森先生跟他們解釋，屋主蕭布朗太太想要賣掉木匠小屋。她年紀大了，不想再操心房子的事了，所以……

梅爾可說：「等等，如果我沒搞錯的話，我已經租下小屋了啊，而且我今天原本要再簽一年的合約呢，不是嗎，麥特森先生？」

麥特森說：「不幸的是，沒辦法了。蕭布朗太太想要賣掉房子，誰也反對不了。如果你想要繼續住下去，就得買下這地方——當然，只要你出的價錢比卡爾貝先生好。」

梅爾可一聽，渾身發抖。他覺得心中油然萌生一股絕望，差點因此窒息。怎麼會有人跑來，用幾句話就毀掉他跟孩子的一切？才兩分鐘前，他們還開心愉快的坐在這裡，然後，一下子，所有事情都化為灰燼。買下這地方——開什麼玩笑！怎麼可能，他的收入連一間狗屋都買不起！一年的租金已經是他勉強擠出來的了。反正他還做得到，而且也心滿意足的期待每年都可以在木匠小屋避暑。他終於為孩子們找到扎根之地，可以在這裡度過開心的童年暑假，就像他曾經也有過的，一生都記得的美好回憶。誰知道，突然有人來，說了幾句話，就全都毀了！他不敢看他的孩子，但是他聽到了沛樂顫抖的聲音。

「爸爸，你說過我們會一直住在這裡啊！」

梅爾可用力吞了一口口水。他什麼不好說，竟說了這些！他的確說過他們會一直住在這裡。還說，那些哭哭啼啼的日子總會結束的。他至少說過這些話。但是現在的他，只能像隻絕望無助的小狗一樣嗚嗚叫。在這同時，麥特森先生站在兩公尺遠的地方靠著白樺樹，彷彿今天不過是平常的日子，這一切也不過是椿平常的生意。

梅爾可氣呼呼的說：「你的意思是說，我跟我的孩子們得搬離這裡？」

「當然，不是馬上啦，」麥特森先生說，「但是，如果卡爾貝先生或其他人買下這棟房子，你們就得跟新的屋主談，看你們還可以在這裡待多久。」

卡爾貝先生並沒有看梅爾可。他只跟麥特森先生說話，好像其他人都不存在一樣。「沒錯，我會考慮買下這裡，如果價錢談得攏的話。當然，這房子本身沒什麼，光看就知道，要拆掉很容易。但可不是每天都能找到這麼好的地點。」

梅爾可隱隱約約聽到了孩子們的抱怨聲。他氣得咬牙切齒。

洛蒂•卡爾貝插話了。「爸爸，沒錯。這房子真的糟透了。但是我們可以再蓋一間可愛的小別墅，對吧？像卡爾和安娜格蕾塔的那樣。」

她的父親點了點頭，但是神情不大自然。或許他覺得，現在這個階段提到卡爾和安娜格蕾塔的房子言之過早。

修芬也這麼想。她覺得這整件事都太過頭了。那個洛蒂坐在木匠小屋的台階上，好像整間屋子都已經是她的了一樣。而且她聽不懂什麼「小別墅」還是「小癟四」的。

修芬走過去站在她面前說：「洛蒂，你知道嗎？你自己就是一個小瘋四！你這個大肥婆！」

洛蒂立刻察覺她已經樹立了一個敵人，而且不只一個，所有小孩都站在一旁瞪著她，彷彿她是他們的公敵。但是洛蒂不在乎。相反的，她其實滿享受這樣的感覺，因為她自認為高高在上。這些小孩能不能繼續住在這裡，得由她的父親決定！所以他們最好乖一點。他們沒必要這樣怒視著她，好像她沒權利坐在這裡似的。

「我想，每個人都有權利買下他們想要的地方吧！」她看著前方，沒有特定對誰說話。

小狄說：「當然，然後蓋幾間像卡爾和安娜格蕾塔那樣的小別墅。去啊，趕快啊。」

小弗說：「這個老舊的垃圾堆要拆掉很容易，你試試看啊！」

小狄和小弗一聽到發生了事情就立刻跑來了。所有島上的事在發生之前，她們都會以一種超自然的方式在店裡先知道。朋友需要幫忙時，小狄和小弗一定會挺身而出，不然朋友是當假的嗎？她們從沒看過約翰及尼可這麼挫敗沮喪。而沛樂——他仍然坐在餐桌邊——臉白得跟粉筆一樣。玫琳坐在一旁，雙手環抱著沛樂，自己也一臉蒼白。這情況真的令人難以忍受，而那個勢利女還大聲嚷嚷蓋小別墅的事。小狄和小弗不生氣才奇怪咧！

修芬問她聰明的姊姊們：「什麼是小瘋四？」

小弗說：「應該是個瘋子吧！」

小狄說：「徹徹底底的瘋子吧，跟她一樣！」她斜斜豎起大拇指朝著洛蒂比劃。想到以後沒有了約翰、尼可、沛樂、玫琳和梅爾可叔叔，反而要跟這個女的當鄰居，就覺得很悲慘。

卡爾貝先生說：「最好還是去裡面看看吧！」他頭一次面向梅爾可說話，「當然，還是要經過你的允許，梅爾克森先生。」他試圖讓自己的語氣聽起來愉悅又高傲。

梅爾克森先生同意了。「好啊。當然。」不然能怎樣？他很清楚自己屈居劣勢，但是他跟著他們一起進去，玫琳也跟去了。不能讓父親單獨跟這兩個人在一起，他們想從父親手中把房子搶走。無論如何，她都不想讓這樣的人在他們家走來走去，批評他們深愛的一切。這是一個家，是要讓人住在裡面、享受生活的，而且玫琳知道，這是他們的家。木匠小屋和梅爾克森一家人是註定要在一起的。但是現在來了其他人，他們只注意到地板搖晃，窗戶變形，天花板受潮。可憐的木匠小屋！玫琳覺得她必須保護它。所以她把門打開，抓著門，讓父親還有那些不受歡迎的訪客進去。梅爾可看著她，對她露出充滿感激、歉意及憂愁的微笑。

洛蒂並沒有和他們一起進去。如果爸爸買下這裡，房子就會被拆掉了，所以跟其他孩子待在外面就好，她想要繼續享受高高在上的感覺。有六個孩子，但也是六個敵人，如果能一次解決六個敵人，會很有成就感。她通常都能成功處理這種狀況而且信心十足。對她來說，樹敵是常有的事，所以她有很多策略。況且她還有獅子狗蜜西，所以並不是孤軍奮戰，反正蜜西想的也跟她一樣：洛蒂・卡爾貝既尊貴又崇高。有了蜜西的支持，她更強勢了。

洛蒂抱起獅子狗，以免牠撲向沛樂的小狗，然後她邊哼著歌，邊繞著房子走，像在巡視一樣，而孩子們就站在一旁默默的盯著她，其實她真正的動機也只是想看看她能怎樣激怒這群孩子。要在他們充滿敵意的視線下來回走動，得鼓起很大的勇氣。要不是她覺得自己現在占上風，她才不敢呢。她可不會沒事去惹六個鄉下孩子。

洛蒂開口說：「蜜西，小可愛，今年夏天想不想住在這兒啊？新房子喔，當然不是住在這個搖搖晃晃的垃圾堆啦。」

她抓住一扇窗戶，讓蜜西看看它多會搖晃。那是儲藏室的窗戶，而且早已鬆脫了。梅爾克森家的孩子都知道，但是洛蒂不知，當她突然發現自己手上拿著那扇窗戶時，簡直嚇傻了。她努力想把它裝回去卻徒勞無功。尼可過來把窗戶拿走，裝了上去，冷冷的說：「就算你要拆掉這搖搖晃晃的垃圾堆，也要等你買了它再拆啊。」

洛蒂把鼻子頂得高高的。她的心情沒有之前好了。為了掩飾自己的尷尬，她試著去跟沛樂說話。他也有一隻狗，狗很容易就可以形成一個話題。

「我看到你有一隻西班牙長耳獵犬。」她說。沛樂沒理她，他有什麼狗跟她又沒關係。現在的他心情低落，也不太想管狗的事了。

洛蒂說：「這種狗很可愛，那是當然的，但是不怎麼聰明。獅子狗就聰明多了。」

沛樂還是不說話，讓洛蒂很受挫。這樣的冷漠回應讓她失去了信心，乾脆把矛頭轉向修芬。

「我猜，你也想養一隻狗，對吧？」

修芬瞪著洛蒂，她的敵意比其他人都還要強。但是她卻咧嘴微笑，「我有一隻小狗耶。你想看嗎？」

洛蒂搖搖頭說：「不，別帶其他狗來。蜜西會生氣的，還會攻擊牠。」

修芬說：「那麼你的狗也是一個小癟四，但是我跟你打賭，牠不會攻擊我的狗。」

洛蒂：「那是你以為，你又不認識蜜西。」

「你要賭嗎？」修芬說，「跟你賭一克朗。」她拿出一個洛蒂的父親給的硬幣。

洛蒂說：「好吧，但是你會被罵。」

她注意到，從那群孩子中傳出一種充滿期待的嘆息聲。喔，好吧，如果他們都這麼想看狗打架，就讓他們看啊！蜜西雖然個子很小，但是牠暴躁易怒，常和體型比牠大很多的狗打架，當然，也會跟體型比牠小的狗打起來。諾爾泰利耶的女士們都叫牠「城中恐怖分子」，說牠「自以為是大丹狗」，昨天才有人這麼說過，那時候蜜西跑去跟大拳師狗打架。所以，如果這些小傢伙想要看門犬，就看吧。反正蜜西肯定是贏家。

洛蒂跟沛樂說：「把你的小狗帶走。我要讓蜜西下去囉！」她把蜜西放到地面上，等著另一隻狗來攻擊。

水手長剛散步回來，正趴在紫丁香籬笆後頭睡覺。修芬去叫牠，牠很樂意的睜開眼睛，站起身，挺著龐大的身軀從轉角走來。

這時候響起一聲尖叫，是蜜西的主人發出的。蜜西自己則被這恐怖的瞬間嚇呆了，兩眼直盯著這個步步進逼的大怪物。然後牠哀號了一聲，就一溜煙的衝出了大門。

水手長驚訝的看著獅子狗的背影。牠怎麼那麼慌張？至少打個招呼嘛，說聲你好嗎什麼的。水手長本身是一隻有禮貌的狗，所以牠走向洛蒂，跟她打招呼，但是洛蒂又慘叫了一聲，跑到白樺樹後面。

她瘋狂的叫喊：「把你的狗帶走，快帶牠走！」

修芬說：「你為什麼要尖叫啊？水手長又不會攻擊別人。牠可不是小癟四！」

約翰趴在草地上，不停的發出笑聲。他本來很想哭的。事實上，如果他哭了還比較容易理解，但是現在他笑了，而且笑個不停。

他喃喃的說：「喔，修芬。天啊，修芬。」

修芬驚訝的瞄了他一眼，隨即又轉頭看著洛蒂說：「我贏了！你要給我一克朗！」

洛蒂一聽到水手長不會攻擊人，就從樹後面走出來，只是她現在又尷尬又氣惱，再也不想跟這些孩子在一起了。她不情願的從皮包裡掏出錢給了修芬。

修芬說：「謝謝你。」她側著頭，盯著洛蒂說：「像你這樣的人不該跟別人打賭的。要像我跟梅爾可叔叔才可以。」

洛蒂不耐煩的看著木匠小屋的門。爸爸還不出來嗎？要走了沒啊？她不想再待在那裡了。

修芬說：「你猜上次梅爾可叔叔打了什麼賭。不過，那是一年前的事啦。」

洛蒂對梅爾可叔叔一年前打了什麼賭一點興趣也沒有。但是修芬不在意，她繼續說：「他跟朋友打賭，他可以連續十四個白天都不吃東西，十四個晚上都不睡覺。你覺得可能嗎？」

洛蒂說：「瘋了，不可能。」

修芬用很戲劇化的口吻說：「結果他辦到了。因為他在晚上吃東西，在白天睡覺啊！你還說不可能嗎？」

約翰又笑到快不行了。「喔，修芬。」

但是他立刻止住了笑，因為卡爾貝先生跟麥特森先生走出來了。約翰聽到他說了很討人厭的話。所有人也都聽到了。

「這房子沒什麼價值，但是不管怎樣我還是會買。我相信買下這個地點絕不會錯。我回去跟太太討論一下。明天四點鐘我到你的辦公室，我們談一下，你看怎樣？時間可以嗎？」

麥特森先生說：「太好了！」

那天晚上，格蘭一家人和梅爾克森一家人都坐在木匠小屋的廚房裡。

好多個夜晚他們都是這樣一起坐在廚房裡，但是之前的氣氛不曾如此消沉鬱悶。他們要聊什麼呢？梅爾可很沉默。他的胸口持續作痛，痛到他說不出話來。尼司和瑪塔小心翼翼的看著他。他們試圖表達惋惜，還想讓梅爾可知道他們會多麼想念梅爾克森全家。但是他看起來好沮喪，所以尼司和瑪塔放棄了，只能不發一語的坐在那裡。夏天的夜幕仁慈的籠罩廚房，讓每個人可以盡情的沉浸在自己憂傷的思緒中，不被打擾。

玫琳覺得這個夏天真是奇怪。她記得第一個夏天好平靜、好安詳，什麼事也沒有。但是這個夏天怎麼了？曾有一刻，彼得帶來無窮無盡的幸福；接踵而來的，卻是淚水與失望。首先是沛樂和約卡的事，而眼前這件事不僅讓人心痛得難以忍受，還會成為所有一切的終點。是啊，真是一個痛苦的終點！

修芬躺在地板上，水手長臥在她旁邊。沛樂背靠著木柴箱，好吃好吃趴在他腿上。對沛樂來說，即使是再平常不過的生活，都像是坐雲霄飛車，有時候很好玩，卻突然一個急轉彎，變得很悲傷，就像現在。先不去想好吃好吃，他的心情簡直低落到了極點。

最糟的是，爸爸的心情也盪到谷底。沛樂最不能忍受的就是看到爸爸這麼傷心。或玫琳，或是約翰，或是尼可。他們都不該這麼悲傷。沛樂受不了了。他抱起好吃好吃貼在自己的臉頰上，想從牠的柔軟、溫暖中尋求一絲慰藉，但是好像沒什麼用。

修芬低聲而憤怒的哭著。今天早上她很勇敢，因為她不太清楚到底發生了什麼事。現在她清楚知道了，所以氣得大哭！她為自己感到難過。為什麼老是有人要這樣搗亂？先是威士特曼，現在則是這個老卡爾貝，還有他的笨蛋女兒洛蒂。這些人全給我滾！可憐的沛樂，她想要送他什麼好讓他開心。這一次她不能送他海豹了。她什麼都沒有了。

這時，她聽到坐在角落的小弗說：「錢錢錢。錢有這麼重要嗎？太不公平了。臭卡爾貝！」

突然間，修芬想到一件事。誰沒有錢啊？她口袋裡都是錢啊！怎樣，她有三克朗！

「沛樂，我給你一樣東西。」修芬小小聲的對沛樂說，不想讓其他人聽到。她偷偷把那三克朗塞給他。她這樣做其實有點難為情，因為就算這筆錢數目不小，但是對於沛樂這樣悲慘的狀況根本是杯水車薪。

沛樂用沙啞的聲音說：「修芬，你真好。」他不認為這三克朗在大家如此不開心的情況下能有什麼幫助，但是修芬願意把這些錢給他，就已經很有情有義了。

形影不離的四劍客一起坐在角落。他們不再神祕，而是被憂鬱籠罩。他們為這個暑假做了好多計劃：他們要修理諾肯島的小茅屋；還要造一艘大一點的新木筏；要在島上各處搭帳篷，一整個星期都不回家；還要去借一具新的馬達，直衝貓岬，去看看那裡的大洞窟；比昂還答應要帶他們出海釣魚。他們還想要在木匠小屋的閣樓成立祕密社團總部。當然，現在還不算太晚，因為約翰、尼可都還在木匠小屋，所以他們仍然可以做很多他們想做的事。只是好像沒那麼好玩了。想做那些事的心情不見了。

約翰說：「好奇怪，我什麼事情都不起勁了。」

尼可說：「我也是。」

小狄和小弗嘆了口氣。

格蘭一家人都回去了，男孩們也都睡了，梅爾可和玫琳繼續坐在廚房中。天已經黑了。他們只看得到牆上透著光的窗戶，像一個發亮的方塊，還有從廚房火爐柵欄裡透出的火光。他們聽得到木頭燃燒時發出的嗶嗶剝剝聲響，除此之外，一片寧靜。玫琳還記得梅爾可第一次點燃這個火爐的情景。感覺已經是好久以前了，那時候每件事都好開心。

梅爾可一整晚都很沉默，但是他現在開口說話了。他心中所有的悲傷已經滿溢而出。「我知道我是個失敗者，徹徹底底的失敗者。修芬說得真對。她說我沒本事！」

「胡說八道！」玫琳說，「你當然有本事。我很清楚。」

「不，我沒有。」梅爾可說，「如果我有，發生這種事的時候，我就不會像今晚這樣，只能坐在這裡，什麼事也沒辦法做。當什麼作家嘛！為什麼我沒去當生意人，這樣或許就有辦法買下木匠小屋了。」

「我可不希望這個家裡有生意人，」玫琳說，「我們都不想。我們只要你！」

梅爾可苦笑。「玫琳，我有什麼好？我連讓自己的孩子好好過一個暑假都沒辦法。我一直都期望能讓孩子有個開心的暑假。我一直想要讓你們過著幸福美滿的生活。」

他的聲音哽咽了，沒辦法往下說。

玫琳溫柔的說：「爸爸，你已經做到啦。你已經給了我們幸福美滿的生活。這一切都來自於你，並不是別人。你一直很關心我們，這樣的關心才是唯一真正重要的！」

梅爾可哭了。果然像玫琳這一天早上說的那樣，晚上必要哭泣了！

他邊啜泣邊說：「是啊，我一直很關心你們，如果這很重要的話……」

「這是最重要的。」玫琳說，「不管木匠小屋發生什麼事，我都不要坐在這裡聽那些胡說八道的話。這裡沒有失敗的父親。」

海極的居處

隔天清晨，每個人醒來後，心裡都只想到一件事：今天下午四點鐘，卡爾貝先生會到麥特森先生的辦公室，買下木匠小屋！

然而，他們都努力表現得很正常，假裝今天是再平常不過的一天。像往日一樣，他們在花園裡吃早餐，黃蜂一如往昔的在果醬瓶上嗡嗡嗡的盤旋。可憐的黃蜂，沛樂替牠們感到難過，他說：「如果卡爾貝先生拆了這棟房子，蜂窩也會被拆。」

「是啊，這是擺脫牠們的唯一方法，」梅爾可故作幽默的說，「就把房子拆掉啊。我們怎麼沒想到？」

隨即是一陣長長的靜默，所有人都心情沉重。這時候，修芬來了。

「梅爾可叔叔，你耳朵聾了嗎？我要喊你多少次？有你的電話！」

梅爾克森家沒有電話，他們都借用店裡的。梅爾可放下咖啡杯跑了出去。修芬跟在後頭。但是修芬馬上又跑回來，一臉驚慌。「玫琳，我覺得你最好也來。事情不妙了，梅爾可叔叔看起來很不開心。」

玫琳跑了出去，約翰、尼可和沛樂也跟在後頭。

他們看見可憐的父親站在店中央，尼司、瑪塔、小狄和小弗都擔憂的包圍著他。他的表情明顯是不開心的樣子，眼淚滑落他的臉頰。「這不是真的！不！這不是真的！」

玫琳絕望的問：「爸爸，怎麼了？」她覺得自己已經沒辦法再承受更多難過的事情了。

梅爾可深深的嘆了一口氣說：「沒什麼。」然後停頓了一下，才又打起精神說，「沒什麼。我拿到了國家補助，兩萬五千克朗。」

格蘭商店頓時陷入一陣很長的沉默。一群人好像被誰敲了頭一樣呆站在那裡。修芬是唯一還清醒的，「為什麼你會拿到那個──你說的那個東西？」

梅爾可看著她，露出得意的微笑。「小修芬，我會告訴你究竟是為什麼。因為我終究還是有本事的啦！看到了吧？你還能說什麼呢？」

「是他們說的嗎？打電話的人？」

「是啊，他們說了類似的話。」

「那你為什麼要哭？」修芬覺得莫名其妙。

突然間，他們好像全都恍然大悟──是發生了一件開心的事。

沛樂問：「爸爸，我們有錢了嗎？」

「不算有錢。」梅爾可說，「但是，這表示……」他頓住了。孩子們都焦急的看著他。他不會又要哭了吧！不，他突然大叫：「你們知道這表示什麼嗎？我們可以買下木匠小屋了──如果還來得及的話！」

他看了看錶，就在這時，他們聽到了「海鷗一號」發出的嘟嘟聲，它正要駛離碼頭。

尼可說：「快跑，梅爾可，快跑。」

梅爾可跑了，還一邊大叫：「快來，約翰、尼可！快來！等一下！」

最後面那句是對著船喊的。他跑到碼頭時，舷梯已經收上去了，但是他滿臉懇切哀求的表情，兩手舉得好高，船長大發慈悲，又把舷梯放下來。梅爾可急忙衝上船。

他頭也沒回的繼續大喊：「快來，約翰、尼可！快來！」

當船駛出碼頭一段距離後，梅爾可才發現，不只約翰及尼可，連沛樂和修芬也跟來了。

梅爾可用責備的語氣說：「你們來幹嘛？這不是給小孩玩的遊戲。」

修芬說：「我們也想來。我上次去諾爾泰利耶是我好小好小的時候。」

梅爾可知道說什麼也沒用了。他又不能把他們兩個丟到海裡去，畢竟他現在是個拿到國家補助的人，應該表現得大方、有風度。再說，他跑得上氣不接下氣，已經沒辦法再罵人了。

他氣喘吁吁的說：「我還是可以跑得滿快的嘛。當然不像我剛入學時那麼快。那時候我一百碼跑十二分四秒。」

約翰及尼可互看一眼，約翰搖搖頭。他說：「爸爸，跟你說件奇怪的事，在學校，都是年紀越大跑得越快耶。」

對梅爾可來說，他還可以跑這麼快絕對是件好事，因為那一天他還有很多路要跑呢。

住在海鷗島的人要到諾爾泰利耶得花上許多時間。首先，必須搭船到本島的碼頭，在碼頭等公車，大概要等一個小時。接著，公車要開一個小時才會到諾爾泰利耶，沿途會停靠許多站。公車沒辦法開快，都是照著自己的時間表在走，基本上會在一點鐘到達諾爾泰利耶，它也的確在一點鐘抵達了。

梅爾可下公車時心想：花這麼多時間，頭髮都白了。他在公車上十分忐忑不安，一次又一次的跟自己說：「別期待什麼。你得不到木匠小屋，別指望了！」

但他還是會放手一搏，他會的！所以他邁開大步，後頭還跟著一隊小孩，匆匆趕往麥特森先生的辦公室。

麥特森不在。辦公室裡只有一個圓潤豐腴的小打字員，看起來很和善，但什麼也不知道。

梅爾可問：「麥特森先生在哪兒呢？」

小打字員一本正經的看著他說：「我怎麼知道？」

「那麼，他什麼時候進來呢？」

「我怎麼知道？」

她的眼睛很大、圓滾滾的，看起來很無辜，而且很明顯的，她是真的什麼都不知道。接著，她突然從袋子裡拿出一面鏡子，開始塗口紅，霎時變得很有精神，也變得很多話。

「老闆常常出去四處走。我想，他一定是去市場，不然就是回家了。有時候他會去葛隆酒店喝一杯。」

他們從她那邊問不出什麼東西，一行人急急忙忙走了出去。

梅爾可看著他的錶。已經過了兩點了，麥特森先生在哪兒啊？他們要到這迷人小鎮的哪裡找他呢？他們必須找到他，而且要快。

梅爾可緊張得發抖。他不想要沛樂和修芬繼續跟在後頭。這麼多人走在狹窄的街道實在很礙手礙腳，所以他決定採取行動。

「孩子們，你們想吃冰淇淋甜筒嗎？」他說。

想，他們當然想。梅爾可從路邊賣冰淇淋的亭子給沛樂和修芬各買一支甜筒，然後帶他們去一座綠色的小公園，裡面有一張長椅。

梅爾可說：「你們坐在這裡吃冰淇淋，等我們回來。」

修芬說：「冰淇淋吃完了怎麼辦？」

「就待在這裡啊。」

修芬問：「待多久？」

梅爾可不客氣的說：「待到身上長青苔為止。」然後他就跟約翰及尼可匆匆的走了，留下兩個小小孩在原地吃冰淇淋。

有時候做夢會夢到自己不停的追逐某樣東西，覺得非找到不可，所以不停的趕路，好像它是一件生死攸關的事。你不停的跑，不停的找，一顆心懸在半空，但就是找不到你要的東西，根本白忙一場。這就是梅爾可和他的孩子尋找麥特森時的情況。

他不在市場。沒錯，他是去過那裡，市場裡的一個婦人說的，但已經是很久以前了。

「那他家呢？他家在哪？」

「鎮的另一邊。」

麥特森也不在那裡！他真的去酒店了嗎？沒有。那裡根本沒有麥特森的蹤影。突然間，梅爾可拍了一下額頭慘叫一聲：「我真傻，怎麼不坐在麥特森的辦公室等他？還這樣走來走去，腳瘦死了。」

就在這時候，就在這當下，梅爾可發現了一件驚人的事。他的錶，停了！他突然看到葛隆酒店的大鐘，指針已經走到四點五分了，不是他自己的手錶上顯示的三點半。這一刻，他的心情跌到了谷底。

梅爾可，我警告過你了，不要期待任何事。你怎麼會以為自己有可能買下木匠小屋呢？你連時間都沒辦法看準。梅爾可，來不及了吧！這會兒卡爾貝肯定已經坐在麥特森的辦公室裡，叼著雪茄，滿意的咯咯笑呢。

梅爾可看清了眼前發生的事，他發出絕望的呻吟。約翰及尼可都替爸爸難過，同時也很憤憤不平。為什麼每件事都這麼不順遂、這麼讓人難過？約翰氣得咬牙切齒。「爸爸，他可能會遲到啊。我們坐計程車吧。」

他們馬上攔了一輛計程車。四點十分，他們趕到了麥特森的辦公室，但是，卡爾貝不是個會遲到的人，他的錶很準時。結果每件事都跟梅爾可想的一樣：卡爾貝叼著雪茄坐在那裡，看起來心滿意足。

梅爾可決定孤注一擲。他大聲喊道：「慢點！我也想買下那間小屋。」

卡爾貝露出友善的微笑說：「哦，就算你想，恐怕也有點太晚囉！」

梅爾可轉頭，絕望的對麥特森說：「麥特森先生，你可不可以有點同情心？我的孩子跟我都很愛木匠小屋，你不能這麼狠心啊！」

麥特森不是個狠心的人，只是非常冷漠無情，就像個生意人。「那你怎麼不早點來呢？這種事就要早點下決定啊。不會有人閒閒沒事等你。先來先贏。梅爾克森先生，你遲了一步！」

梅爾克森先生，你遲了一步！梅爾可心想，這句話這一輩子都會在耳邊縈繞。他又絕望的轉頭對卡爾貝說：「可不可以請你為我孩子的緣故放棄呢？」

卡爾貝被惹火了。他說：「我也有孩子啊，梅爾克森先生。我有個女兒。」他轉過頭對麥特森說：「走吧，我們去找蕭布朗太太簽約。」

蕭布朗太太！開朗木匠的太太。如果就是她，或許他可以懇求她，讓她改變決定。或許最終決定權不在麥特森啊。梅爾可咬緊牙關，決定去蕭布朗太太那兒試試。並不是覺得一定會有用，但是總得盡力而為。在那之後，等最後的希望都沒了，他才有時間想想那句話：「梅爾克森先生，你遲了一步！」

他低聲跟兩個兒子說：「我們也去找蕭布朗太太吧！」

「待到身上長青苔為止。」梅爾可說，他們得坐在長椅上等到那時候。修芬不同意這句話，沛樂也不。冰淇淋很快就吃完了，青苔卻長得很慢。他們已經坐在那裡很久了，肚子咕嚕咕嚕叫，沛樂一顆心七上八下，根本坐不住。爸爸怎麼還不來？他坐立不安，肚子痛了起來。

修芬心情也不好。她跟爸爸媽媽來過諾爾泰利耶好幾次，知道哪裡有好玩有趣的東西可以走走看看。如今他們卻只能坐在公園長椅上不能動，肚子又好餓！

她悲哀的說：「我們要坐在這裡餓死嗎？」

沛樂想起一件事，讓他振作了起來。他的褲子口袋裡有三克朗。他說：「我再去買冰淇淋甜筒好了。」

他跑向賣冰淇淋的亭子買了兩支甜筒。這樣一來，他的口袋裡只剩兩克朗。但是冰淇淋很快又吃完了，又過了一段時間，還是沒人來。沛樂覺得渾身又刺又癢。他說：「我想，我再去買冰淇淋好了，一人一支。」

他又跑向賣冰淇淋的亭子。這樣一來，口袋裡只剩一克朗了。又過了一段時間，還是沒人來，冰淇淋卻早就吃完了。

修芬說：「再去買冰淇淋好了。」

但是沛樂搖搖頭說：「不可以把所有錢花光光。要留一點錢，需要的時候可以派上用場。」他常聽到玫琳這樣對爸爸說，但是「需要的時候」是什麼意思，他不是很清楚。他只知道，不要花掉所有的錢。

修芬嘆了一口氣。隨著時間一分一秒過去，她越來越坐立不安，沛樂也越來越心煩意亂。如果爸爸沒找到那個可惡的麥特森先生怎麼辦？誰知道，或許一切都跟想的不一樣！或許麥特森先生帶著卡爾貝先生回家，立刻賣掉了木匠小屋，沒去市場，也沒趕回他的辦公室，更沒有把房子賣給爸爸。他們只能坐在這裡一直等，一邊覺得肚子好痛。他好討厭卡爾貝先生和麥特森先生。真可惜蕭布朗太太竟然找這樣的人替她管事。她幹嘛不自己管呢？

蕭布朗太太……她住在諾爾泰利耶。是啊，她住在這兒。她竟然會想賣掉木匠小屋！一定是瘋了。他一定要問問她為什麼要這樣做。

沛樂問修芬：「你認識蕭布朗太太嗎？」

「我當然認識。所有人我都認識。」

「你知道她住在哪兒嗎？」

「知道！」修芬說。「她住在一棟黃色房子裡。靠近一家糖果鋪和一間玩具店，糖果鋪就在玩具店隔壁。」

沛樂靜靜的思考著。他的肚子痛得越來越厲害。最後，他站了起來。

「走吧，修芬。我們去找蕭布朗太太。我想跟她說一些事情。」

修芬也跳了起來，又開心又驚訝。「但是梅爾可叔叔會怎麼說？」

沛樂也想知道。但是他不去管那些，他只想要趕快找到蕭布朗太太。老太太通常都很喜歡他，如果去拜託她，應該不會怎樣——雖然他也不太確定要去拜託她什麼。他只知道自己沒辦法繼續在這裡坐下去，什麼也不做。

修芬之前跟爸爸媽媽一起拜訪過蕭布朗太太好多次了，但是她找不到那棟黃色的房子。她向一個警察先生問：「哪裡有一間糖果鋪隔壁就是玩具店？」

「你想要兩間都在一起嗎？」警察笑著問。但是他想了想，突然知道她說的是哪裡，也告訴他們怎樣可以找到那個地方。

他們穿過許多狹窄的小街道，經過好幾排小房子，最後來到一間玩具店，隔壁就是糖果鋪。修芬看了看四周，然後伸手一指。

「那裡。蕭布朗太太就住在那裡！」那是一棟兩層樓的房子，後頭有一座小花園，大門面向街道。

沛樂說：「你去按門鈴。」他自己不敢去。

修芬把手指放到門鈴上，按了好一會兒。然後他們等了好長、好長一段時間，沒人來應門。

「她不在家。」沛樂說。他不知道自己是失望或不是。說實話，這樣剛好可以逃避這件事，因為要跟陌生人說話很難。不過……

修芬問：「那為什麼收音機開著呢？」她把耳朵貼在門上，「我聽得到收音機的聲音。」她又按了門鈴一次，然後用力的敲門。不過還是沒人應門。

「她一定在家。來吧，我們繞一圈，去房子另一邊看看。」

他們繞過房子。二樓的窗邊倚著一把梯子。窗戶是開著的，裡面的收音機開到最大聲。他們現在聽得非常清楚。

修芬說：「我們爬上去看。」

沛樂很害怕。就這樣爬上去，還偷看人家家裡，這太誇張了！但是修芬決心要這樣做。她推著沛樂上梯子，沛樂一邊爬一邊打哆嗦。他爬到一半就後悔了，想要回頭，但是修芬已經跟在後面，也爬上了梯子，她不會讓沛樂跨過她的。

她說：「快點、快點。」並且繼續把他又推了上去。沛樂害怕的往上爬。如果屋裡有人，第一句話該說什麼呢？

屋裡**真的**有人。她就坐在椅子上，背對著沛樂。他嚇壞了，盯著她的脖子好一會兒。接著他輕輕咳了一下，起初小小聲的，然後提高音量。坐在椅子上的女士尖叫了一聲，轉過身來，沛樂看到的那個人就是蕭布朗太太。她長得跟沛樂想像的一模一樣。她很老了，滿臉皺紋，一頭白髮，眼神和藹，有個奇特的小鼻子。她看到沛樂時像看到什麼怪物一樣。

沛樂用顫抖的聲音跟老婦人保證：「我看起來很危險，其實不會喔。」

蕭布朗太太笑了。她說：「真的嗎？你真的一點也不危險？」

修芬從窗邊探出頭說：「是真的。早安，蕭布朗阿姨。」

蕭布朗阿姨拍拍手說：「哎呀，不會吧，這可不是修芬嘛！」

「是啊，當然是。」修芬說，「這是沛樂。他想買木匠小屋。我想應該沒關係吧？」

蕭布朗太太開心的大笑，很自然而然的就笑出來了。她說：「我通常不跟趴在我家窗邊的人做生意。你們還是進來吧！」

跟沛樂想像的不一樣，和蕭布朗太太說話一點也不困難。

蕭布朗太太問的第一個問題就是：「你們餓不餓？」真是個不錯的開場！她帶兩個孩子到廚房裡，給了他們好幾個三明治和牛奶。是火腿三明治、起司三明治，還有牛肉三明治。真是豐盛啊！在他們吃著豐盛大餐的同時，蕭布朗太太也聽他們講了所有的事情。麥特森先生、卡爾貝先生、洛蒂，還有威士特曼、約卡、多提、好吃好吃、摩西及水手長，海鷗島上發生的每件事他們全說了。修芬還講了一大堆洛蒂•卡爾貝的壞話。

她說：「這個小癟四！蕭布朗阿姨，你不覺得太誇張了嗎？」

是啊，蕭布朗阿姨覺得，不管怎樣，在海鷗島上發生這樣的事很荒謬。還說要拆掉木匠小屋，她從沒想過會有這麼愚蠢的事！

國家補助、走路走到腳快斷掉，不知道還有沒有其他的，一天之內耶！未免也發生太多事了吧！梅爾可心裡想著。但是他毅然決然的邁著大步，約翰及尼可就跟在後面，他們絕不能讓麥特森先生走出他們的視線範圍。那套醜不拉幾的西裝一直在他們前頭晃蕩，穿越了好幾條街道，就像個指路燈一樣，帶著他們走向一棟被連翹花和茉莉花圍繞的黃色房子。

麥特森按門鈴時，臉色蒼白的梅爾可也走上前。沒有人可以阻止他參與這場對談。卡爾貝發怒了。「喂、喂、喂，梅爾克森先生，你死心了吧！你究竟以為你可以在這裡做什麼？」

「我想，我有權利跟蕭布朗太太說話。」梅爾可激動的說。

麥特森冷冷的看了他一眼。「梅爾克森先生，我想我已經跟你說得很清楚了，我是蕭布朗太太的房屋仲介。就算你跟她說到話又有什麼用？」

梅爾可也很清楚，是沒什麼用，但是他必須奮力一搏，絕不許任何人阻止他。

門打開了，蕭布朗太太站在門邊。

麥特森為她做介紹。「這是卡爾貝先生，他想買下木匠小屋。」

他沒把梅爾可放在眼裡。蕭布朗太太跟卡爾貝點個頭，然後全身上下打量他。梅爾可咳了一聲，希望蕭布朗太太看到他。如果她看到了，或許他可以吸引她的目光，讓她了解，這件事對他來說是生死攸關。

但是蕭布朗太太沒看梅爾可。她看著卡爾貝，然後平靜的說：「木匠小屋已經賣掉了。」

這句話就像丟下一顆炸彈。麥特森怯生生的看著她說：「賣掉了！」

卡爾貝也說：「賣掉了？你這句話是什麼意思？」

梅爾可頓覺血色盡失，所有希望都沒了。他不在乎是誰買下木匠小屋，因為對他和孩子們來說，這表示小屋永遠消失了。他早就知道會這樣。但奇怪的是，最後聽到這確切的結果時，還是讓他心如刀割。

約翰及尼可開始哭泣，低聲的、悲傷的哭著。原來他們的努力全都白費了。原本懷抱的興奮期待之情消失殆盡，只剩疲憊。誰能不哭？

麥特森不敢相信的問：「蕭布朗太太，你的意思是？」他想起自己說話的權力，「你把房子賣給誰了？」

「進來你就會看到了。」蕭布朗太太把門拉開讓他們進去。

她對梅爾可以及旁邊哭泣的兩個孩子說：「你們也進來吧。」梅爾可搖搖頭，他不想看到買下木匠小屋的人。或許不知道是誰買的還比較好過一點。

這時他聽到屋裡傳來再熟悉不過的聲音。「蕭布朗阿姨，我跟你保證，梅爾可叔叔真的很有本事。」

接下來的一個小時，黃色房子裡起了一陣微微的騷動。卡爾貝氣壞了，又吼又叫，還責罵麥特森。麥特森滿臉通紅。

「我不懂這是怎麼一回事。麥特森，你得把這件事弄清楚，然後拿出辦法來。」

可憐的麥特森。他好像整個人縮進了那件醜不拉幾的格子西裝，突然變得好小好軟弱。「什麼辦法也沒啦。」他低聲說，「她跟一隻老山羊一樣固執。」

蕭布朗太太本來背對著他們，現在轉過身來說：「是啊，她是！而且她聽力也好得很！」

修芬說：「收音機開著時就不太好。」

沛樂被爸爸緊緊擁抱在胸口。爸爸喜出望外的說：「沛樂，我的乖孩子，你做了什麼？你到底做了什麼呢？」

沛樂說：「我先付了一些錢給蕭布朗太太，好確認這筆買賣。她還開給我一張收據喔。」

蕭布朗太太說：「是啊，真的！你看！」她拿出一個閃亮亮的硬幣。

卡爾貝轉身走人，他頭也不回的踏出大門。麥特森也跟著走了。

修芬說：「這樣真好！」他們一致贊同。

約翰拍拍沛樂的頭說：「爸爸說，這不是給小孩玩的遊戲！沛樂，你真棒！」

梅爾可對蕭布朗太太說：「在我們走之前，蕭布朗太太，還有一件事想請教您。」他們坐在她的廚房裡，蕭布朗太太替他們做了一些三明治。這些三明治真是他們這輩子吃過最美味的三明治了！或許是因為他們從早上到現在什麼都沒吃吧。或許是因為，每一件發生的事，在突然之間拼湊成一份巨大的幸福，所以就連一個小小的三明治都有了天堂般的滋味。

蕭布朗太太說：「你想問什麼？」

梅爾可用好奇的眼神看著她問：「木匠小屋──為什麼叫這個名字？」

「你不知道嗎？我先生是木匠啊。」

是啊，當然是這樣，梅爾可心想。我應該問一點我不知道的事嘛。他大聲說：「是啊，木匠小屋，當然的嘛！所以，你們是在一九〇八年搬到那裡的？」

蕭布朗太太說：「一九〇七。」

梅爾可好驚訝。「你確定不是一九〇八？」

蕭布朗太太笑說：「我想，我記得住自己是哪一年結婚的吧！」喔，好吧，差個一兩年沒關係的，梅爾可想著。然後他說：「我可以再問您一個問題嗎？您的先生是什麼樣的人？他是個開朗樂觀的人嗎？」

「是啊，他是。」蕭布朗太太說，「他是我認識的人裡面最開朗的一個，雖然有時候也會發脾氣。」

玫琳在她的日記寫著：

有時候，我有種感覺，好像人生會挑選某一天，告訴我們說：「我要給你所有的一切。就算你所度過的其他日子全遺忘了，這一天將是你記憶中，一個閃耀著玫瑰般豔紅色彩的日子。」今天，就是這樣的一天。當然不是對每個人來說。這一刻，有很多人在哭泣，並會絕望的記住這個日子。但是，對我們──對住在海鷗島木匠小屋中的梅爾克森一家來說，這一天充滿了無限的喜悅，我幾乎不知道自己能不能承受得了。

梅爾可也不知道。他坐在礁石上，把腳泡在海水中舒緩痠痛，順便釣釣魚。沛樂和修芬坐在兩旁看著。沛樂抱著好吃好吃，而水手長緊靠在修芬身邊。

修芬說：「梅爾可叔叔，你還是沒有釣魚的本事耶，你沒抓到訣竅！如果你像這樣拿著，就可以釣到魚了。」

梅爾可一臉陶醉的說：「我又不想釣到魚。」

修芬問：「那你拿著釣竿坐在這邊幹嘛？」

梅爾可用同樣陶醉的聲音朗誦著：

夕陽沉入海洋。

他心中嚮往它的光芒……

是的，這是他心裡的嚮往：他想要看盡所有的一切——平靜海面上太陽的倒影、白色海鷗、灰色礁石，遠方河床兩岸矗立的船塢，在水面上清晰的映照出倒影。這一切都是他最珍惜的，他想要看盡所有的一切。他想要展開雙手，盡情擁抱它們。

「我今晚要待在這裡，等待太陽升起，看著天空灑落第一道曙光……」

修芬跟他保證：「玫琳不會讓你這樣做的。」

沛樂想著：清晨的翅膀！我也想看看！

「我若展開清晨的翅膀，飛到海極居住……」想想看，他們就住在這樣的地方呢！一個完全屬於他們的地方。一個在海極的居處！

海鷗島的夏天

作者／阿思緹・林格倫 (Astrid Lindgren)
譯者／郭恩惠

主編／楊郁慧
封面設計／三人制創工作室　封面繪圖／黃祈嘉　內頁設計／陳聖真
行銷企劃／鍾曼靈
出版一部總編輯暨總監／王明雪

發行人／王榮文
出版發行／遠流出版事業股份有限公司
地址：104005 台北市中山北路一段 11 號 13 樓
電話：(02)2571-0297　傳真：(02)2571-0197　郵撥：0189456-1
著作權顧問／蕭雄淋律師
□ 2016 年 5 月 1 日 初版一刷
□ 2022 年 1 月 25 日 初版三刷

定價／新台幣 280 元（缺頁或破損的書，請寄回更換）

ISBN 978-957-32-7801-6
遠流博識網 http://www.ylib.com E-mail:ylib@ylib.com
遠流粉絲團 https://www.facebook.com/ylibfans

Vi på Saltkråkan（Seacrow Island）

國家圖書館出版品預行編目 (CIP) 資料

海鷗島的夏天 / 阿思緹．林格倫 (Astrid Lindgren) 著 ;
郭恩惠譯．-- 初版．-- 臺北市 : 遠流, 2016.05
面 ; 公分
譯自 : Seacrow Island
ISBN 978-957-32-7801-6 (平裝)

881.359 105003622